I0641692

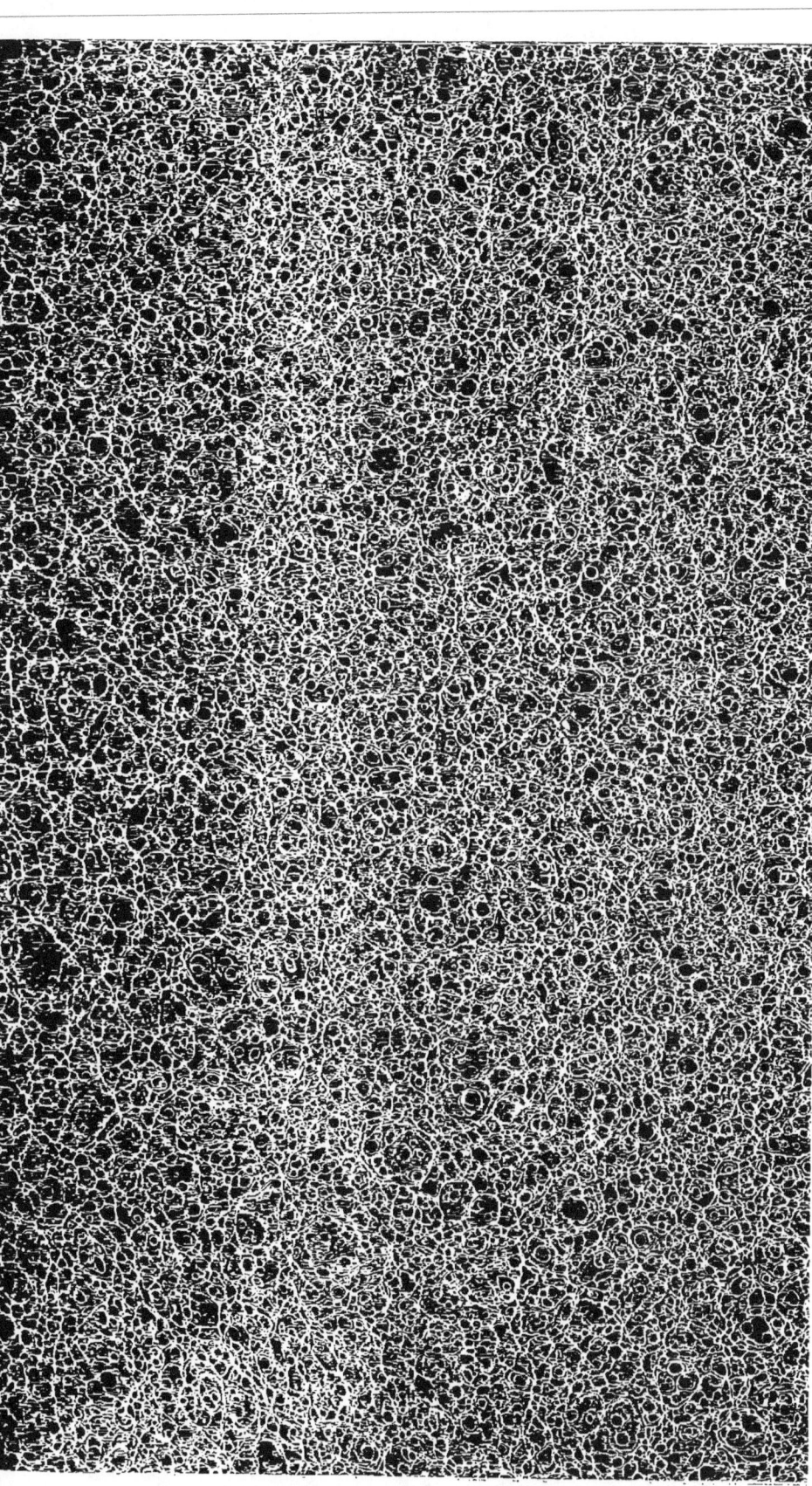

X 1906
B+a.7.

17639

ŒUVRES

POSTHUMES

D'ATHANASE AUGER.

DISCOURS

DE

CICÉRON,

TRADUITS

PAR ATHANASE AUGER.

 TOME SEPTIÈME.

A PARIS,

De l'Imprimerie, rue du Théâtre du Peuple,
ci-devant Théâtre - Français , N°. 4.

L'AN II DE LA RÉPUBLIQUE FRANÇAISE, UNE ET
INDIVISIBLE.

DISCOURS

DE

CICÉRON.

PLAIDOYER POUR L. FLACCUS.

Sommaire.

LUCIUS FLACCUS, de l'ancienne famille Valéria, étant préteur lorsque Cicéron étoit consul, avoit surpris entre les mains des Allobroges les lettres dont les conjurés les avoient chargés, et par-là avoit découvert tout le projet de la conjuration. Après sa préture il avoit gouverné pendant trois ans l'Asie mineure. Il fut accusé de concussion à son retour par Publius Lælius, jeune homme plein d'ardeur : Hortensius et Cicéron entreprirent de le défendre.

L'accusé étoit chargé par les dépositions d'un grand nombre de témoins grecs asiatiques, ou de citoyens Romains établis dans ces contrées. Presque tout le plaidoyer est employé à affoiblir *l'autorité de ces témoins, à jetter sur eux du ridicule, à faire suspecter leur mauvaise foi. On détruit quelques griefs dans le cours du plaidoyer ; on oppose aux témoins grecs asiatiques des témoins grecs européens dont les témoignages étoient favorables à Flaccus : dans l'exorde et dans la péroraison dont le ton est noble et pathétique, on fait sur-tout valoir les grands services que celui-ci étant préteur a rendus à la République.*

La cause a été plaidée l'an de Rome 69, de Cicéron 49.

PLAIDOYER POUR L. FLACCUS.

LORSQU'AU milieu des plus grands dangers qui menaçoient Rome et l'empire, qui mettoient la République à la veille de sa désolation et de sa ruine, Flaccus secondoit mes desseins, partageoit mes périls et mes travaux, m'aidoit avec tant de zèle à vous sauver du massacre, vous, vos femmes et vos enfans, à garantir du ravage les temples, les autels, Rome et l'Italie entière ; j'avois lieu, Romains, d'espérer que ma voix seroit employée à lui obtenir les honneurs (1) plutôt qu'à éloigner de lui

(1) La plupart des éditions portent *honoris.*; j'ai préféré la leçon *honorum.*

les disgraces. En effet, le Peuple Romain ayant toujours défére à ses ancêtres les récompenses du mérite, les auroit-il refusées à un descendant de la famille Valéria, qui, après un espace de près de cinq siècles (1), avoit fait revivre parmi nous la gloire dont cette famille s'étoit jadis couverte en assurant la liberté publique?

Mais je pensois alors que, s'il devoit un jour se trouver quelqu'un parmi nous, ou détracteur des services signalés de Flaccus, ou ennemi de sa vertu, ou envieux de sa gloire, Flaccus auroit à subir les emportemens d'une multitude ignorante, sans toutefois courir aucun péril, et non le jugement d'un tribunal choisi de citoyens sages. Non, je n'ai pu m'imaginer qu'on pût jamais par le ministère de ceux même qui nous avoient aidés de leurs conseils et de leurs personnes à préserver de leur ruine totale, non-seulement tous les citoyens, mais encore toutes les nations ; qu'on pût, dis-je, par le ministère de tels hommes, exposer à de tels risques, l'honneur de celui que je défends et toute son existence.

(1) Depuis le consulat de Publius Valérius Poplicola jusqu'à celui de Cicéron, on ne comptoit que 444 ans.

En supposant que quelqu'un parmi nous dût
travailler un jour à perdre Flaccus, je n'ai
jamais pensé que Lélius, fils d'un si vertueux
père, donnant lui-même de si belles espérances, et placé dans un rang si distingué, se
chargeroit d'une accusation plus convenable à
la haine et à la fureur de citoyens scélérats,
qu'à sa vertu et à la régularité de sa jeunesse.
Moi, qui avois vu souvent d'illustres personnages faire le sacrifice des plus justes ressentimens,
se réconcilier avec des citoyens en faveur de la
République, qu'ils avoient bien servie ; comment aurois-je pu croire qu'un ami de la République, qui ne pouvoit plus douter de l'amour
de Flaccus pour la patrie, sans avoir reçu de
lui aucune injure, donneroit contre lui tout-à-
coup le signal d'une inimitié ouverte ?

Mais puisque dans nos propres affaires,
comme dans les affaires publiques, nos espérances ne nous ont que trop souvent trompés,
nous nous soumettons à la fatalité de notre sort ;
nous vous prions seulement, Romains, d'être
convaincus que, dans cette unique cause, toutes
les ressources de l'état, toute la constitution de
Rome, l'autorité des exemples anciens, la sûreté
du présent, l'espoir de l'avenir, dépendent abso-

lument de vous et de vos décisions. Si jamais la République a imploré la sagesse , les lumiè- res , la vigilance et la gravité des juges , c'est aujourd'hui, oui, c'est aujourd'hui qu'elle les implore. Ce n'est pas pour venger les injures des Lydiens , des Mysiens ou des Phrygiens , qui ne sont amenés ici que par séduction ou par force , que vous allez prononcer , mais pour assurer l'état de votre République, la constitution de Rome , le salut commun , l'es- pérance de tous les bons citoyens, s'il reste encore quelque espoir pour soutenir le courage des citoyens vertueux. Tous les autres refuges de la vertu , les autres ressources de l'inno- cence , les autres forces de la République , ses autres moyens , tous ses secours , tous ses droits , sont anéantis. A quel autre tribunal m'adresser ? qui supplier ? qui implorer ? le sénat ? Mais lui-même a recours à vous ; il sent que le maintien de son autorité (1) dépend de

(1) Si Flaccus est condamné , il sera décidé que le sénat a eu tort de faire punir les conjurés ; ce sera le contraire , s'il est absous : car on en veut sur-tout à Flaccus pour avoir mis sous les yeux du sénat les preuves évidentes de la conjuration. L'arrêt du tribu- nal affoiblira donc ou maintiendra l'autorité du

vos arrêts. Les chevaliers Romains , cinquante
de nos juges , les principaux de l'ordre équestre,
vont déclarer s'ils ont eu les mêmes sentimens
que tout l'ordre. Implorerai-je enfin le Peuple ?
Mais le Peuple vous a abandonné tout son
pouvoir sur le sort des bons citoyens. Ainsi
donc , si nous ne conservons point devant vous
et par vous , je ne dis pas notre dignité , qui
est tombée entièrement ; mais notre sûreté qui
ne tient plus qu'au frêle appui d'un foible et
dernier espoir , il ne nous reste pas d'autre
asyle.

   Est-ce que vous n'appercevriez point quelles
vues , quels projets on a dans cette cause ,
contre qui l'on dispose des attaques ? On a

sénat. —— *Cinquante de nos juges.* Il y avoit alors
trois ordres qui tenoient les tribunaux , les sénateurs ,
les chevaliers Romains et les tribuns du trésor.
Y avoit-il cinquante juges de chaque ordre ? Les tribunaux Romains n'étoient jamais composés d'un si
grand nombre de juges. N'y avoit-il que des chevaliers Romains ? Il est parlé par la suite de Lucullus ,
personnage consulaire , qui étoit un des juges.
Je crois que , pour des raisons particulières que nous
ignorons , le plus grand nombre des juges de Flaccus
étoient chevaliers Romains , et qu'il n'y avoit que
quelques sénateurs.

condamné le citoyen qui a fait périr Catilina (1) marchant contre sa patrie, à la tête d'une armée; pourquoi celui qui a chassé Catilina de Rome ne craindroit-il pas ? On sollicite la peine du citoyen qui a découvert les indices de la ruine commune ; quelle assurance aura celui qui les a mis au grand jour ? On persécute les agens et les ministres d'une grande opération ; les auteurs et les chefs, à quoi doivent-ils s'attendre ? Eh ! plût aux dieux que nos ennemis, les ennemis de tous les bons citoyens, voulussent m'attaquer moi-même ! on verroit si tous les bons citoyens m'ont secondé puissamment, ou plutôt, s'ils m'ont vraiment guidé dans mes travaux pour le salut commun (2).

Il manque ici beaucoup de choses. L'orateur, à ce qu'il paroît, s'étoit attaché sur-tout à faire connoître la personne de Flaccus.

Par où, Lélius, attaquez-vous un tel homme? En Cilicie il a été tribun des soldats sous Ser-

(1) *Le citoyen qui a fait périr* . . . Caïus Antonius, collègue de Cicéron : *celui qui a chassé* . . . Cicéron lui-même. — Plus bas, *du citoyen qui* . . . c'est Flaccus. *Celui qui* . . . c'est Cicéron.

(2) La phrase n'est pas finie en latin ; j'ai suppléé en françois ce que je crois qui manque.

vilius (1). On n'en parle pas. En Espagne il a
été questeur de Pison. Nulle mention de sa
questure. Il a fait en grande partie et soutenu la
guerre de Crète avec un fameux général. L'accusation se tait sur cette circonstance de sa
vie. Quel objet étendu que l'administration de
la justice dans la préture ! combien il attire
d'ennemis ! à combien de soupçons il expose !
On ne touche point cet article. La conduite de
Flaccus dans cette même préture , lorsque la
République étoit exposée aux plus affreux
périls (2) , est même louée par ses ennemis.

Mais sa préture d'Asie est inculpée par des
témoins. Avant de dire quels sont ces témoins ,
par quelles espérances , par quels motifs , par
quels moyens violens on les anime ; quelle est
leur légèreté , leur indigence , leur perfidie ,
leur audace , je vais parler des témoins en géné-

_____

(1) Publius Servilius Isauricus , qui avoit triomphé des Isaures et de la Cilicie. —— Questeur de
Marcus Pupius Piso , lequel gouverna l'Espagne
après sa préture. —— *Avec un fameux général,*
Avec Quintus Métellus , qui triompha de la Crète ,
et fut surnommé *Créticus.*

(2) Dans le tems de la conjuration de Catilina.

ral et du malheur auquel nous sommes exposés tous.

Je vous le demande, Romains, pour savoir comment Flaccus, qui venoit de rendre la justice à Rome, l'a rendue l'année d'après en Asie, vous en rapporterez-vous à des témoins inconnus ? ne jugerez-vous rien par conjecture ? Dans un ressort aussi étendu, combien Flaccus n'a-t-il pas rendu d'ordonnances ? combien n'a-t-il pas choqué de citoyens puissans ? toutefois a-t-on jamais produit, je ne dis pas un simple soupçon, pour l'ordinaire si mal fondé, mais un mot de ressentiment ou de plainte ? Et celui-là est accusé d'avarice, qui, dans une place où l'on trouve mille moyens de gagner, a rejetté tout gain honteux ; qui, dans une administration si souvent suspecte, a échappé à tout soupçon, a échappé non-seulement à toute inculpation, mais à la médisance même dans une ville médisante ! Je ne dis pas, ce que je devrois dire, qu'on ne sauroit citer aucun trait d'avarice dans sa vie privée, aucun démêlé pour intérêt pécuniaire ; rien de bas et de sordide dans l'intérieur de sa maison. Quels témoins puis-je donc opposer aux témoins qui nous chargent, sinon vous-mêmes ? Un habitant de Tmolus (1) , d'un misérable bourg , homme inconnu chez nous , et même dans son pays , vous apprendra-t-il quel est Flaccus ? Flaccus que vous savez avoir été aussi distingué par sa sagesse dans son jeune âge que par son inté-grité dans une grande province ; Flaccus en qui nos armées ont reconnu un brave soldat , un commandant sévère , un lieutenant et un questeur désintéressé ; Flaccus en qui vous avez vu de vos propres yeux , un sénateur ferme , un préteur équitable , un citoyen dévoué à la République ? Lors donc que vous pouvez servir de témoins à d'autres , écouterez-vous d'autres témoins ?

Et quels témoins ? Je dis d'abord ce qui est commun à tous ; des Grecs. Ce n'est pas que je cherche à décrier cette nation ; car s'il en est parmi nos Romains qui aient de l'estime et de l'inclination pour les Grecs , je suis sans doute de ce nombre , et je l'étois plus encore lorsque j'avois plus de loisir. Mais beaucoup parmi eux

(1) Très-petite ville de Lydie , située près d'une montagne appellée du même nom , Tmolus. Les livres portent *Timolites* : je lis *Tmolites* avec Paul Manuce.

qui ont de la probité, de la science et de l'honneur, n'ont pas été produits à ce tribunal :
beaucoup qui sont sans pudeur, sans lettres,
sans principes, ont été amenés ici par divers
motifs. Au reste, voici ce que je dis des Grecs
en général : je leur accorde de la littérature, je
leur donne des connoissances étendues et variées ;
je ne leur refuse pas l'agrément de la conver-
sation, la pénétration d'esprit, la facilité de
parler ; enfin, s'ils s'attribuent encore d'autres
qualités, je ne m'y oppose pas. Quant à la
bonne foi et au scrupule dans les témoignages,
ils ne s'en piquèrent jamais. Ils ignorent de
quelle force, de quel poids, de quelle conséquence est une déposition juridique. Cette
parole, prête-moi ton témoignage, vient-elle
de l'Espagne ou de la Gaule ? Elle appartient
aux Grecs entièrement ; en sorte que ceux
même qui n'entendent pas la langue, savent
comment cela se dit en grec. Aussi voyez avec
quel air, avec quelle assurance ils déposent; et
vous jugerez de leur scrupule en déposant. Ils
ne répondent jamais précisément à ce que nous
leur demandons, ils répondent toujours à l'accusateur plus qu'ils ne lui demandent. Ce qui
les embarrasse, ce n'est pas de ne rien dire qui

ne soit reconnu vrai ; mais la manière dont ils s'expliqueront.

Voyez nos Romains au contraire (1). Lurcon irrité a déposé contre Flaccus : il lui en vouloit, à ce qu'il disoit lui-même, parce qu'il avoit rendu contre son affranchi une sentence diffamante. Retenu par la religion du serment, il n'a rien dit qui pût nuire à Flaccus, malgré le désir qu'il en avoit. Dans le peu qu'il a dit, quel étoit son embarras, comme il trembloit ! comme il pâlissoit ! Quel homme vif que Septimius ! qu'il étoit animé contre Flaccus, à cause de la condamnation de son fermier ! Il hésitoit néanmoins dans sa déposition ; sa conscience combattoit quelquefois son ressentiment. Cœlius étoit ennemi de Flaccus, parce que (2) celui-ci, convaincu comme d'une chose évidente, qu'un fermier public ne pouvoit prononcer contre un fermier public, l'avoit retranché du nombre des commissaires : il se contint toutefois, et

(1) J'ai ajouté cette petite phrase, qui m'a paru nécessaire en françois pour faire une transition.

(2) Je voudrois qu'après *cùm* on ajoutât *hic*, parce que *cùm putasset* se rapporte évidemment à Flaceus.

n'apporta au jugement que la volonté de nuire.

S'ils eussent été Grecs , si nos mœurs et nos maximes n'eussent point prévalu sur le ressentiment et sur la haine , ils auroient dit tous , qu'ils avoient été persécutés , dépouillés , ruinés. Un témoin Grec se présente-t-il avec l'intention de nuire , il ne pense pas à la formule du serment , mais aux paroles qui pourront remplir son intention maligne. Ce qui , à son avis , est le plus honteux , c'est d'avoir du désavantage , d'être réfuté , d'être confondu : il s'arrange pour emporter ce qu'il désire ; c'est la seule chose qui l'embarrasse. Aussi ne choisit-on pas les plus honnêtes , les plus dignes de foi ; mais les plus impudens et les plus grands parleurs. Vous , Romains , dans les moindres causes particulières , vous considérez le témoin avec une extrême attention : bien que vous connoissiez sa figure , son nom , sa tribu , vous croyez devoir examiner ses mœurs. Et celui d'entre nous qui dépose en justice , comme il se retient lui-même ! comme il mesure tous ses termes ! comme il appréhende de ne rien dire avec passion , avec emportement , plus ou moins qu'il ne faut ! pensez-vous qu'il

en soit de même des Grecs , qui regardent le
serment comme une plaisanterie , qui se font
un jeu d'une déposition , pour qui votre estime
n'est qu'une ombre , qui , dans un mensonge
effronté , trouvent crédit , profit , gloire , applaudissemens ? Mais je n'en dirai point davantage;
je ne finirois pas , si je voulois m'étendre sur la
fausseté des Grecs en général dans leurs dépositions. Je vais combattre les adversaires de plus
près , et parler des témoins qu'ils produisent.
Nous avons rencontré , Romains , un accusateur violent , un ennemi des plus fâcheux et
des plus opiniâtres : j'espère qu'il n'en sera que
plus utile à ses amis et à la République ; mais ,
certes , en se chargeant de cette affaire , il a
montré trop de passion et d'animosité. Quel
cortège dans ses informations ! je dis cortège ;
disons plutôt, quelle armée ! quelle profusion
d'argent ! quelles dépenses ! quelles largesses!
Quoique je puisse tirer delà avantage pour ma
cause , je n'en parle toutefois qu'avec ménagement : car Lélius , et c'est là ma crainte ,
Lélius qui s'est porté à toutes ces démarches
pour se faire honneur, pourroit croire que j'ai
voulu le décrier et le rendre odieux.

J'abandonné donc tout cet article ; je vous

prierai seulement , Romains , si , dans les con-
versations et dans les nouvelles , vous avez
entendu parler de violence , d'armes, de troupes , je vous prierai de vous rappeller les
démarches odieuses qui tout récemment ont
fait régler et fixer par une loi le cortège d'un
accusateur dans ses informations. Mais laissant
à part la violence ., que dirai-je des autres moyens
qu'on a mis en œuvre ? comme ils ne sont pas
contraires au droit et à l'usage des accusateurs ,
nous ne pouvons absolument les blâmer , mais
nous sommes forcés de nous en plaindre.
D'abord , on a chargé plusieurs personnes de
faire courir le bruit dans toute l'Asie que Pompée
étant ennemi déclaré de Flaccus , avoit pressé
Lélius , dont le père étoit intime ami du
sien (1) , de le traduire en justice ; que , pour
le succès de cette affaire , il l'avoit assuré de
tout son crédit , de toute sa considération , de
toute sa puissance. Cela paroissoit d'autant plus

(1) Latin , *paterno amico ac pernecessario*. Lélius ,
jeune homme , pouvoit-il avoir été l'ami intime de
Pompée, mort il y avoit vingt ans? Il faut donc
entendre ces mots comme nous les avons traduits.
Nous verrons dans le même discours *paternum ini-*
micum pris au même sens.

vraisemblable à des Grecs que peu auparavant, dans la même province, ils avoient vu Lélius intimement lié avec Pompée, et que Pompée jouit, comme il doit, de la plus grande considération chez tous les Peuples, et sur-tout dans la province qu'il vient de délivrer de la guerre des pirates et de celle de deux princes ligués (1).

Ajoutons que Lélius effrayoit, en les sommant de venir rendre témoignage, ceux qui vouloient rester dans leur ville, et que ceux qui étoient prêts à la quitter, il les animoit en fournissant amplement et libéralement aux frais de leur voyage. Ainsi un jeune noble, plein d'esprit, a déterminé les riches par la crainte, les pauvres par l'intérêt, les ignorans par la séduction : ainsi furent extorqués ces beaux décrets qu'on nous a lus, décrets qui n'ont pas été scellés de la foi du serment, qui n'ont pas été rendus en déclarant les avis et après une mûre délibération, mais en levant les mains (2) et au milieu des clameurs d'une multitude ameutée.

(1) Mithridate et Tigrane.

(2) Dans la plupart des Républiques de la Grèce et

Qu'il

Qu'il est admirable l'usage que nous tenons
de nos ancêtres , si nous y restions fidèles !
mais je ne sais comment nous le laissons s'abolir. Ces hommes sages et respectables ont voulu
qu'on ne pût rien statuer (1) dans l'assemblée
même ; ils ont voulu que ce ne fût qu'après la
séparation de l'assemblée et dans un lieu à
part , lorsque tous les citoyens auroient été

de l'Asie mineure , on donnoit son suffrage en
levant les mains. Delà *cheirotonein* et *cheirotonia*.

(1) Chez les Romains , suivant les règles , on ne
portoit pas de loix dans l'assemblée tenante ; mais
après que les loix avoient été proposées à la tribune et
affichées pendant plusieurs jours de suite , on se
rendoit au champ de Mars ; et là , si on tenoit les
comices par centuries , le Peuple se divisoit d'abord
par tribus et ensuite par centuries. Je renvoie à mon
traité de la Constitution de la République Romaine ,
où j'ai expliqué les différentes sortes de comices ,
les classes , les centuries de cavaliers , de fantassins ,
de jeunes gens , de vieillards , etc. J'y ai aussi expliqué la manière dont se faisoient les loix. — *Les
ordonnances du Peuple*. Le latin porte *quae scisce-
ret plebs , aut quae populus juberet*. Ce que le
Peuple assemblé par tribus (*plebs*) ordonnoit , s'appelloit *plebis scitum* ; ce que le Peuple assemblé par
centuries (*populus*) ordonnoit , se nommoit *populi
jussum*.

divisés par tribus et par centuries, suivant leurs
ordres, leurs classes et leurs âges, lorsque
ceux qui proposent la chose auroient été enten-
dus, lorsque la proposition même auroit été
affichée et examinée plusieurs jours de suite ;
que ce ne fût, dis-je, qu'avec toutes ces formes
que les ordonnances du Peuple fussent confir-
mées ou annullées. Les Républiques des Grecs
sont gouvernées toutes entières par les caprices
d'une assemblée tumultueuse. Aussi, sans parler
de la Grèce actuelle, depuis long-tems abattue
et ruinée par sa mauvaise administration, l'ancienne Grèce que distinguoient jadis ses richesses, son empire et sa gloire, n'est tombée que
par ce seul vice de gouvernement, par une
liberté sans bornes, et par la licence des assemblées, lorsqu'une multitude d'hommes, sans
nulle expérience, sans nulle connoissance des
choses, avoit pris séance (1) dans la place

(1) *Dans la place publique* : latin , *in theatro.*
On appelloit *theatrum* en latin ce que nous appellons
en françois *amphithéâtre*, c'est-à-dire un grand espace terminé par des gradins élevés les uns au-dessus
des autres. Or, il y avoit de ces amphithéâtres dans
plusieurs des places publiques de la Grèce, et en
particulier à Athènes.

publique , alors on entreprenoit des guerres
nuisibles , alors on mettoit des séditieux à la
tête des affaires ; alors on bannissoit les citoyens
qui avoient rendu les plus signalés services. Si
ces désordres régnoient à Athènes , lorsque
cette ville étoit célèbre , non-seulement dans la
Grèce , mais chez presque toutes les nations ;
croyez-vous que les assemblées aient été bien
réglées dans la Phrygie et dans la Mysie ? Les
hommes de ces provinces troublent ordinairement nos assemblées (1) ; que font-ils , pensez-
vous , lorsqu'ils sont entr'eux ? Athénagoras
de Cymée avoit été battu de verges pour avoir
ósé exporter du blé dans une famine. On a
convoqué une assemblée exprès pour Lélius.
Athénagoras est monté à la tribune , il a
harangué les Grecs ses compatriotes ; sans rien
dire du délit , il s'est plaint de la peine. On a
levé les mains ; et voilà un décret. Est-ce là un

(1) Sont-ce nos assemblées à Rome lorsqu'ils s'y
transportent , ou les assemblées tenues par nos gouverneurs dans leurs provinces ? C'est ce que je ne
puis décider. —— Cymée , ville d'Asie , dans la
partie appellée Eolide. L'Athénagoras dont il est ici
fait mention , avoit sans doute été battu de verges
sous la préture de Flaccus.

témoignage authentique ? Au sortir d'un long festin et comblés depuis peu de largesses, les habitans de Pergame s'assemblent ; Mithridate (1), qui gouvernoit cette multitude par la fumée des viandes, et non par l'autorité des raisons, leur déclare ce qu'il veut ; des cordonniers, des ceinturiers et des corroyeurs l'approuvent de leurs cris. Est-ce là le témoignage d'une ville ? J'ai amené de Sicile des témoins (2) qui venoient au nom des villes de cette province ; mais ils apportoient les témoignages d'un sénat lié par un serment, et non ceux d'une populace ameutée. Ce n'est donc plus à moi d'examiner chaque témoin, c'est à nos juges de voir si les décrets dont je parle doivent être regardés comme de vrais témoignages.

Un jeune homme d'un mérite rare, d'une grande naissance, éloquent, accompagné d'un brillant et nombreux cortège, arrive dans une ville grecque ; il demande une assemblée : les

(1) Mithridate, citoyen de Pergame. *Des cordonniers . . .* J'ai suivi la leçon, *id sutores et zonarii ac coriarii conclamârunt.*

(2) *J'ai amené de Sicile des témoins* contre Verrès dont j'étois accusateur.

hommes qui ont des richesses et un caractère,
il les effraie, il les empêche de le traverser,
en les sommant de venir témoigner contre
Flaccus; ceux qui sont sans biens et sans principes, il les gagne par l'espoir d'être envoyés
comme députés et défrayés par leur trésor, il
les séduit même par des largesses particulières.
Pour les ouvriers, les gens de boutique, et
toute la lie des villes, étoit-il bien difficile de
les animer, sur-tout contre un homme qui
venoit d'avoir sur eux une autorité souveraine, et qui pour cela même ne devoit pas en
être souverainement aimé ? est-il étonnant que
des hommes pour qui nos haches sont un objet
d'horreur, notre nom un supplice, nos dîmes,
nos entrées, toutes nos espèces d'impôts (1), une
mort, saisissent volontiers toute occasion de
nous nuire quand elle se présente ? Souvenez-vous
donc, lorsque vous entendrez la lecture des
décrets, que ce ne sont point de vrais témoi-

---

(1) Latin, *scriptura*, *decumae*, *portorium*. On
appelloit *scriptura*, ce qu'on faisoit payer aux particuliers pour envoyer leurs troupeaux dans les pâtu-
rages appartenans à l'empire. *Decumae*, dîmes qu'on
étoit obligé de donner ou de vendre. *Portorium*,
droits d'entrée et de sortie.

gnages que vous entendez, mais les vaines clameurs de citoyens frivoles, mais les mouvemens d'une populace capricieuse, mais le
tumulte d'une foule ignorante, mais le bruis-
sement des assemblées d'une nation légère.

Ainsi approfondissez la nature des divers
griefs, vous ne trouverez que des promesses
faites aux témoins, de la terreur et des menaces.....

*Il manque ici quelque chose. Le passage est un
peu trop brusque.*

Les villes n'ont rien dans le trésor, elles
n'ont pas de revenus. Il n'est que deux moyens
de faire de l'argent, l'emprunt ou les impôts.
On ne produit point de registres de créanciers,
on ne lit aucun rôle pour la levée des impôts.
Voyez, je vous prie, par la lettre de Pompée à
Hypséus (1) et d'Hypseus à Pompée, avec quelle
facilité les Grecs ont coutume de fabriquer de
faux registres, et d'y porter ce qu'ils veulent.

(*On lit la lettre de Pompée et celle d'Hypséus.*)

Vous semble-t-il que je montre assez clairement
par ces autorités combien les Grecs ont peu de
scrupule et quelle est leur licence audacieuse ?

(1) Hypséus, questeur de Pompée dans la guerre
de Mithridate.

Penserions-nous que des hommes qui trom-
poient Pompée , lui présent , et sans que personne les poussât , aient été scrupuleux et timi-
des contre Flaccus , contre Flaccus absent , et
lorsqu'ils étoient pressés par Lélius ? Mais je
suppose que les registres n'ont pas été falsifiés
dans les villes , quelle autorité , quelle créance
peuvent-ils maintenant avoir ? la loi ordonne
de les porter chez le préteur avant trois jours ,
scellés du sceau des juges : on les porte à peine
le trentième jour. La loi ordonne de les sceller
et de les remettre au magistrat pour qu'on ne
puisse pas les falsifier aisément : mais on les
scelle déja falsifiés. Ne les porter aux juges
que si long-tems après , ou ne les point porter
du tout , n'est-ce pas la même chose ? Mais si
les témoins sont d'intelligence avec l'accusateur, verra-t-on toûjours en eux des témoins ?

Où donc est ce grand fond qu'on fait dans les
tribunaux sur la preuve testimoniale ? auparavant , lorsque l'accusateur avoit parlé avec force
et avec véhémence, que l'accusé avoit répondu
d'un ton suppliant et soumis , on entendoit en
troisième lieu les témoins (1) qui déposoient

(1) On finissoit ordinairement par les témoins ;

B 4

sans aucune passion, ou qui, du moins, savoient la dissimuler. Mais ici que voyons-nous ? Les témoins sont-ils assis sur le banc des accusateurs ; ils se levent du même banc : ils ne se cachent pas, ils n'ont ni crainte ni pudeur. Mais que parlerai-je de bancs ? ils sortent de la même maison : s'ils hésitent dans un seul mot, ils ne retrouveront plus d'asyle. Peut-on regarder comme témoin un homme que l'accusateur interroge sans inquiétude, sans appréhender qu'on lui réponde autrement qu'il ne désire. Où donc est ce mérite qu'on remarquoit auparavant dans un accusateur ou dans un défenseur ? Il a bien interrogé le témoin, disoit-on ; il l'a retourné avec adresse, il l'a embarrassé, amené là où il vouloit, confondu et réduit au silence. Pourquoi, Lélius, interrogeriez-vous un témoin qui, avant que vous l'ayez interrogé, en débitera bien plus encore que vous ne lui avez prescrit dans votre maison ? et pourquoi le défenseur l'interrogeroit-il ? Dans un témoin, on a coutume de réfuter la déposition

quelquefois cependant on commençoit par les entendre, quelquefois aussi on les entendoit dans le cours de la plaidoirie.

ou d'attaquer la vie. Par quel raisonnement
réfuterai-je la déposition d'un témoin qui dit :
Nous avons donné, et rien de plus? Il faut donc
parler contre la personne du témoin, puisqu'on ne sauroit argumenter contre ce qu'il
dépose. Que pourrois-je dire contre un inconnu?
Il nous reste donc à nous plaindre, ce que je
fais depuis long-tems, de toute l'injustice de
l'accusation. Je me plains d'abord des témoins
en général, des témoins qu'envoie une nation
nullement scrupuleuse sur l'article des témoignages. Je dis plus : je soutiens que vos pré-
tendus décrets ne sont pas de vraies dépositions, mais les clameurs confuses d'une foule
d'indigens, mais les mouvemens tumultueux
d'une assemblée grecque. Je vais plus loin
encore. Celui qui a fait la chose n'est point
présent : on n'a point amené celui que l'on dit
avoir compté les sommes : on ne produit aucun
registre particulier, les registres publics sont au
pouvoir de l'accusateur. Tout dépend des
témoins, et ils vivent avec nos ennemis, ils
habitent avec nos accusateurs, ils se présentent avec nos adversaires. Avez-vous cru, je
vous le demande, qu'il seroit question ici d'opprimer et de perdre l'innocence, et non d'examiner et de discuter la vérité?

Il est, sans doute, bien des cas sur lesquels nous ne devons pas être indifférens, à cause de l'exemple et des suites qu'ils peuvent avoir, supposé même que la personne ne méritât pas qu'on y fît grande attention. Quand je défendrois un homme de la plus basse origine, dont la vie n'auroit rien de remarquable, qui ne jouiroit d'aucune réputation ; cependant par le droit de la simple humanité et par les sentimens d'une compassion naturelle, je supplierois des citoyens en faveur d'un citoyen, je vous prierois de ne pas livrer votre concitoyen et votre suppliant à des témoins inconnus, à des témoins passionnés, assis sur le banc de l'accusateur, logeant sous le même toît, mangeant à la même table, de ne pas l'abandonner à des hommes Grecs par la légéreté, barbares par la cruauté ; je vous prierois de ne pas donner pour l'avenir un exemple dangereux. Mais il s'agit de Flaccus, sorti d'une famille dont le premier consul (1) a été le premier consul de Rome, a chassé les rois par son courage, a fondé la liberté publi-

___

(1) Publius Valérius Poplicola. Le second *cujus* doit se construire avec *familiâ* ; comme si on lisoit *ex illâ familiâ, cujus*.....

que ; d'une famille dont des magistratures, des commandemens, de brillans exploits ont maintènu l'éclat jusqu'à ce jour sans aucune interruption ; il s'agit de Flaccus qui n'a point dégénéré de la vertu de ses ancêtres toujours attestée par de nouvelles preuves , et qui , dans sa préture , s'est montré jaloux de la gloire qu'il voyoit avoir sur-tout illustré ses aïeux, de la gloire de mettre en liberté sa patrie : puis-je donc ne pas craindre qu'on ne donne un exemple nuisible dans la cause d'un pareil accusé ? fût-il réellement coupable , tous les citoyens honnêtes ne croiroient ils pas devoir fermer les yeux sur ses fautes ? Mais loin de vous demander de fermer les yeux , je vous prie au contraire, Romains, et je vous conjure d'examiner toute la cause avec l'œil le plus attentif. Vous ne trouverez dans toutes les dépositions ni bonne foi , ni droiture , ni sincérité ; vous n'y trouverez qu'esprit de parti , passion , emportement, parjure , cupidité.

Car après avoir donné une idée générale des témoins qu'on nous oppose , je vais parcourir en détail les plaintes et les imputations des Grecs. Ils se plaignent qu'on a exigé de l'argent des villes pour équiper une flotte. Nous convenons du fait. Mais si on peut faire de cela un chef d'accusation, c'est ou parce que la chose n'étoit pas permise, ou parce qu'on n'avoit pas besoin de vaisseaux, ou parce qu'il n'y a eu aucune flotte en mer sous la préture de Flaccus.

Pour vous convaincre, Lélius, que la chose étoit permise, écoutez ce que le sénat a ordonné sous mon consulat, conformément aux décrets de toutes les années précédentes. (*On lit le sénatus-consulte*). Examinons en second lieu si on avoit besoin d'une flotte. Est-ce aux Grecs, est-ce aux nations étrangères à le décider, ou à nos préteurs, à nos commandans, à nos généraux ? Pour moi je pense que, dans une contrée et dans une province entourée de la mer, remplie de ports, environnée d'isles, on devoit avoir une flotte, non-seulement pour la défense, mais encore pour la gloire de cet empire. Tels étoient le systême et les vues sublimes de nos ancêtres : dans leurs maisons, dans leurs dépenses privées, ils se contentoient de peu, ils vivoient fort simplement ; étoit-il question de l'empire, de la majesté de Rome, ils rappelloient tout à la gloire et à la magnificence. En effet, dans la vie domestique, on veut de la simplicité et de la modestie ; dans les dépenses publiques , il faut de la dignité et de la splendeur. Mais si Flaccus a eu une flotte même pour la défense , aura-t-on l'injustice de le blâmer ? Il n'y avoit pas de pirates, dit-on. Pouvoit-on répondre qu'il n'y en auroit point ? Mais vous diminuez la gloire de Pompée. Mais vous plutôt vous augmentez son embarras. Pompée a ,détruit les flottes des pirates , leurs villes , leurs ports , leurs asyles ; il a pacifié la mer avec une valeur extrême et une promptitude inouie. Mais il n'a pris ni dû prendre sur lui , s'il paroissoit quelque part le plus petit vaisseau pirate , d'en répondre et d'en porter le blâme. Aussi lui-même en Asie, quoiqu'il eût terminé toutes les guerres sur terre et sur mer , exigea-t-il une flotte des mêmes villes. Or , si Pompée a décidé qu'on avoit besoin de vaisseaux lorsque son nom et sa présence pouvoient maintenir par-tout la sûreté et la paix ; que devoit , je vous le demande, décider Flaccus après le départ de Pompée ? que devoit-il faire ?

Et nous ici, par le conseil du même Pompée , sous le consulat de Silanus et de Muréna , n'avons-nous pas ordonné qu'on auroit une flotte en Italie ? Dans le même tems où Flaccus exigeoit des rameurs en Asie , ne levions-nous pas ici quatre millions trois cents mille sesterces (1) pour les mers supérieure et inférieure ? et la dernière année de sa préture , les questeurs Curius et Sextilius n'ont-ils pas levé de l'argent pour une armée navale ? Enfin , dans tous ces derniers tems , la côte maritime n'a-t-elle pas été gardée par une troupe de cavalerie ? Ce qui relève sur-tout la gloire de Pompée , c'est d'abord que les pirates , qui étoient répandus et qui couroient sur toute l'étendue de la mer , lorsqu'on le chargea de la guerre maritime , aient tous été réduits sous notre puissance ; ensuite , que la Syrie soit à nous , que la Cilicie nous appartienne , que l'isle de Cypre , contenue par le roi Ptolémée (2) , ne puisse rien entreprendre ; que de plus , la Crète , par le courage de Métellus , nous soit assujétie ; que les pirates n'aient plus aucun endroit d'où ils puissent partir , aucun où ils puissent revenir ; que tous les golfes , les promontoires , les rivages , les isles , les villes

(1) 537,500 livres.

(2) C'est le même Ptolémée qui , l'année suivante , sous les consuls Gabinius et Pison , fut privé de son royaume par une loi de Clodius.

maritimes soient au pouvoir et sous la clé de notre empire.

Quand même, sous la préture de Flaccus, il n'y auroit pas eu de pirate en mer, ce ne seroit pas une raison pour blâmer sa précaution ; car je croirois qu'il n'y en a pas eu, parce qu'il avoit équipé une flotte. Mais si je prouve par les dépositions d'Opius, d'Agrius, de Cestius, chevaliers Romains, de l'illustre Domitius (1) qui est ici présent, et qui pour lors étoit lieutenant en Asie ; si je prouve qu'une foule d'hommes ont été pris par les pirates, blâmera-t-on encore Flaccus d'avoir exigé des rameurs ? Mais si les pirates ont même tué un citoyen d'Adramyttie (2), homme fameux, dont nous connoissons presque tous le nom, l'athlète Atinas, vainqueur aux jeux olympiques, ce qui, chez les Grecs (puisque nous parlons de la gravité de cette nation) est presque plus grand et plus glorieux qu'à Rome d'avoir triomphé ? Mais Flaccus n'a pris aucun pirate. Combien de célèbres généraux ont

(1) Cnæus Domitius Calvinus, qui ensuite fut consul avec Messala.

(2) Adramyttie, ville de Mysie, proche le Caïque.

commandé sur les côtes maritimes, qui, sans
avoir pris aucun pirate, ont tenu la mer en
sûreté ? Une telle prise est l'effet du hasard,
du lieu, de l'événement, de l'occasion. Il est
facile d'échapper aux poursuites, quand on
connoît les abris les plus cachés, quand on
sait profiter de la faveur et du retour des vents.

Il reste à examiner si notre flotte a réellement parcouru la mer avec des rames, ou
vogué seulement en dépense et sur des registres.
Peut-on nier un fait dont toute l'Asie est témoin,
que la flotte a été divisée en deux parties, que
l'une a navigé au dessus et l'autre en deçà
d'Ephèse ? Avec cette flotte, l'illustre Crassus
est passé de la ville d'Ene (1) dans l'Asie. Avec
ces vaisseaux, Flaccus s'est transporté d'Asie
dans la Macédoine. En quoi donc peut-on attaquer l'intégrité du préteur ? sur le nombre
des vaisseaux et sur la répartition égale de la
dépense ? il a exigé la moitié des vaisseaux
dont s'étoit servi Pompée. En pouvoit-il exiger
moins ? il a réparti l'imposition d'après le rôle
de Pompée conforme à celui de Sylla. Ce dernier ayant réparti également les dépenses sur

(1) Ene, ville de Thrace.

toutes les villes d'Asie (1) , Pompée et Flaccus
ont suivi le même rôle. Mais on n'a pas employé toute la somme , et Flaccus ne rapporte
pas ce qui lui est resté d'argent, Que gagne-
roit-il à rapporter l'argent, puisqu'il avoûe
l'avoir exigé , ce dont vous lui faites un crime?
Est-il donc nécessaire de prouver qu'il est coupable de ne pas rapporter l'argent , puisqu'il
le seroit toujours quand il le rapporteroit (2)?
Vous dites que mon frère , successeur de
Flaccus , n'a point exigé d'argent pour des
rameurs. Sans doute les louanges données à
mon frère me flattent , mais on peut le louer
sur des objets plus importans et plus essentiels.
Il a vu les choses autrement que Flaccus , il a
pris un autre parti. Il a cru qu'en quelque
tems qu'on entendît parler de pirates , il équi-
peroit une flotte si-tôt qu'il voudroit. Enfin ,
mon frère est le premier qui en Asie ait dispensé les peuples de fournir des rameurs. Or,

(1) J'ai traduit comme si on lisoit *qui cùm in omnes
Asiae civitates proportione pecuniam descripsisset.*
(2) Je crois qu'au lieu de *nullum* il faut lire *ullum*,
ou plutôt *multùm.* J'ai tâché d'éclaircir dans ma traduction, le mieux qu'il m'a été possible, cet endroit
qui n'est pas très-facile à entendre.

on ne fait un crime à un magistrat que lorsqu'il établit des impositions qui n'avoient pas
encore été ordonnées, et non lorsque son successeur change quelque chose aux établisse-
mens de ses prédécesseurs. Flaccus ne pouvoit
savoir ce que feroient après lui les autres ; il
voyoit ce qu'on avoit fait avant lui.

Mais puisque j'ai parlé en général des inculi-
pations de toute l'Asie (1), je vais m'occuper
à présent de chaque ville en particulier. Nous
prendrons d'abord la ville d'Acmone. (*L'appariteur appelle à haute voix les députés d'Acmone*). Mais je ne vois paroître que le seul
Asclépiade ; que les autres se montrent donc.
Avez-vous forcé, Lélius, même l'appariteur
de mentir ? Asclépiade peut-être ; oui, Asclépiade est un homme d'un assez grand poids
pour représenter toute sa ville, lui qui dans sa
ville même a subi d'infamantes condamna-
tions, lui dont le nom n'est porté sur les
registres publics qu'avec des notes flétrissantes :

_____

(1) J'ai suivi la leçon de *communi totius Asiæ
criminæ*. Un peu plus bas, j'ai lu *proderui cæ-
teri*, en ajoutant ce dernier mot, qui ne se trouve
pas dans plusieurs livres. — Acmone, ville de
Phrygie.

ses adultères et ses infamies sont consignées dans les registres d'Acmone ; je ne les ferai pas lire à cause de la longueur des articles, et plus encore à cause de l'obscénité des termes. Il a dit dans sa déposition que la ville avoit remis à Flaccus deux cents six mille (1) drachmes: Il s'est contenté de le dire sans l'appuyer d'aucune preuve ni d'aucun écrit ; mais il a ajouté ce qu'assurément il auroit dû prouver, puisque la chose lui étoit personnelle, qu'il lui avoit remis en son nom une pareille somme. L'impudent ! on lui a enlevé plus qu'il ne souhaita jamais de posséder. Il prétend avoir remis cette somme par les mains de Sextilius et par celles de ses frères. Sextilius a pu la remettre : pour ses frères, ils partagent son indigence. Ecoutons donc Sextilius : que ses frères eux-mêmes paroissent, qu'ils mentent aussi effrontément qu'ils voudront, qu'ils disent avoir remis ce qu'ils n'eurent jamais ; s'ils se présentent, leurs

(1) Environ 13,000 liv. — Un peu plus bas, *une pareille somme*. Le texte porte la même somme énoncée ci-dessus : mais peut-être est-ce une erreur de nombre. Il est difficile de croire qu'Asclépiade eût prétendu avoir remis une somme aussi forte que sa ville.

propres paroles fourniront peut-être de quoi
les confondre. Je n'ai pas, dit-il, amené Sextilius. Montrez les registres. Je ne les ai pas
apportés. Faites au moins paroître vos frères.
Je ne les ai pas sommés de venir. Ainsi donc,
ce que le seul Asclépiade, accablé de misère,
décrié pour sa vie, diffamé par des arrêts,
soutenu seulement de son audace et de son
impudence, ce qu'a dit Asclépiade sans registres et sans autorité, nous le redouterons
comme une accusation réelle, comme une déposition authentique. Le même homme disoit
que le témoignage produit par nous et donné
en faveur de Flaccus par les habitans d'Acmone,
n'étoit d'aucun poids. Nous devions désirer
de n'avoir plus cette pièce. Car dès que cet
illustre représentant de sa ville eut apperçu le
sceau public, il nous dit que ses citoyens et
les autres Grecs scelloient tout ce qu'on vouloit, selon le besoin de la circonstance.
Gardez, Asclépiade, gardez le témoignage de
votre ville : les mœurs et la réputation de
Flaccus n'ont pas besoin d'un pareil appui.
Vous m'accordez un point essentiel à cette
cause, c'est qu'il n'y a rien de solide, rien
de suivi, rien d'assuré dans les Grecs, qu'on

ne doit ajouter aucune foi à ce qu'ils attestent.
A moins peut-être que , dans tout ce que vous
avez dit devant ce tribunal , on ne doive distinguer entre vos paroles et vos dépositions ,
on ne doive répéter d'après vous que , si
les villes ont fait quelque chose en faveur de
Flaccus , elles l'ont fait uniquement pour com-
plaire à un homme absent ; mais qu'en faveur
de Lélius qui étoit présent , qui agissoit par
lui-même , suivant la rigueur de la loi et le
droit d'accusateur , qui de plus effrayoit et
menaçoit de son crédit ; qu'en faveur de Lélius , dis-je , elles n'ont rien écrit , elles n'ont
rien scellé pour la circonstance.

J'ai vu , Romains, que les plus petites choses
donnoient souvent de grandes ouvertures ;
c'est ce qui est arrivé par rapport à Asclépiade.
Le témoignage produit par nous étoit scellé
avec cette craie d'Asie que nous connoissons
presque tous, dont on se sert dans les dé-
pêches publiques , et même dans ces lettres
particulières que chacun de nous reçoit tous
les jours des fermiers de nos domaines. Le témoin lui-même , en voyant le sceau , n'a point
dit que la pièce fût fausse , il s'est expliqué sur
la légéreté de tous les habitans de l'Asie , dont

nous convenons très-volontiers. Ainsi la pièce
qu'il dit nous avoir été donnée pour la circonstance, mais qu'il avoue nous avoir été donnée,
est scellée avec de la craie ; et dans la déposition que l'on dit avoir été donnée à l'accusateur, nous voyons de la cire. Ici, Romains,
si je croyois que les décrets des habitans d'Acmone, où les registres des autres Phrygiens,
eussent fait une grande impression sur vous,
j'éleverois la voix, je m'expliquerois avec
toute la véhémence dont je serois capable,
j'attesterois les fermiers publics, je produirois
les commerçans, j'implorerois même vos connoissances ; je me persuaderois que la découverte de la (1) cire dévoile la fausseté de la
déposition entière, démontre qu'elle est l'unique ouvrage de l'audace. Mais je ne me pré-
vaudrai pas de ce moyen, je n'en triompherai
pas avec confiance, je ne ferai pas à un personnage aussi frivole l'honneur de le traiter comme
un témoin important ; je ne m'échaufferai pas
dans toute cette déposition des Acmonéens,

(1) Cicéron vouloit faire entendre que Lélius
n'ayant pas de craie d'Asie, il s'étoit servi de cire
pour fabriquer une déposition, n'ayant chez lui
que de la cire.

soit qu'elle ait été forgée ici, à ce qu'il paroît, soit qu'elle ait été envoyée de chez eux, comme on le dit. Des hommes à qui je laisserai leur témoignage rendu en notre faveur, puisque, suivant Asclépiade, ce sont des hommes légers, je ne redouterai pas leur déposition produite contre nous.

Je viens maintenant à la déposition des habitans de Dorylum ; les députés qu'on a fait paroître, ont dit avoir perdu les registres de leur ville près des cavernes. Qu'ils étoient donc curieux d'écritures, ces bergers, quels qu'ils soient, puisqu'ils ne leur ont enlevé que des registres ! Mais je soupçonne une autre cause, et nos députés de Dorylum sont assez rusés. Dans leur ville, je pense, on inflige une peine plus rigoureuse qu'ailleurs aux falsificateurs des registres. S'ils eussent produit les véritables, il n'y auroit pas eu de charge contre Flaccus : s'ils en eussent produit de faux, il y auroit eu une peine pour eux. Ils ont cru que le meilleur étoit de dire qu'ils étoient perdus. Qu'ils se tiennent donc tranquilles, qu'ils me laissent profiter de cette perte, et passer à autre chose. Non, ils ne le veulent pas. Un je ne sais quel particulier supplée aux registres.

et dit qu'en son nom il a remis une somme à
Flaccus. Une pareille effronterie est-elle sup-
portable ? Quand on fait lire des registres
publics qui ont été au pouvoir de l'accusateur,
on ne mérite aucune créance ; mais enfin on
observe la forme des jugemens, lorsqu'on
produit ces registres même, quels qu'ils soient.
Mais lorsqu'un homme, qu'aucun de vous n'a
jamais vu, dont aucun mortel n'a jamais entendu parler, se contente de dire : j'ai remis une
somme ; hésitez-vous à ne pas livrer un de vos
citoyens les plus illustres à la merci du plus
inconnu des Phrygiens ? C'est ce même homme
que dernièrement trois chevaliers (1) Romains,
infiniment recommandables, ont refusé de
croire dans une cause où il s'agissoit de liberté ;
il prétendoit que quelqu'un qu'on revendiquoit
comme esclave, étoit son parent proche. Et
celui qui n'a pas été un témoin digne de foi
quand il déposoit d'un outrage fait à son propre
sang, méritera d'être cru quand il atteste une
injure faite à sa ville ! Dernièrement on portoit au bûcher ce même habitant de Dorylum

_____

(1) *Trois chevaliers Romains*, qui, sans doute,
étoient nommés commissaires pour juger la cause.

lorsque vous teniez le tribunal, environné d'un Peuple nombreux ; Lélius rejettoit sur Flaccus l'odieux de cette mort. Vous êtes injuste, Lélius, de vouloir nous rendre responsables de tout ce qui arrive à vos hôtes, sur-tout quand cet accident ne vient que de votre négligence. Vous avez présenté un panier de figues à un Phrygien qui n'avoit jamais vu de figuier. Sa mort vous a été profitable, elle vous a soulagé ; vous êtes délivré d'un hôte grand mangeur : mais de quoi a-t-elle servi à Flaccus, puisque votre témoin a eu de la santé jusqu'au moment où il a comparu ? Il est mort en laissant l'aiguillon dans la plaie, après avoir rendu témoignage. Pour Mithridate, la force et le soutien de votre accusation, après avoir été interrogé deux jours par nous, après avoir déchargé son cœur, et bien dit tout ce qu'il vouloit, après s'être retiré pris en défaut, convaincu, confondu, il ne marche dans Rome qu'avec une cuirasse. En homme sage et instruit, il appréhende que Flaccus ne se charge d'un crime, à présent qu'il ne peut plus éviter son témoignage. Oui, quelqu'un qui s'est modéré avant que ce témoignage fût rendu, lorsqu'il pouvoit encore gagner quelque chose, cherchera maintenant à ajouter l'inculpation d'un meurtre véritable à la déposition d'un délit d'avarice supposé ! Mais Hortensius a parlé de Mithridate et de tout ce qui concerne ce témoin (1), avec autant de subtilité que de force ; nous allons continuer et passer au reste.

Celui qui a servi comme de chef pour soulever tous les Grecs que nous voyons assis sur le banc des accusateurs, est ce fameux Héraclide de Temnos, homme aussi sot que grand parleur, mais si habile, à ce qu'il s'imagine, que même il se donne pour maître des autres ; au reste, flatteur si assidu, qu'il nous fait journellement la cour à tous. Il n'a pu encore entrer dans le sénat de Temnos ; et quoiqu'il fasse profession d'enseigner aux autres l'art de la parole, lui-même s'est laissé convaincre devant les tribunaux des crimes les plus diffamans. Nicomède est venu avec lui comme député ; également heureux, il n'a pu entrer dans le sénat par aucun moyen, ayant été condamné pour vol et pour fraude (2). Quant

(1) Je lis en ajoutant avec de savans critiques *crimine* à *Mithridatico.*

(2) *Damnari pro socio*, être condamné comme

à Lysanias, chef de la députation, il est parvenu au rang de sénateur ; mais se montrant trop attaché au bien de la République , il s'est vu condamné pour péculat, dépouillé de sa fortune et du titre de sénateur. Ce sont ces trois hommes qui ont voulu falsifier nos propres registres (1): ils ont déclaré avoir neuf esclaves, quoiqu'ils n'en eussent pas amené un seul. Je vois d'abord que Lysanias étoit présent lorsqu'on faisoit le décret : les biens de son frère ont été vendus par sentence , sous la préture de Flaccus , parce qu'il ne payoit pas ce qu'il devoit au Peuple. Il est encore un Philippus , gendre de Lysanias , et un Hermobius dont le frère Polès a été aussi condamné pour malversation publique : tous deux attestent avoir remis à Flaccus et à ceux qui étoient avec lui quinze mille drachmes (2).

J'ai affaire à une ville très-exacte , et qui

ayant fraudé son associé. *Accusari , damnari pro socio, judicium pro socio,* expressions latines connues.

(1) *Falsifier nos propres registres ,* en faisant une fausse déclaration , en faisant porter sur nos registres qu'ils étoient venus avec plusieurs esclaves, quoiqu'ils n'en eussent aucun.

(2) Environ 7,500 livres.

tient fort soigneusement des registres. On ne peut y remuer une seule pièce d'argent sans employer cinq préteurs, trois quésteurs et quatre banquiers qui chez eux sont créés par le Peuple. De tout ce monde, ils n'ont amené personne ; et lorsqu'ils écrivent une somme remise nommément à Flaccus, ils disent avoir porté sur les registres une somme plus considérable remise au même Flaccus pour la réparation d'un temple. Leur conduite n'est pas d'accord (1) ; car il falloit tout porter avec les formalités requises, ou négliger pour tout ces formalités. Lorsqu'ils écrivent une somme remise nommément à Flaccus, ils ne craignent rien, ils n'appréhendent rien ; et lorsqu'ils en écrivent une autre remise comme pour un ouvrage public, les mêmes hommes redoutent tout-à-coup le même Flaccus qu'ils ont bravé.

(1) J'ai tâché d'éclaircir tout cet endroit le mieux qu'il m'a été possible. Pour l'entendre, il faut supposer qu'on avoit écrit une somme remise à Flaccus, avec toutes les formalités dont il est parlé auparavant, ce que Cicéron appelle *apertè referre* ; et qu'on avoit écrit une autre somme remise au même Flaccus sans employer ces formalités, ce que l'orateur appelle *occultè referre.*

Si un préteur a remis la somme ainsi qu'il est marqué , il l'a reçue du questeur , le questeur l'a reçue des banquiers publics qui l'ont prise sur les tributs ou sur les impôts. Tout ceci , Lélius, n'aura jamais l'air d'une accusation , si vous ne vous expliquez clairement sur la nature des personnes et des registres. Il est marqué dans le même décret que des citoyens les plus illustres de la ville qui ont obtenu les premières magistratures , ont été trompés par Flaccus. Pourquoi ne sont-ils pas au jugement, ou ne les nomme-t-on pas dans le décret ? je ne pense point qu'on ait voulu parler ici de cet Héraclide qui lève fièrement la tête. En effet, doit-on mettre au nombre des plus illustres citoyens un homme qu'Hermippe a fait condamner et conduire en prison pour dette ; un homme qui n'a pas reçu de ses concitoyens sa députation actuelle , mais qui l'a été chercher jusqu'au Tmolus (1) ; un homme à qui on ne décerna jamais aucune dignité dans sa

(1) Tmolus , montagne de Lydie, près de laquelle étoit une petite ville du même nom. — *A qui on ne confia....* J'ai suivi la leçon *huic una*, de sorte que *una* et *sola* ne fassent que se fortifier mutuellement. La leçon la plus ordinaire est *huic uni.*

ville , à qui on ne confia jamais que ce que
l'on confioit aux sujets les plus méprisables ;
un homme qui , sous la préture de Titus Aufidius , a été constitué à la garde du blé public,
et qui , ayant reçu pour ce blé une somme
d'argent du préteur Varinus , n'en a point
parlé à ses concitoyens et a mis la dépense du
blé sur leur compte. Lorsque cette malversation eut été découverte et connue à Temnos
par une lettre de Varinus , et par une autre
sur le même objet , de Lentulus , protecteur
des Temnites , qui étoit censeur , personne
depuis à Temnos ne voulut voir Héraclide.

Et afin que vous puissiez connoître toute son
impudence , écoutez , je vous prie , la raison
qui a animé contre Flaccus cet esprit léger. Il
acheta à Rome du pupille Méculonius une
terre dans les campagnes de (1) Cymé. Comme
il se disoit riche , quoiqu'il n'eût d'autre fonds
que l'impudence que vous lui voyez encore ,
il emprunta de l'argent à Schola , un de nos
juges , personnage de la première distinction ,
qui est instruit du fait et qui connoît l'homme.

(1) Cymé , ville de l'Eolide. *Ager Cymaeus* ,
territoire de Cymé.

Il lui prêta cependant sur la caution de Vératius,
citoyen d'un mérite rare. Héraclide, pour payer
Schola, emprunta à Caïus et à Marcus Fusius,
chevaliers Romains des plus distingués. Ici assurément il trompa plus habile que soi (1).
Il persuada Hermippe, homme savant, son
concitoyen dont il devoit être fort connu : il
emprunta aux Fusius sur sa caution. Hermippe
part pour Temnos sans inquiétude ; Héraclide
lui promettoit de payer aux Fusius l'argent
qu'il leur avoit emprunté sur sa caution, avec
ce qu'il tireroit de ses disciples : car ce rhéteur
avoit pour disciples quelques jeunes gens
riches qu'il devoit rendre plus sots de moitié
qu'il ne les avoit pris (2). Il ne put séduire
personne et se faire prêter seulement un
sesterce. S'étant donc évadé furtivement de
Rome, où il laissa une foule de petites dettes,
il se rendit en Asie. Hermippe lui parle de la

(1) Mot à mot, *il creva les yeux à la corneille.*
Expression proverbiale que l'on trouve aussi dans le
plaidoyer pour Muréna. *Oculum* dans le latin est
gouverné par *confixit* sous-entendu.

(2) J'ai suivi la leçon qui supprime après *acceperat*
ces mots, *ubi nihil possent discere nisi ignorantiam
litterarum.*

dette des Fusius ; il répond que tout est payé.
Cependant peu de temps après , il vient à Hermippe un affranchi des Fusius avec une lettre
par laquelle ils lui demandent de l'argent.
Hermippe s'adresse à Héraclide ; lui-même
satisfait toujours les Fusius absens , et par-là
se dégage. Héraclide embarrassé tergiversoit ;
il l'attaque en justice. La cause est jugée par
des commissaires. Ne croyez pas , Romains ,
que les débiteurs de mauvaise foi n'aient pas
par-tout la même impudence. Héraclide fit tout
ce que font ordinairement nos débiteurs ; il
nia nettement avoir fait à Rome cet emprunt :
il assura qu'il n'avoit jamais entendu parler
des Fusius ; il accabla de reproches et d'injures
Hermippe depuis long-tems mon hôte et mon
ami , le citoyen de sa ville le plus considéré,
le plus rempli d'honneur , de probité et de
mérite. Notre rhéteur , d'une volubilité de
langue extraordinaire , se répandoit avec confiance en un torrent de paroles , lorsque tout-
à-coup , après la lecture de la déposition des
Fusius qui attestoient la dette , cet homme si
audacieux fut frappé de crainte , ce parleur si
intrépide resta muet. Aussi les commissaires ,
ne trouvant rien d'obscur dans la cause , pro-

noncèrent

noncèrent contre lui dès la première audience.
Comme il n'exécutoit pas l'arrêt, il fut livré
à Hermippe qui le fit mettre en prison.

Telle est, Romains, l'honnêteté du personnage, l'autorité de sa déposition, et le
seul motif de sa haine contre Flaccus. Hermippe ayant mis en liberté Héraclide qui lui
avoit vendu quelques esclaves, celui-ci se
transporte à Rome, d'où il retourne ensuite
en Asie, lorsque mon frère avoit déjà succédé
à Flaccus. Il va le trouver, et lui porte sa
cause, en se plaignant que les commissaires
avoient prononcé contre la justice, malgré
eux, forcés par la crainte et par la puissance
du préteur. Mon frère, selon ses principes
d'équité et de prudence, décida que, s'il prétendoit avoir été mal jugé, il pouvoit demander une réparation au double, et pour juges
les mêmes commissaires qu'il prétendoit avoir
été forcés par la crainte. Il se refuse à cette
décision ; et comme si rien n'eût été fait, rien
n'eût été prononcé, il se met à demander à
Hermippe, dans la ville même où il avoit été
condamné, les esclaves qu'il lui avoit vendus
lui-même. Gratidius, lieutenant de la même
province, auquel il porta ses plaintes, dé-

clara qu'il ne lui donneroit pas action :
il lui conseilloit de s'en tenir au jugement
rendu. Repoussé de toutes parts, Héraclide
sé transporte de nouveau à Rome. Hermippe,
qui n'avoit jamais cédé à son impudence, l'y
suit. Héraclide redemande au sénateur Plotius (1), homme de la première distinction, qui
avoit été lieutenant en Asie, certains esclaves
qu'il prétendoit avoir vendus malgré lui, forcé
par un arrêt injuste. Nason, ancien préteur,
citoyen doué des plus rares qualités, est pris
pour arbitre. Comme il faisoit entendre qu'il
prononceroit en faveur de Plotius, comme
d'ailleurs l'action n'étoit pas juridique et rigoureuse, Héraclide laissa le juge et aban-
donna toute la cause.

Trouvez-vous, Romains, que j'attaque suffisamment chaque témoin en particulier, et
que je ne me contente pas, ainsi que je me
l'étois proposé d'abord, de les combattre tous
en général?

Je viens à Lysanias de la même ville, votre
témoin d'affection, Décianus ! Comme vous

_____

(1) Sans doute que Plotius avoit acheté les esclaves qu'Héraclide avoit vendus à Hermippe.

l'avez connu fort jeune à Temnos, vous l'aviez accoutumé à se laisser dépouiller par vos mains (1). Vous l'avez amené de Temnos à Apollonide : vous lui avez prêté à un gros intérêt une somme, avec la précaution de prendre de bonnes assurances. Comme il ne vous a point payé, vous avez gardé les assurances (2), et vous en êtes encore saisi. Vous avez forcé ce témoin à venir déposer, vous l'avez forcé par l'espérance de recouvrer le fonds qu'il a hérité de son père. Il n'a point encore paru (3) ; j'attends ce qu'il dira. Je connois cette espèce d'hommes, je connois leur usage, je connois leur mauvaise foi.

(1) Il y a dans le texte un jeu de mots que je n'ai pas entrepris de rendre, et que je n'essaierai pas d'expliquer. Le Décianus auquel Cicéron adresse ici la parole, s'étoit uni à Lélius, comme nous le verrons par la suite, pour accuser Flaccus.

(2) Latin, *hanc fiduciam commissam tibi dicis*, vous dites que ces assurances sont à vous, qu'elles vous sont dévolues. *Commissam*, expression de droit. Un peu plus haut *occupare pecuniam*, placer de l'argent.

(3) Je crois avec de savans critiques qu'il faut ajouter *nondùm* avant *dixit* ; et j'ai traduit en conséquence.

Aussi, quoique certain de ce qu'il se dispose
à dire, je ne le réfuterai pas avant qu'il ait
parlé : il pourroit (1) changer de batteries et
forger d'autres mensonges. Ainsi qu'il réserve
les dépositions dont il nous menace ; moi je
réserverai mes forces pour les détruire.

Je vais maintenant parler d'une ville à qui
j'ai rendu nombre de services essentiels, que
mon frère honore et chérit singuliérement. Si
cette ville eût porté ses plaintes au tribunal
par l'entremise de citoyens honnêtes et respectables, j'en serois un peu plus allarmé : mais
ici que dois-je croire ? que les Tralliens ont
confié leur cause à Méandrie, personnage vil,
indigent, sans crédit, sans considération,
sans revenu ? Où étoient donc les Pythodore,
les Etidene, les Lépison, enfin tous ces
hommes connus chez nous, distingués chez
eux ? Où donc est cette idée avantageuse et
superbe que les Tralliens ont de leur ville
comme d'une grande République ? S'ils eussent
traité sérieusement cette affaire, n'auroient-
ils pas rougi qu'un Méandrie fût dit leur dé-

_____

(1) Un savant propose, *totum enim converteret
atque alia fingeret.* J'ai traduit d'après cette conjecture.

puté , ou même leur concitoyen ? Flaccus ,
leur protecteur par son père et par ses aïeux,
l'auroient-ils livré à ce député, à ce témoin
public pour l'égorger par un témoignage rendu
au nom de la ville ? non assurément, Romains,
non , il n'en est pas ainsi. J'ai vu derniérement
dans une certaine cause , pour témoin Philo-
dore , citoyen de Tralles , j'ai vu Parrhasius ,
j'ai vu Archidème. Ce même Méandrie étoit
auprès de moi, me servant comme de greffier,
et me suggérant ce que je pouvois dire , si je
voulois, contre ses concitoyens et contre sa
ville : car rien de plus léger que cet homme ,
rien de plus misérable , rien de plus infâme.
Si les habitans de Tralles n'ont pas d'autre
vengeur de leur ressentiment , d'autre dépo-
sitaire de leurs registres , d'autre témoin de
leurs injures , d'autre porteur de leurs plaintes (1) , qu'ils rabattent de leur orgueil ,
qu'ils rabaissent leur fierté , qu'ils répriment
leur arrogance , qu'ils avouent qu'un Méandrie
a été choisi pour représenter dans sa personne

_____

(1) Au lieu de *auctorem querelarum* , je pense
qu'il faut lire *actorem querelarum* ; car je ne puis
croire que Cicéron ait répété le même mot dans une
même phrase.

toute la dignité de sa ville. Mais si eux-mêmes ont toujours cru devoir l'accabler chez eux d'opprobres et le fouler aux pieds , qu'ils cessent de croire qu'on doive respecter une déposition dont nul homme respectable n'a voulu se charger.

Mais je vais exposer ce qui en est ; vous saurez comment cette ville n'a point attaqué Flaccus sérieusement , ni ne l'a obligeamment défendu. Elle lui en vouloit pour un certain article qu'Hortensius a si bien discuté. Elle avoit payé malgré elle à Castricius une somme due depuis long-tems. Delà toute sa haine et toute son animosité contre Flaccus. Lélius étant venu à Tralles lorsque le peuple étoit mécontent , et ayant rouvert à dessein une plaie mal fermée , les principaux de la ville se retirèrent , ils ne se trouvèrent point à l'assemblée d'alors , et ne voulurent point confirmer le décret , ni se charger de la déposition. Il y avoit dans l'assemblée si peu de citoyens de marque , que le chef des plus notables étoit ce Méandrie , dont la langue fut comme le vent qui souffla la sédition , qui enflamma les esprits d'une indigente multitude. Apprenez donc le juste ressentiment et les plaintes d'une ville remplie d'honneur , comme je l'ai toujours pensé , et pleine de dignité , comme elle s'en pique. Un argent déposé chez elle au nom de Flaccus père , le produit de la contribution des villes , elle se plaint qu'on le lui ait enlevé. J'examinerai ailleurs ce qui étoit permis à Flaccus : je me contente maintenant de demander aux Tralliens quel argent ils se plaignent qu'on leur ait enlevé. Prétendent-ils que cet argent étoit à eux , que c'étoit pour eux que les villes avoient contribué ? Je désire de l'entendre. Ce n'est point là , disent-ils, ce que nous prétendons. — Que prétendez-vous donc ? — Nous prétendons que cet argent a été transporté chez nous , qu'il nous a été confié au nom de Flaccus père , pour servir aux fêtes et aux jeux institués en son (1) honneur. — Eh bien ! — Il ne vous étoit pas permis de le

(1) On voit dans les Verrines, l'usage ou plutôt l'abus de faire contribuer les provinces et les villes pour l'établissement de fêtes et de jeux en l'honneur des commandans Romains. Mais en quel tems ces fêtes et ces jeux furent-ils institués ? en l'honneur du père de Flaccus ? avoit-il gouverné l'Asie ? à quelle époque ? c'est ce que je ne puis décider. Cicéron et l'histoire n'en disent rien.

prendre. C'est ce que je verrai dans l'instant : je m'arrête d'abord à ce point. Une ville qui a de la dignité, des richesses et de la considération, se plaint de ne pouvoir retenir l'argent d'autrui, elle dit avoir été dépouillée, parce qu'on ne lui a pas laissé ce qui n'étoit pas à elle. Peut-on rien dire, peut-on rien imaginer qui annonce moins de pudeur ? On a fait choix d'une ville, on y a déposé tout l'argent qu'a donné l'Asie pour honorer la mémoire du père de Flaccus. Cet argent a été détourné à un autre usage : on l'a mis à intérêt, on l'a fait valoir ; il n'a été repris qu'après bien des années : quel tort a-t-on fait à la ville ?

Mais elle supporte la chose avec peine. Je le crois ; car elle s'est vu arracher, contre son espérance, un gain qu'elle avoit dévoré en espérance. Mais elle se plaint. C'est manquer de pudeur, puisque nous ne sommes pas en droit de nous plaindre de tout ce qui nous fâche. Mais elle charge Flaccus dans les termes les plus forts. Ce n'est point la ville, mais une foule d'hommes ignorans, ameutés par Méandrie. Ici, Romains, tâchez de vous rappeller quelle est la fougue de la multitude, quelle est la légéreté propre aux Grecs, et

ce que peut, dans une assemblée populaire,
une harangue séditieuse. Ici, dans une ville
aussi grave et aussi modérée, où la place
publique est remplie de tribunaux, de magistrats, d'hommes vertueux et de citoyens
honnêtes, où le sénat, pour ainsi dire, observe, avec un œil attentif, la tribune, pour
réprimer ses fougues, et la contenir dans le
devoir; quel tumulte néanmoins, quelles agi-
tations ne voyez-vous pas dans les assemblées?
Qu'arrive-t-il, croyez-vous, à Tralles? n'arrive-
t-il (1) pas la même chose qu'à Pergame? Ces
villes voudront peut-être nous faire croire
qu'elles ont pu être plus facilement détermi-
nées par une seule lettre de Mithridate (2), à
trahir leurs engagemens, leur amitié avec le
Peuple Romain, à violer toutes les loix du
devoir et de l'humanité, qu'excitées par un
discours à rendre témoignage contre le fils
d'un homme qu'elles avoient résolu d'éloi-

(1) Un savant propose de lire, *an non idem quod
Pergami ?* J'ai traduit d'après cette conjecture.

(2) Voyez la harangue pour la loi Manilia, où il
est dit comment Mithridate par une seule lettre fit
égorger dans toute l'étendue de l'Asie des milliers de
citoyens Romains.

gner de leurs murs à force ouverte (1). Ainsi
ne m'objectez plus tous ces noms de villes distinguées : car ceux dont la famille de Flaccus
a méprisé les armes , elle ne redoutera pas
leurs dépositions. Et vous qui déposez contre
lui , vous devez convenir que , si vos villes
sont gouvernées par les conseils des premiers
citoyens , et non par les caprices de la multitude , ces villes alors ont entrepris la guerre
contre notre empire de l'avis des principaux
habitans. Mais si les mouvemens d'alors ont
été excités par la fougue d'une populace ignorante , souffrez que je n'impute pas à toute
une ville les fautes du seul vulgaire.

Mais, dites-vous, Flaccus ne pouvoit prendre
cet argent. Le père de Flaccus le pouvoit-il
prendre ou non ? S'il en avoit le pouvoir ,
comme il l'avoit , sans doute , son fils pouvoit enlever un argent fourni pour honorer
son père ; il pouvoit l'enlever à ceux auxquels
il ne prenoit rien (2). S'il ne l'avoit pas , son

(1) L'histoire ne dit rien ici , et l'on ne peut savoir
les détails du fait dont parle l'orateur.

(2) J'ai traduit en changeant la ponctuation : j'ai
mis point et virgule après *collatam* , et une simple
virgule après *licuit* , comme après *capiebat* ; et

fils , et même son héritier quelconque , étoit
toujours en droit d'enlever la somme après
sa mort. Pour les Tralliens , quoique pendant
plusieurs années , ils l'eussent fait valoir à de
gros intérêts , ils ont néanmoins obtenu de
Flaccus tout ce qu'ils ont voulu , et ils n'ont
point manqué de pudeur au point d'oser dire ,
ce qu'a dit Lélius , que le roi Mithridate leur
avoit enlevé cet argent. Qui , en effet , ignore
que Mithridate s'est montré plus jaloux d'en-
richir les Tralliens que de les dépouiller ? Si
je traitois cet article comme il mérite de l'être ,
j'éleverois la voix , Romains , je montrerois
avec plus de force que je n'ai fait jusqu'à pré-

alors la phrase m'a paru offrir un sens bien plus rai-
sonnable. Mais le second membre du dilemme dans
Cicéron m'a semblé bien extraordinaire. Si le père de
Flaccus , dit-il, ne pouvoit prendre la somme , son
fils , et même son héritier quelconque, étoit toujours en droit de l'enlever après sa mort. J'avoue que
je n'apperçois pas la connexion de ces idées. Vou-
droit-il dire par-là que le père de Flaccus ne pouvoit
prendre la somme , parce qu'il devoit attendre si on
l'emploieroit à sa destination , mais que ses héritiers
pouvoient la prendre , parce qu'ils voyoient qu'elle
n'avoit pas été employée ? Ce raisonnement seroit un
peu tiré.

sent, quelle créance vous devriez donner à des
témoins d'Asie. Je rappellerois à votre souvenir ces tems désastreux de la guerre de Mithridate, où le même jour, le même instant
vit l'horrible massacre de tous les citoyens romains répandus dans un grand nombre de
villes, nos préteurs sacrifiés, nos lieutenans
précipités dans les fers, la mémoire du nom
romain, avec les traces de notre empire, effacée
de toutes les maisons des Grecs, et même
de leurs archives. Dieu père, sauveur de
l'Asie, Évius, Dionysius, Bacchus, Liber,
tels étoient les noms qu'ils donnoient à Mithridate. Dans le même tems où l'Asie fermoit ses
portes au consul Flaccus (1), elle recevoit et
même appelloit dans ses villes le barbare de
Cappadoce. S'il ne nous est pas possible d'oublier ces tristes événemens, que du moins il

_____

(1) Ce consul Flaccus étoit certainement le père de
notre Flaccus : mais est-ce le Lucius Valérius Flaccus qui fut consul avec Marius, ou celui qui après
sa mort et à sa place fut consul avec Cinna, et
fut tué par Fimbria son lieutenant ? Un passage
qui suit démontre que c'étoit le dernier. — *Le bar-*
bare de Cappadoce, Mithridate, qui avoit reçu de
ses pères la Cappadoce, pays peu estimé,

nous soit permis de les taire ; qu'il me soit permis de me plaindre de la légéreté des Grecs
plutôt que de leur cruauté. Auront-ils , ces
Grecs , quelque créance auprès de ceux dont
ils ont voulu la destruction ? Oui , tous ceux
d'entre nous qu'ils ont pu saisir, ils les ont
massacrés en pleine paix ; ils ont anéanti autant qu'il étoit en eux , le nom des Citoyens
Romains.

Se feront-ils donc valoir dans une ville qu'ils
détestent ? auprès des hommes qu'ils ne voient
qu'à regret ? dans une République qu'ils auroient anéantie , s'ils en avoient eu la force
comme ils en avoient la volonté ? Qu'ils regardent ces députés d'élite qui rendent témoignage en faveur de Flaccus , ces députés qui
viennent du centre de la Grèce même : qu'alors
ils s'examinent , qu'ils se comparent à eux ;
qu'alors ils préfèrent, s'ils l'osent , leur dignité
à celle des Peuples que nous leur opposons.

Voici les députés d'Athènes , de cette (1)
ville où l'on croit que les sciences, les lettres,
les arts , l'agriculture , les cérémonies de la

(1) Cicéron a pris du panégyrique d'Isocrate les
principaux traits dont il compose ici l'éloge d'Athènes.

religion, les formes de la justice et les loix ont
pris naissance, et de là se sont répandues sur
toute la terre ; cette ville dont les Dieux même,
à ce qu'on rapporte, se sont disputé la possession (1) pour sa beauté ; dont l'antiquité
a fait dire qu'elle a engendré elle-même ses
Citoyens, ensorte qu'elle est appellée à-la-fois
leur mère, leur nourrice, leur patrie ; cette
ville qui jouit d'une telle célébrité, que le
nom de la Grèce, déchu et tombé presque entièrement, ne se soutient plus que par la gloire
d'Athènes. Voici les députés de Lacédémone,
de cette ville connue et fameuse par ses exploits, où les citoyens, dit-on, apportent en
naissant une bravoure que l'éducation forti-
fie ; de cette ville qui seule dans tout l'univers, depuis plus de sept cens années, conserve fidélement ses mêmes loix et ses mêmes
mœurs. Voici une foule de députés de toute
l'Achaïe, de la Béotie, de la Thessalie ; ces
régions où naguère Flaccus commandoit en
qualité de lieutenant sous le général Métellus.

(1) Personne n'ignore que Neptune et Minerve se
disputèrent la possession d'Athènes, et que ce fut
la déesse qui l'emporta.

Je ne vous oublie pas, Marseille (1) , vous qui
avez connu Flaccus comme guerrier et comme
questeur. Je puis dire avec justice qu'on doit
préférer à tout ce qu'il y a dans la Grèce, et
peut-être même chez toutes les nations , les
mœurs graves et les solides vertus d'une ville
recommandable à tant d'égards ; d'une ville
qui , dans un tel éloignement des contrées ,
des connoissances et du langage de tous les
Grecs , placée à l'extrémité du monde , ceinte
de nations gauloises , battue , pour ainsi dire ,
des flots de la barbarie , est si bien gouvernée
par la sage politique de ses chefs , qu'il est plus
facile de louer que d'imiter la sagesse de ses
institutions.

Voilà ceux que Flaccus produit pour témoins de son innocence ; voilà ceux qu'il
emploie pour rendre hommage à sa vertu , afin
de combattre la passion des Grecs avec le
secours même des Grecs.

Toutefois , pour peu qu'on ait voulu s'instruire dans cette partie de l'histoire, ne sait-on
pas qu'il n'y a que trois sortes de Grecs véri-

(1) On sait que Marseille avoit été fondée par des
Phocéens , ou habitans de Phocée , dans la Grèce
Asiatique.

tables ? Les uns sont les Athéniens, qui étoient regardés comme Ioniens (1) ; les autres étoient appellés Eoliens ; les troisièmes étoient nommés Doriens. Toute cette Grèce qui a rendu son nom célèbre, qui s'est distinguée par sa politesse, par l'étendue de ses connoissances, et même par la gloire de ses armes et par l'éclat de ses exploits, n'occupe, comme vous savez, Romains, et n'a toujours occupé qu'une petite partie de l'Europe. Après avoir conquis les côtes maritimes de l'Asie, elle les a entourées d'une ceinture de villes, moins pour fortifier de colonies cette région, que pour la tenir sous sa puissance.

Ainsi donc, témoins Grecs Asiatiques, je vous le conseille, quand vous voudrez avoir une idée juste de l'autorité que vous apportez au tribunal, examinez vous-mêmes les différentes contrées de l'Asie ; songez, non à ce que les étrangers disent de vous, mais à ce que vous prononcez vous-mêmes sur les peuples de vos régions. Toute votre Asie, je pense, est composée de la Phrygie, de la Mysie, de

(1) Ioniens, descendans d'Ion, fils de Xuthus ; Eoliens, descendans d'Eolus, fils d'Hellen ; Doriens, descendans de Dorus, autre fils du même Hellen.

la

la Carie, de la Lydie. Est-ce de nous ou de vous que vient ce proverbe ? *Un Phrygien battu en devient meilleur.* Et pour toute la Carie, n'est-ce pas une chose reçue parmi vous, que si l'on veut essayer une périlleuse expérience, il faut la faire sur un Carien ? Quoi de plus usité, de plus vulgaire chez les Grecs, que d'appeller le dernier des Mysiens celui que l'on méprise le plus ? Que dirai-je de la Lydie ? Quel Grec fit jamais une comédie où l'esclave jouant le rôle principal (1), ne fût un Lydien ? Est-ce donc vous faire injure que de vouloir nous en tenir sur votre compte à votre propre jugement ?

Je crois avoir assez parlé, et même plus qu'il ne faut, des témoins Grecs Asiatiques en général : c'est à vous, Romains, si j'ai oublié quelque chose, de suppléer par vos réflexions à tout ce qu'on pourroit ajouter sur la légéreté, l'inconstance et la passion de ces hommes.

Vient ensuite cet or des Juifs (2), au sujet

____

(1) *Le rôle principal*, c'est-à-dire, le rôle sur lequel roule toute l'intrigue de la pièce.

(2) Les Juifs étoient répandus dans toutes les provinces, et sur-tout dans les villes d'Asie ; ils envoyoient tous les ans à Jérusalem certaine quantité d'or en masse

duquel on a tant cherché à nous rendre odieux.
C'est là , sans doute, pourquoi cette cause est
plaidée auprès des Degrés Auréliens : c'est pour
ce chef d'accusation, Lélius, que vous avez choisi
une place où les Juifs se rassemblent en grand
nombre. Vous savez combien leur multitude est
considérable , combien ils sont unis , combien
ils ont de pouvoir dans nos assemblées. Je parle
tout bas , seulement assez haut pour que les
juges m'entendent. Comme il est des hommes
qui animent ces étrangers contre moi et contre les
meilleurs citoyens , je ne veux pas leur donner
lieu de satisfaire plus aisément leur mauvaise
volonté.

C'étoit la coutume de transporter tous les
ans de l'Italie et de toutes vos provinces à

et en lingot : car voilà ce que veut dire en latin *aurum*,
et non de l'or monnoyé. C'étoit une espèce d'offrande
pour l'entretien du temple. Flaccus s'empara de cet
or , et le versa dans le trésor. La multitude étoit
mécontente ; elle souffroit avec peine ce mépris ,
même d'une religion étrangère. D'ailleurs , il y avoit
un grand nombre de Juifs à Rome, et ils animoient
là multitude. —— *Degrés Auréliens* , partie de la
place publique , où il y avoit des degrés en forme
d'amphithéâtre. C'est-là sur-tout que s'attroupoit le
Peuple qu'on avoit ameuté.

Jérusalem de l'or amassé par les Juifs ; Flaccus rendit une ordonnance pour défendre d'en transporter de l'Asie. Qui ne louera point cette ordonnance ? Le sénat plusieurs fois auparavant, et sur-tout sous mon consulat, avoit défendu sous les peines les plus grièves de transporter de l'or. Il y a de la sagesse à rompre le cours d'une superstition barbare (1) ; il y a de la fermeté à braver, pour le bien de la République, cette multitude de Juifs, de caractères turbulens, qui troublent quelquefois nos assemblées.

Mais, dit-on, Pompée, vainqueur et maître de Jérusalem, n'a touché à rien dans le temple. C'est de sa part, entre mille autres, un trait de sagesse, de n'avoir point donné lieu aux discours de la calomnie dans une ville aussi soupçonneuse que la nôtre et aussi médisante. Car, je crois, ce n'est pas la religion des Juifs, d'un peuple ennemi, mais sa propre modération, qui a retenu cet illustre général. Où donc est ici le délit ? Vous ne nous reprochez aucun vol, vous ne pouvez condamner l'ordonnance de

_____

(1) Voilà comment à Rome les principaux citoyens traitoient la religion des Juifs, soit par mépris de ce peuple, soit faute de la connoître.

Flaccus (1) , vous convenez que le sénat a prononcé, qu'il y a eu un jugement de rendu ,
vous ne niez pas qu'on n'ait fait la recherche de
l'or, qu'il n'ait été produit au grand jour ; les
faits mêmes prouvent qu'on a employé le ministère de personnages de la première distinction, que l'or a été saisi à Apamée aux yeux
de tout le monde , qu'un peu moins de cent
livres ont été pesées dans la place publique ,
aux pieds du préteur, par le ministère de Lésius,
chevalier romain, homme intègre et désintéressé ; que Péducéus , un de nos juges , en a
pesé lui-même un peu plus de vingt livres ; que
Domicius , lieutenant de la province , en a pesé
aussi à Adramyttie ; qu'on en a saisi fort peu
à Pergame. Enfin , on sait le compte de l'or,
il a été versé dans le trésor public : on ne nous
reproche pas de vol , on cherche à nous rendre
odieux ; on se tourne vers le Peuple , on déclame avec affectation du côté de la multitude
qui environne le tribunal. Chaque ville a son

(1) J'ai ajouté dans la phrase *Flaccus et le sénat*,
afin de faire mieux entendre Cicéron. Il prétend que
l'accusateur ne peut condamner l'ordonnance de
Flaccus , puisqu'elle a été rendue d'après ce qu'avoit
prononcé le sénat.

culte , Lélius : nous avons le nôtre. Lorsque les
Juifs étoient en paix avec nous , et Jérusalem
florissante , nous trouvions cependant les cérémonies de leurs sacrifices trop peu dignes de
la majesté de notre empire , de la splendeur de
notre nom , trop contraires aux usages de nos
ancêtres : elles le sont encore plus à présent ,
que cette nation a fait connoître , en prenant
contre nous les armes , ses sentimens pour
notre République. Vaincue , asservie (1) , de-
venue tributaire , elle a prouvé combien elle
étoit chérie des Dieux immortels.

Ainsi , puisque vous voyez tourner entièrement à notre louange la chose même dont vous
avez voulu nous faire un reproche , passons
maintenant aux plaintes des citoyens romains.
Commençons par celles de Décianus (2). Quelle
injustice vous a-t-on donc faite , Décianus ?
Vous commercez dans une ville libre. D'abord

(1) Au lieu de *servata* , j'ai lu avec de savans critiques *serva facta*. — *Elle a prouvé* . . . . On sent
que cette phrase est ironique.

(2) Décianus : il s'étoit uni à Lélius pour accuser
Flaccus. —— *Dans une ville libre* , dans Apollonide. —— *De votre naissance* : on ignore quelle
étoit cette naissance.

permettez-moi un peu de curiosité. Jusques à
quand un homme, surtout de votre naissance,
commercera-t-il ? Il y a déjà trente ans que
vous vivez dans la place publique, je dis
de Pergame. Vous ne venez à Rome que de
loin à loin, s'il vous prend envie de voyager;
vous y apportez un costume nouveau, un nom
vieilli, de la pourpre de Tyr. Je vous envie cette
pourpre, je vous vois d'un œil jaloux briller si
long-tems et toujours avec la même toge. Mais
soit ; votre goût est de commercer : et pourquoi ne commerceroit-on pas à Pergame, à
Smyrne, à Tralles, où il y a nombre de citoyens romains, où la justice se rend par nos
magistrats ? Le repos vous plaît, dites-vous :
vous ne pouvez souffrir la foule, le préteur,
les procès. Vous aimez la liberté des Grecs.
Pourquoi donc les habitans d'Apollonide (1),

(1) On ne voit pas quelle autorité Décianus pouvoit avoir sur les habitans d'Apollonide, pour qu'ils
pussent souffrir d'être traités par lui aussi mal que le
dit Cicéron. A moins qu'on ne dise qu'étant Romain,
et ayant du crédit auprès des gouverneurs de la province, il abusât de ce crédit. —— *Ou même par
votre père.* C'est le Décianus dont il est parlé dans
le plaidoyer pour Caïus Rabirius : ayant été con-

ces alliés si fidèles du Peuple Romain , qui lui
sont si dévoués , sont-ils traités par vous plus
durement qu'ils ne le furent jamais par Mithridate, ou même par votre père? Pourquoi les
rendez-vous malheureux ? pourquoi ne leur
permettez-vous pas de jouir de leur liberté ?
pourquoi ne peuvent-ils pas être libres ? Ce sont
les hommes de toute l'Asie les plus sages , les
plus réglés dans leurs mœurs , les plus éloignés
du luxe et de la légéreté des Grecs, des pères de
famille contens de ce qu'ils ont , de bons agricul-
teurs aimant la campagne : ils ont des terres
naturellement excellentes qu'ils améliorent par
les soins et par la culture. Vous avez peut-être
voulu avoir des fonds dans leur territoire. Je
crois que vous avez eu tort ; et il vous conve-
noit davantage, si vous aimiez les terres fertiles,
d'en acquérir près de nous dans le territoire de
Crustumium ou de Capene. Mais , à la bonne
heure , suivant un mot de Caton, *On est dédom-
magé de l'éloignement par le bon* (1) *marché.* Vous

damné, il s'étoit , comme on voit, retiré en Asie ,
où étoit resté son fils Décianus dont il est ici question.

(1) J'explique ainsi la phrase latine , *majori
pedum labore compensari pecuniam minorem.* — *Vous*

E 4

vous êtes transporté du Tibre au Caïque, sur les bords duquel Agamemnon lui-même se seroit égaré avec son armée, s'il n'eût trouvé Télephe pour lui servir de guide. Mais je vous le passe, la ville de Pergame vous a plu ; le pays vous a charmé ; au moins auriez-vous dû (1) acheter.

Amyntas est le premier d'Apollonide par l'estime et la considération dont il y jouit, par sa naissance et par ses richesses. Décianus attira

---

vous êtes transporté... Il faut sous-entendre *profectus es*, ou quelque autre verbe. — *Sur les bords duquel Agamemnon...* Des écrivains postérieurs à Homère (car Homère ne parle point de ce fait) disent que les Grecs ayant approché du Caïque avec leur flotte, s'égarèrent dans leur route ; qu'ils débarquèrent et ravagèrent le pays ; que Télephe voyant piller la partie de la Mysie sur laquelle il regnoit, vint à leur rencontre, les obligea de rentrer dans leurs vaisseaux, mais qu'il fut blessé grièvement par Achille. Ayant consulté l'oracle, et en ayant reçu cette réponse, que celui qui l'avoit blessé, le guériroit, il monta sur un vaisseau, et alla trouver Achille qui le guérit réellement. Il lui témoigna sa reconnoissance en servant de guide aux Grecs, et en les conduisant jusqu'à Troie.

(1) *Acheter*, sans doute, ce que vous possédez dans Pergame et sur son territoire.

chez lui la belle-mère d'Amyntas, femme d'un esprit foible, assez riche ; et abusant de son ignorance, il plaça ses propres esclaves dans ses terres : il retira à Amyntas son épouse enceinte, qui est accouchée chez lui d'une fille ; l'épouse et la fille d'Amyntas sont encore aujourd'hui chez Décianus. Dites-moi, Décianus, ai-je inventé quelqu'un de ces faits ? Tout ce que je dis est connu des nobles du pays, des gens honnêtes, de nos citoyens, des moindres commerçans. Levez-vous, Amyntas ; redemandez à Décianus, non votre argent, non vos terres : enfin qu'il garde votre belle-mère ; qu'il vous rende votre épouse ; qu'il rende sa fille à un père malheureux. Il ne peut lui rendre ses membres (1) qu'il a estropiés avec le fer, des pierres et des bâtons, ni les mains qu'il lui a rompues, ni les doigts qu'il lui a écrasés, ni les nerfs qu'il lui a coupés : rendez, Décianus, sa fille, oui, sa fille à un père infortuné. Etes-vous étonné que Flaccus n'ait pas approuvé cette conduite ? Mais, je

(1) On ne sauroit savoir à quoi l'orateur fait allusion par tous ces détails. -- *Lui rendre ses membres...* L'orateur passe brusquement de la seconde personne à la troisième, et ensuite de la troisième à la seconde.

vous prie, qui est-ce qui l'a approuvée ? Vous
avez fait de fausses acquisitions, vous avez
fait de fausses saisies de terres, avec des femmes
que vous avez manifestement trompées, et aux-
quelles il falloit donner un tuteur, suivant les
loix grecques (1). Vous avez fait signer Polémocrate, cette ame mercenaire, ce ministre de
vos malversations. Polémocrate a été traduit
en justice par Dion pour dol et pour fraude
au sujet de la tutelle même. Quel concours
de toutes les villes voisines ! comme on étoit
animé contre lui ! comme on se plaignoit !
Polémocrate a été condamné tout d'une voix :
on a prononcé la nullité des ventes, la nullité
des saisies ; et vous ne restituez pas ! Vous vous
adressez aux citoyens de Pergame, vous leur
demandez de porter sur leurs registres vos saisies et vos acquisitions si louables. Ils rejettent
votre demande, ils vous refusent. Mais quels
hommes vous refusent ? les habitans de Pergame vos panégyristes. Vous m'avez semblé

(1) J'ai traduit comme si on lisoit *fecisti, quibus
tutor Graecorum legibus...* — Un peu plus bas, *au
sujet de la tutelle même.* Sans doute, parce qu'il
n'avoit pas fait donner aux femmes le tuteur qu'il
devoit leur faire donner.

être aussi fier de l'éloge qu'ils font de vous que si vous eussiez obtenu les distinctions dont jouissoient vos ancêtres ; et vous vous jugiez supérieur à Lélius, parce que la ville de Pergame faisoit votre éloge. La ville de Pergame est-elle plus distinguée que celle de Smyrne ? Les habitans même ne le disent pas.

Je voudrois avoir assez de tems pour faire lire les décrets que le Peuple de Smyrne a rendus pour honorer les obsèques de Castricius (1). On verroit comment d'abord on a fait entrer son corps dans la ville , ce qu'on ne fit jamais pour personne ; comment ensuite il étoit porté par une troupe de jeunes gens ; enfin comment on avoit mis sur son cercueil une couronne d'or: honneurs qui ne furent point accordés aux cendres de l'illustre Scipion (2) quand il mourut à Pergame. Mais quels noms ,

(1) Ce Castricius est déja nommé plus haut ; nous n'en savons que ce qu'en dit Cicéron. — *On a fait entrer son corps dans la ville.* En général , il n'étoit pas permis de brûler le corps d'un mort et de faire ses funérailles dans l'enceinte des villes.

(2) C'est le Publius Scipio Nasica , qui tua de sa propre main Tibérius Gracchus , et que le sénat envoya en Asie pour le dérober aux fureurs du Peuple.

grands Dieux! donne-t-on à Castricius? C'étoit l'honneur de la patrie, l'ornement du Peuple Romain, la fleur de la jeunesse. Ainsi, Décianus, si vous aimez la gloire, je vous conseille de chercher d'autres distinctions. Les habitans de Pergame se sont moqués de vous. Car enfin ne vous apperceviez-vous pas qu'ils vous jouoient, lorsque publiquement ils vous traitoient de personnage illustre, doué d'une sagesse admirable, d'un génie rare? Ils vous jouoient, croyez-moi; et lorsqu'en paroles ils vous mettoient sur la tête une couronne d'or, tandis qu'en effet ils ne vous donnoient pas un grain d'or (1), ne pouviez-vous point dès ce moment reconnoître leurs jeux et leurs plaisanteries? Quoi qu'il en soit, les habitans de Pergame, vos panégyristes, ont rejetté les saisies que vous leur présentiez. Orbius, homme plein d'honneur et d'intégrité, a prononcé absolument contre vous. Globulus (2),

_____

(1) Mot à mot, *qu'ils ne vous donnoient pas plus d'or que l'on n'en confie à une corneille*, c'est-à-dire, point du tout. On sait que la corneille est naturellement voleuse : lui confier de l'or, ce seroit vouloir le perdre.

(2) Orbius et Globulus avoient été préteurs en

mon intime ami, vous étoit plus favorable.
Que n'avons-nous été dans le cas de ne nous
repentir ni lui ni moi !

Vous dites que Flaccus (1) a prononcé injustement contre vous , et vous ajoutez la cause
de vos inimitiés ; c'est, dites-vous, que votre
père étant tribun , avoit cité devant le Peuple
le père de Flaccus , pour lors édile curule (2).
Mais cela n'a pas dû faire beaucoup de peine
même au père de Flaccus , sur-tout puisque

Asie. J'ai lu , d'après la conjecture d'un savant ,
apud P. Globulum. En général , tout le texte , dans
cet endroit du discours , est altéré ; il n'est pas
facile d'en tirer des sens bien clairs. On ne sait pas à
quoi l'orateur fait allusion quand il dit , *que n'avons-
nous été dans le cas.....*

(1) Le texte ici est visiblement altéré : j'ai traduit
comme si on lisoit , *Flaccum injuriâ decrevisse ad-
versùm te dicis : adjungis...*

(2) Si le père de Flaccus n'étoit qu'édile lorsque le
père de Décianus étoit tribun du peuple , et si celui-ci
a été tribun du peuple après la mort de Saturninus ,
il s'ensuit nécessairement que le père de Flaccus
n'étoit pas le Lucius Valérius Flaccus qui étoit consul
avec Marius lorsque Saturninus fut tué , mais celui
qui fut depuis consul avec Cinna à la place et après
la mort de Marius.

celui qui étoit cité a été fait depuis préteur et consul , et que celui qui le citoit n'a pu rester dans sa ville comme particulier. Mais si vous trouviez justes vos inimitiés , pourquoi, lorsque Flaccus étoit tribun de soldats , avez-vous servi dans la légion qu'il commandoit, quoique les loix militaires vous dispensassent de servir sous un commandant prévenu contre vous ? pourquoi Flaccus , préteur , a-t-il admis dans son conseil le fils de l'ennemi (1) de son père ? Vous savez tous , Romains , combien on est attentif pour ne pas manquer à ceux de qui l'on a reçu cette marque de considération. Nous sommes maintenant accusés par ceux que nous avons admis dans notre conseil. Flaccus a prononcé. L'a-t-il fait autrement qu'il ne devoit , contre des hommes libres? A-t-il prononcé malgré un décret du (2) sénat, contre un absent? Vous étiez sur les lieux , vous refusiez de paroître , ce n'est point là prononcer

(1) Latin, *paternum inimicum.* Voyez plus haut.

(2) Sans doute , le sénat avoit rendu un décret qui autorisoit Flaccus à prononcer même contre des ci-toyens Romains. - *Greffier, lisez* ... J'ai ajouté ici ce qui peut absolument se suppléer dans le texte.

contre un accusé absent. Greffier , lisez le décret du sénat et le jugement de Flaccus.

(*Le greffier lit.*)

Si Flaccus n'eût pas prononcé un simple jugement juridique, s'il eût rendu une ordonnance prétorienne, pourroit-on le blâmer? Blâ-
merez-vous aussi la lettre de mon frère , cette
lettre pleine d'humanité et de justice , par laquelle il redemandoit (1) les femmes dont j'ai
parlé plus haut , qu'on avoit reléguées chez les
Patarans ? Greffier , lisez la lettre de Quintus
Cicéro.

(*On lit la lettre de Quintus Cicéro.*)

Les habitans d'Apollonide , dans une assemblée convoquée (2) exprès, n'ont-ils pas dénoncé à Flaccus vos usurpations ? n'ont-elles
pas été agitées , ces usurpations, devant le tri-

____

(1) J'ai corrigé le texte avec un savant critique ,
et j'ai lu , *reprehensurus es , quibus easdem mu-
lieres amandatas apud Pataranos requisivit.* Patarans , habitans de Patare , grande ville de Lycie ,
célèbre par son port et par son oracle d'Apollon.

(2) *Dans une assemblée convoquée exprès.* Voilà
comme j'ai rendu *occasione factâ* , au lieu de quoi
des savans proposent *concursione factâ* , ou *censione
factâ.* Je voudrois ajouter *non* avant *detulerunt.*

bunal d'Orbius ? n'ont-elles pas été portées à
celui de Glóbulus ? Toutes les requêtes des
Apollonidiens, présentées à notre sénat lorsque j'étois consul, avoient-elles d'autre objet
que les injustices du seul Décianus ?

Mais dans le cens vous avez mis les terres dont
je parle au nombre de vos biens (1). Je ne dis
pas que c'étoient les terres d'autrui, que vous
les possédiez par la violence, que les habitans
d'Apollonide vous en avoient convaincu, que
ceux de Pergame avoient refusé de les porter
sur leurs registres ; je ne dis pas même que
nos magistrats les avoient adjugées à leurs vrais
maîtres, enfin que vous n'y aviez aucun droit,
ni comme propriétaire, ni comme (2) posses-
seur actuel. Je vous demande si vous avez sur
ces terres tous les droits civils, si vous pouvez
les vendre, les aliéner, en porter l'état au trésor,
devant le censeur ; enfin dans quelle tribu
vous les avez placées pour le cens; vous

(1) *Incensu dedicavisti.* C'est, dit Paul Manuce, *antiqua locutio,* qu'il explique, *professus
es, in censum retulisti.*

(2) *Ni comme propriétaire . . . .* Voilà comme j'ai
entendu et rendu *neque in re, neque in posses-
sione tuâ,* sans prétendre garantir ce sens.

vous

vous êtes mis dans le cas que , s'il étoit arrivé
quelque conjoncture fâcheuse (1) , on auroit
levé un impôt sur les mêmes terres , et à Rome
et à Apollonide. Mais soit ; c'est une vanité de
votre part. Vous avez voulu porter sur l'état de
vos biens une grande étendue de terres , et de
terres qui ne peuvent être distribuées au Peuple
de Rome. Vous y avez encore porté cent trente
mille sesterces d'argent comptant. Je ne pense pas
que vous ayez compté cet argent. Mais laissons
cela. Vous y avez porté les esclaves d'Amyntas ,
et par cette démarche vous ne lui avez fait au-

(1) Ordinairement on ne payoit pas de tribut à
Rome , mais seulement dans les provinces. Dans
les tems difficiles , lorsqu'on avoit un grand besoin
de beaucoup d'argent, on exigeoit des tributs par-tout.
Il pouvoit donc arriver , dit Cicéron , une circonstance où ces mêmes terres auroient payé , et à Rome
comme étant portées sur le compte de Décianus , et
à Apollonide comme appartenant réellement à
Amyntas. —— *De terres qui ne peuvent être distribuées au Peuple de Rome* ; parce que , sans doute ,
si un tribun du Peuple avoit porté une loi agraire ,
et qu'on eût trouvé que Décianus avoit une trop
grande étendue de terres , Amyntas , le vrai maître ,
auroit revendiqué les siennes. —— La réflexion de
Cicéron me paroît renfermer une sorte d'ironie.
—— 130,000 sesterces , 16,250 livres.

cun tort, puisqu'il possède les esclaves. D'abord
il éprouva une vive crainte en apprenant que
vous aviez porté ses esclaves sur l'état de vos
biens. Il consulta; tous les jurisconsultes étoient
d'accord, ils pensoient que, si Décianus, en portant les esclaves d'autrui sur l'état de ses biens,
pouvoit se les rendre propres, il auroit bientôt
un nombreux domestique (1). On a répondu
à Amyntas que Décianus n'avoit acquis aucun
droit sur les esclaves. Flaccus, connoissant de
la chose, en a jugé de même : il a prononcé
en conséquence.

Telle est, Romains, la cause des inimitiés
de Décianus, tel est le motif qui l'a animé
contre Flaccus, qui lui a fait déférer à Lélius
cette importante accusation. Car voici comme
Lélius s'est plaint de la perfidie de Décianus :
celui, dit-il, qui m'a déféré cette cause , qui
m'a engagé à la prendre, qui m'a déterminé,

_____

(1) Je n'ai rien trouvé qui embarrasse dans le texte
avec l'addition prise de la marge d'un ancien manuscrit :
il me semble que tout se lit et se suit très-bien. Je
lis donc , *eum maximam habiturum esse familiam.
Responsum est ejus facta non videri. Idem visum
est posteà Flacco cùm rem cognosceret : itaque dé-
crevit.*

celui-là même corrompu et gagné par Flaccus,
m'a abandonné et trahi. Comment, Décianus,
un homme qui vous avoit admis dans son conseil, qui vous avoit conservé toutes les préro-
gatives de votre rang, un homme rempli d'honneur, issu d'une des plus nobles familles, qui
a rendu à la République les plus importans
services ; c'est à un tel homme que vous avez
suscité un accusateur, c'est lui que vous avez
exposé à perdre toute son existence. Mais non ;
je vais défendre Décianus que Lélius a soupçonné sans raison. Croyez-moi, Lélius, Décianus n'a pas été corrompu et gagné. Eh !
qu'auroit-on obtenu en le gagnant ? Plus de
tems pour plaider ? Mais la loi n'accorde que
six heures à chacune des parties. Combien Décianus ne vous eût-il pas ôté d'heures, s'il
eût (1) voulu se prêter à vos desirs ? Sans
doute, ainsi qu'il le soupçonne lui-même, vous
avez craint son talent, si vous l'eussiez eu

_____

(1) Il faut supposer que Décianus étant convenu
d'abord avec Lélius d'accuser pour sa part Flaccus,
il avoit été ensuite arrangé entr'eux que Décianus ne
parleroit qu'à la peroraison. Il n'est point facile d'entendre tout cet endroit, où l'orateur prend souvent
le ton ironique.

pour second. Comme il s'entendoit à embellir
ce qu'il traitoit, comme il interrogeoit les témoins avec adresse, qu'il avoit l'art de les embarrasser, peut-être l'avez-vous éloigné dans
la crainte qu'il ne (1) vous éclipsât, et qu'on
ne parlât point du principal accusateur : aussi
l'avez-vous réservé pour la fin de la plaidoirie, pour la peroraison seulement. Mais
enfin si cela est vraisemblable, il ne l'est pas
que Décianus ait été corrompu et gagné par
Flaccus. Sachez, Romains, qu'il en est de
même du reste ; par exemple, de ce que dit
Lucéius, que Flaccus a voulu lui donner deux
millions de sesterces pour (2) l'engager à trahir
sa foi. Et vous accusez d'avarice, Lucéius,
celui que vous dites avoir voulu perdre deux
millions de sesterces ? Car pourquoi vous auroit-il acheté ? pour vous mettre dans ses intérêts ? Quelle partie de la cause vous auroit-il
donnée ? Vous auroit-il payé pour éventer les

(1) J'ai lu, selon la conjecture de Paul Manuce,
fortasse fecisset ut ex populi sermone excideres.
—— Un peu plus bas, j'ai traduit d'après la leçon
usque ad coronidem applicuisti.

(2) 250,000 livres. On voit ici que Lucéius, inconnu d'ailleurs, s'étoit joint à Lélius pour accuser
Flaccus.

démarches de Lélius, pour nommer les témoins
qui sortoient de chez lui ? Mais ne voyons-
nous pas qu'ils habitent avec lui ? Qui est-ce qui
l'ignore ? pour dire que les registres étoient au
pouvoir de Lélius ? Le fait n'est plus douteux.
Pour que votre accusation fût moins véhémente, moins éloquente ? Ici vous donnez des
soupçons, ayant parlé de manière à faire penser
qu'on a obtenu de vous quelque chose.

Mais il a été fait à Andron Sextilius une
grande injustice, une injustice criante : son
épouse Valéria, dites - vous, Lélius, étant
morte sans avoir fait de testament, Flaccus a
conduit cette affaire comme si la succession lui
appartenoit. Je serois bien aise de savoir en
quoi vous le blâmez. Est-ce parce qu'il n'étoit
pas fondé dans ses demandes ? Comment le
prouvez - vous ? Valéria, dit-il, étoit de condition libre. L'habile jurisconsulte ! Est-ce qu'on
ne peut pas hériter des femmes de condition
libre ? Elle étoit, dit-il, en puissance de mari.
J'entends maintenant. Mais je vous demande
si elle y étoit par droit d'habitation annuelle
ou par contrat (1). Ce ne pouvoit être par

_____

(1) Il y avoit chez les Romains trois manières dif-

droit d'habitation annuelle , puisqu'on ne sauroit donner atteinte à la tutelle légitime sans le
consentement de tous les tuteurs. Etoit-ce par
contrat ? Ç'a donc été de l'avis de tous les tuteurs,
parmi lesquels vous ne direz certainement pas
qu'étoit Flaccus. Reste à dire , ce qu'on ne
cesse de crier , que Flaccus étant préteur , ne

férentes de contracter mariage , *usus* , *coemptio* ,
confarreatio : je ne parlerai que des deux premières
dont il est question ici. *Usus* étoit lorsqu'une fille
avoit habité un an entier avec un homme dans la
vue du mariage , sans s'absenter plus de deux nuits :
elle en devenoit l'épouse par une sorte de prescription,
usus , sans qu'il fût besoin de nouvelles formalités.
Coemptio , mariage qui se contractoit par une espèce
d'achat. La femme étoit mise entre les mains du mari ,
qui lui donnoit quelques pièces de monnoie seulement
pour la forme ; par-là elle étoit censée achetée. On
sait que les femmes étoient toute leur vie comme en
tutelle , qu'elles ne pouvoient rien faire sans le consentement de leurs tuteurs. On donnoit des tuteurs
aux femmes et aux mineurs d'après des testamens ,
ou d'après les loix , si des testamens ne leur en
avoient pas donné. Les tutelles établies d'après les
loix s'appelloient *tutelles légitimes* , *tutelae legi-
timae*. Au reste, j'avouerai que , dans la phrase suivante , *ce ne pouvoit être par droit* . . . Je n'entends
pas bien le rapport entre les deux propositions.

devoit pas être juge en sa propre affaire , ni
parler de succession. J'apprends, Lucullus, vous
qui devez prononcer dans la cause de Flaccus,
que votre générosité rare envers vos amis et
vos proches , et les grands services que vous
leur avez rendus , vous ont procuré de riches
successions lorsque vous gouverniez la province
d'Asie en qualité de proconsul. Si quelqu'un
les eût réclamées comme à lui, les auriez-vous
cédées? Et vous , Vectius , s'il vous tombe en
Afrique quelque succession , en abandonne-
rez-vous la jouissance ? ou retiendrez - vous
votre bien sans être taxé de cupidité , sans
compromettre votre honneur? Mais, dit-on, dès
la préture de Globulus, on a réclamé la succession au nom de Flaccus. Ce n'est donc pas
l'occasion et la circonstance, la force et la
violence , son autorité et ses faisceaux , qui
ont porté Flaccus à commettre une injustice.

C'est encore de ce côté-là que Lurcon ,
homme plein de vertu , mon ami intime , a
tourné la principale force de sa déposition. Il
a prétendu que , dans sa province , un préteur
ne devoit pas revendiquer d'argent contre un
particulier. Pourquoi , Lurcon , ne le doit-il pas?
Il ne doit pas en ravir , en extorquer , en re-

cevoir contre les loix : mais vous ne persua-
derez jamais qu'il ne doit pas en revendiquer,
à moins que vous ne prouviez que les loix
le défendent. Sera-t-il donc juste de se faire
donner des lieutenances honoraires (1) pour se
faire payer de ce qui est dû, comme vous
avez fait dernièrement vous-même, comme ont
souvent fait beaucoup d'hommes de bien, ce
que je ne blâme pas, quoique les alliés s'en
plaignent ; et si, dans sa province, un préteur ne néglige pas de revendiquer une succession, croyez-vous qu'il doit être blâmé et même
condamné ? Valéria, dit-on, avoit abandonné
toute sa dot à son mari (2). Vous ne pouvez
faire valoir cette raison, si vous ne montrez que
Valéria n'étoit point sous la tutelle de Flaccus.
Si elle y étoit, toute donation faite sans son
consentement est nulle. Lurcon, je l'avoue,

_____

(1) Nous avons déjà parlé plusieurs fois de ces lieutenances honoraires que l'on accordoit à des sénateurs, afin qu'ils pussent voyager pour leurs affaires avec le titre de lieutenant.

(2) Voici comme un savant explique *doti pecuniam dicere.* C'est, dit-il, *pecuniam omnem suam
doti conficiendae impendere, assignare, pro dote
suum omne patrimonium afferre ad maritum.*

par égard pour son serment et pour sa vertu, a mesuré les termes de sa déposition ; vous avez vu néanmoins qu'il en vouloit à Flaccus. Il n'a point caché le motif de son ressenti-ment, il n'a pas cru devoir le taire. Il s'est plaint que son affranchi avoit été condamné sous la préture de Flaccus.

Qu'il est triste d'avoir à gouverner des pro-vinces ! L'exactitude nous y crée des ennemis, et la négligence de sévères censeurs : la rigueur y a des dangers : la douceur n'y a aucun prix : on vous parle, et c'est pour vous séduire ; on vous approuve, et c'est pour vous perdre : sur tous les fronts l'amitié, au fond des cœurs la haine ; on dissimule les mécontentemens, on prodigue au dehors les caresses : un préteur va-t-il venir, on l'attend avec impatience ; est-il venu, on n'est occupé qu'à lui plaire ; il part, on l'oublie. Mais laissons nos plaintes, pour ne point paroître faire l'éloge de notre indif-férence pour les gouvernemens de provinces (1).

_____

(1) On sait que Cicéron se démit de la province qu'il avoit échangée étant consul avec celle de son collègue. Il en prit une par la suite, mais malgré lui. —— *Au sujet du fermier.* Ce fermier, sans doute, avoit pris la fuite, et Flaccus avoit écrit pour qu'on se saisît de sa personne.

Flaccus a écrit au sujet du fermier d'un homme rempli de mérite, de Septimius, lequel fermier avoit commis un meurtre. Vous avez pu voir quelle étoit l'animosité de Septimius. Il a fait juger l'affranchi de Lurcon : Lurcon est son ennemi mortel. Quoi donc ! falloit-il livrer l'Asie aux affranchis d'hommes puissans et considérés ? Vous qui vous plaignez de Flaccus, je vous le demande, avoit-il quelque inimitié avec vos affranchis ? ou bien, ne blâmez-vous la sévérité que quand il s'agit de vous et des vôtres, et ne la louez-vous que quand vous prononcez sur notre sort ?

Mais pour revenir à Andron, quoique dépouillé de ses biens, comme le disent nos adversaires, il ne se présente pas pour déposer ; et quand il se présenteroit, Cécilius a été témoin de l'arrangement qu'ont fait ensemble Andron et Flaccus. Quel homme que Cécilius ! de quelle considération ne jouit-il pas ! combien il a des mœurs pures et une probité irréprochable ! L'arrangement a été signé par Sextilius, neveu de Lurcon, homme de poids, prudent et ferme. S'il y avoit de la fraude, de la surprise, de la violence, de la crainte, qui les forçoit de conclure un accord ? qui forçoit les autres d'y être présens ? Mais si tout l'argent de la succession a été remis à ce jeune Flaccus (1) ; s'il a été redemandé et recueilli par les soins d'Antiochus, affranchi de son père, qui avoit toute l'estime de ce vieillard; n'est-il pas clair qué nous évitons tout reproche d'avarice, et même que nous méritons les plus grands éloges de générosité. Flaccus a abandonné à son jeune parent une succession commune, que, suivant la loi, ils devoient partager également l'un et l'autre : il n'a rien touché des biens de Valéria. Ce qu'il avoit résolu de faire, engagé par la sagesse du jeune homme et non par l'étendue de son propre patrimoine, il l'a fait de la manière la plus honnête et la plus généreuse. D'où l'on doit conclure qu'il n'a pas envahi des biens contre les loix, lui qui a abandonné si libéralement une succession.

On nous oppose encore Falcidius dont l'accusation est fort grave. Il dit avoir donné à

_____

(1) Ce jeune Flaccus, présent à la cause, étoit sans doute parent de notre Flaccus. On ne sait pas quel il étoit, ni à quel titre il étoit aussi héritier de Valéria.

Flaccus cinquante talens (1). Ecoutons-le lui-
même. Il n'est pas présent. Comment donc dé-
pose-t il ? Sa mère produit une lettre et sa sœur
une autre. Il leur a écrit, disent-elles, qu'il a
donné à Flaccus une somme si considérable.
Ainsi donc un homme que personne ne croi-
roit quand il prêteroit serment la main sur
l'autel, persuadera ce qu'il voudra par une
simple lettre ! Mais quel est ce Falcidius ! qu'il
aime peu ses concitoyens ! Il avoit un patrimoine assez ample qu'il pouvoit dépenser ici
avec nous ; il a mieux aimé le dissiper dans
les festins des Grecs. Pourquoi s'être éloigné

(1) 150,000 livres. Un savant propose de lire qua-
rante au lieu de cinquante, c'est-à-dire 120,000 liv.
au lieu de 150,000 liv. Il voudroit lire ensuite neuf
cents soixante mille sesterces au lieu de neuf cents
mille, c'est-à-dire 120,000 l. au lieu de 1,125,000 l.
Alors Falcidius auroit remis à Flaccus une somme pareille à celle qu'il auroit remise à Globulus, *tantam pecuniam.* Je suis entièrement de l'avis de ce savant. Pour
entendre tout cet endroit, il faut supposer que
Flaccus, trouvant que Falcidius n'avoit pas acheté
leur valeur les récoltes des Tralliens, lui fit donner
une somme pareille à celle qu'il avoit remise à Globulus, de sorte que Falcidius alors gagnoit moins
qu'il n'auroit gagné.

de cette ville , s'être privé des avantages de la
liberté romaine , courir les risques d'une na-
vigation , comme s'il ne pouvoit pas manger
son bien à Rome ? Cet agréable fils écrit maintenant enfin à sa mère , il se justifie par lettre
auprès de cette femme crédule , nullement
soupçonneuse ; il se flatte de lui faire croire que
l'argent qu'il avoit emporté, il ne l'a point dissipé , il l'a donné à Flaccus. Mais , dit-on ,
les récoltes des Tralliens ont été vendues
sous la préture de Globulus ; Falcidius les avoit
achetées neuf cents mille sesterces (1). S'il donne
à Flaccus une somme de cinquante talens , il
la donne , sans doute , pour valider son achat.
Il a donc acheté quelque objet qui certainement
valoit beaucoup plus. Il donne de son gain
sans rien ôter de sa bourse : il gagne moins
seulement. Pourquoi donc ordonne-t-il de
vendre sa terre (2) d'Albe ? pourquoi outre cela

(1) 112,500 livres. *S'il donne* ..... Voir la note
qui précède.

(2) Il étoit inutile de vendre sa terre d'Albe pour
remettre à Flaccus la somme qu'il lui demandoit ; il
suffisoit de lui abandonner une partie de son gain.

cherche-t-il par des flatteries à gagner sa mère?
pourquoi dans ses lettres s'étudie-t-il à surprendre la foiblesse de sa mère et de sa sœur?
pourquoi enfin ne dépose-t-il pas lui-même?
Il est retenu, je crois, dans la province. Sa
mère dit que non. Il seroit venu, dit-elle, si
on l'eût sommé. Vous, sans doute, Lélius,
vous l'auriez forcé, si vous aviez fait quelque
fond sur ce témoin. Mais vous n'avez pas
voulu le détourner de ses affaires. Il y avoit
un défi important ; un démêlé sérieux entre lui
et les Grecs. Les Grecs, je pense, ont été vaincus, ils ont succombé ; car lui seul l'emporte
sur toute l'Asie pour le talent de boire et d'é-
puiser de larges coupes. Mais enfin, Lélius,
qui vous a parlé de ces lettres? les femmes disent qu'elles ne le savent pas. Qui donc vous
en a instruit? est-ce Falcidius lui-même qui
vous a informé qu'il avoit écrit à sa mère et à
sa sœur? n'a-t-il pas même écrit à votre sol-
licitation? Mais n'interrogez-vous, ni Ebutius,
cet homme ferme, rempli d'honneur, allié de
Falcidius; ni Manilius, son gendre, qui ne
cède point en probité au beau-père? ils auroient certainement entendu dire quelque chose
d'une somme aussi forte, si elle eût été réelle-

ment donnée. Quoi donc ? Décianus, avez-vous pensé en faisant lire ces lettres, en faisant paroître de telles femmes , en donnant des louanges à l'auteur des lettres absent , avez-vous pensé , dis-je , pouvoir accréditer une accusation pareille ; sur-tout puisqu'en ne faisant point venir Falcidius , vous avez déclaré qu'une lettre supposée auroit plus d'autorité que les paroles trompeuses et les plaintes contrefaites de Falcidius lui-même en personne ? Mais , pourquoi , Romains , pourquoi vous entretenir si long-tems (1) de la prétendue injure faite à Andron , des lettres de Falcidius, ou du revenu de Décianus ? pourquoi me taire sur le salut de tous les citoyens , sur la fortune de Rome , sur les intérêts de l'état , enfin sur toute la République , dont le sort , oui , dont le sort repose aujourd'hui entre vos mains. Vous voyez quels mouvemens on se donne , quels troubles et quelles révolutions se préparent. Certains hommes trament beaucoup de projets ; ils voudroient sur-tout qu'on vous vît

(1) Ou il faut supprimer dans le texte le verbe *postulo* ou le changer en *expostulo* , et lire , ainsi que Lambin , avec un manuscrit , *disputo et expostulo*. J'aimerois mieux que le mot fût retranché.

vous-mêmes , qu'on vît vos arrêts et vos sen-
tences, se déclarer , s'armer contre les meilleurs citoyens. Vous avez rendu nombre de
jugemens sévères pour la dignité de la République contre la perversité des conjurés ; ils
croient que la face de la République ne sera
point assez changée, s'ils ne font retomber la
peine des citoyens pervers sur la tête des plus
grands bienfaiteurs de la patrie. Caïus Antonius
a succombé. A la bonne heure ; il n'étoit point
sans quelque reproche (1). Mais Antonius
même , je suis en droit de le dire, n'eût pas
été condamné par des juges tels que vous. Sa
condamnation a paré de fleurs le tombeau de
Catilina ; elle a assemblé autour de ce tombeau les hommes les plus audacieux , nos ennemis domestiques, qui sont accourus à l'envi,
et ont célébré des festins : on a rendu à Catilina des honneurs funèbres. On cherche maintenant à venger sur Flaccus le supplice de
Lentulus. Eh ! pouvez-vous offrir à Lentulus,

---

(1) Caïus Antonius fut condamné en partie pour
crime de concussion , et il n'étoit pas sans reproche
sur cet article.

qui

qui a voulu vous égorger dans les bras de vos femmes et de vos enfans, vous ensevelir dans l'incendie de la patrie, pouvez-vous lui offrir une victime plus agréable que d'assouvir dans le sang de Flaccus la haine affreuse dont il étoit animé contre vous tous ? Appaisons donc par des sacrifices les mânes de Lentulus et de Céthégus ; rappellons les scélérats que Rome a rejettés de son sein, subissons à notre tour, s'il le faut, la peine de notre attachement in-violable à la patrie, de notre amour sincère pour elle. Déjà nous sommes nommés par les délateurs ; on forge contre nous des calom-nies, on nous intente des accusations capi-tales : encore si on se servoit d'autres person-nes pour nous perdre, si on employoit le nom du Peuple pour ameuter contre nous une mul-titude ignorante, nous le supporterions plus tranquillement : mais ce qui est intolérable, c'est qu'on croit pouvoir par le ministère des sénateurs et des chevaliers romains, qui, de concert, d'un même esprit et d'un même cœur, ont travaillé avec zèle à sauver tout l'état, on croit pouvoir dépouiller de toute leur existence et chasser de la ville, les auteurs, les chefs et les conducteurs de ces grandes opérations. On voit, uni de volonté (1) et de sentimens, le Peuple Romain qui, autant de fois qu'il en est le maître, témoigne hautement ce qu'il pense. Parmi les vrais citoyens, il n'y a diversité ni d'opinion, ni de volonté, ni de langage. Si donc on me cite au tribunal du Peuple, je m'y présente, et, loin de le récuser, je le demande pour juge. Qu'il n'y ait point de violence ; que les pierres et le fer ne soient point employés ; qu'on éloigne une vile populace ; que les esclaves restent tranquilles : il n'y aura personne assez injuste parmi ceux qui viendront m'entendre, pourvu qu'il soit citoyen et libre, qui ne croie devoir s'occuper pour moi d'une récompense plutôt que d'une punition.

Dieux immortels ! quoi de plus déplorable ? après avoir arraché le fer et le feu des mains de Lentulus, nous nous confions dans le jugement d'une multitude peu instruite, nous redoutons les décisions de citoyens choisis et distingués. Du tems de nos pères, Aquillius, accusé d'une foule de rapines et convaincu par

_____

(1) Au lieu de *eam*, ou de *jam*, suivant d'autres, je lis avec un savant *eamdem*.

une foule de témoins, fut renvoyé absous, parce qu'il s'étoit signalé dans la guerre des esclaves fugitifs. Dernièrement, étant consul, j'ai défendu Caïus Piso : comme il avoit montré, dans son consulat, beaucoup de fermeté et de courage, il fut conservé pour la République. J'ai défendu encore, étant consul, Muréna consul désigné : il étoit accusé par d'illustres personnages ; aucun des juges néanmoins ne crut devoir écouter une accusation de brigue ; ils comprenoient tous, d'après mes discours, que Catilina ayant déjà levé l'étendard de la guerre, il devoit y avoir deux consuls aux calendes de janvier. J'ai défendu deux fois cette année Aulus Thermus, homme de bien, intègre, doué de toutes les vertus ; il a été absous deux fois. C'étoit l'avantage de l'état ; aussi quelle satisfaction et quelle joie n'a pas fait éclater le Peuple Romain ! Les juges prudens et sages dans leurs décisions, pensèrent toujours à ce que demandoient l'avantage de Rome, la sûreté commune, et les conjonctures où se trouvoit la République. Lorsque vous prononcerez, Romains, ce n'est pas seulement sur Flaccus que vous prononcerez, mais sur les chefs et les auteurs de la

G 2

conservation de Rome , mais sur tous les bons
citoyens , mais sur vous-mêmes , sur vos femmes
et sur vos enfans , mais sur les jours de chacun ,
sur la patrie et le salut de tous en général. Il
ne s'agit pas , dans cette cause , des nations et
des alliés , il s'agit de vous et de votre République.

Que si l'intérêt des provinces vous touche
plus que votre intérêt propre; loin d'empêcher,
je demande que vous déferiez au vœu des provinces : car nous opposerons à la province
d'Asie, d'abord une grande partie de cette
même province, qui a envoyé des députés
pour rendre témoignage et pour solliciter les
juges en faveur de Flaccus; et ensuite les provinces de Gaule , de Cilicie , d'Espagne , de
Crète. Aux Grecs de Lydie , de Phrygie , de
Mysie, résisteront en face les Grecs de Marseille , de Rhodes, de Lacédémone, d'Athènes,
toute l'Achaïe , la Thessalie , la Béotie. Les témoins Septimius et Cœlius (1) seront com-
battus par Servilius et Métellus , qui rendent

(1) Peut-être au lieu de Cœlius, qui ne se trouve
nulle part dans ce qui précède , faudroit - il lire
Sextilius.

témoignage à la sagesse et à l'intégrité de celui
que nous défendons. La préture de Rome sera
mise à coté de celle d'Asie. Toute la vie de
Flaccus, toute sa conduite non démentie, dé-
truira les inculpations d'une seule année. Et
s'il ne doit pas être inutile au même Flaccus
de ce qu'étant tribun de soldats, questeur et
lieutenant, il s'est montré digne de ses ancêtres, sous d'illustres généraux, dans de floris-
santes armées, dans de grandes provinces ;
qu'il lui soit utile de ce qu'ici, sous vos yeux,
au milieu des dangers qui vous menaçoient
tous, il a uni ses périls aux miens ; qu'il lui soit
utile d'avoir le témoignage flatteur des villes
d'Italie les plus distinguées ; qu'il lui soit utile
d'avoir la recommandation aussi sincère que
glorieuse du sénat et du Peuple de Rome.

O nuit, qui pensas plonger cette ville dans
des ténèbres éternelles, lorsque les Gaulois
étoient excités à nous déclarer la guerre, Catilina à s'approcher de Rome, les conjurés à
s'armer du fer et de la flamme : alors, Flaccus, je vous implorois, attestant le ciel et la
nuit sombre, mêlant mes pleurs avec les
vôtres, alors je recommandois à votre zèle et
à votre fidélité reconnue le salut de Rome et

G 3

de ses citoyens. C'est vous , Flaccus, dans votre préture , oui , c'est vous qui avez arrêté les porteurs de la désolation (1) commune ; c'est vous qui avez saisi les lettres où étoit consigné le désastre de la République ; c'est vous qui nous avez fait connoître à moi et au sénat les périls que nous courions et les moyens d'y échapper. Quels justes remercîmens ne reçûtes-vous pas alors de moi, du sénat, de tous les gens de bien ! Qui auroit cru qu'aucun des bons citoyens dût jamais refuser, je ne dis pas de vous dérober à une condamnation , mais de vous élever aux honneurs, vous et Pontinus cet homme si ferme ? O nones de décembre (2) , quel jour vous fûtes sous mon

(1) *Les porteurs de la désolation commune* , c'est-à-dire , les porteurs de lettres , qui dévoiloient le projet de tout brûler , de tout massacrer , de tout piller.

(2) Nones de décembre, jour où , après la harangue de Cicéron , le sénat rendit un décret d'après lequel les conjurés furent suppliciés. *O nuit.* C'est la nuit dont il a parlé d'abord , dans laquelle Flaccus arrêta les Gaulois chargés de lettres des conjurés. *Qui as précédé* , non immédiatement , mais de quelques jours.

consulat ! je puis vous appeller avec vérité le
jour de la naissance de Rome, ou du moins
celui de sa conservation. O nuit qui as précédé
ce jour, que tu fus heureuse pour cette ville !
Je crains, hélas ! que tu ne sois funeste que
pour nous. Quels étoient alors les sentimens
de Flaccus ? (je ne dirai rien de moi) Quel
amour il signaloit pour la patrie ! quel courage !
quelle fermeté ! Mais pourquoi rappeller ces
grandes opérations, qui, dans le moment où
elles se faisoient, méritoient les éloges et les
applaudissemens unanimes de tous les Romains et de tous les peuples du monde ? Je
crains aujourd'hui que, loin de nous être utiles,
elles ne nous soient même nuisibles : car il n'est
que trop vrai qu'en général les méchans ont
une mémoire bien plus prompte que les bons.
C'est moi, Flaccus, s'il vous arrive quelque
disgrace, oui, c'est moi qui vous aurai perdu :
c'est cette main, gage de ma foi, ce sont mes
assurances, ce sont mes promesses, qui vous
auront trahi, lorsque je vous jurois que, si
nous sauvions la République, vous pouviez
compter pour le reste de vos jours sur l'appui
de tous les bons citoyens, appui qui vous ga-
rantiroit de tout mal, et vous combleroit de

distinctions. J'ai pensé, Romains, je me suis
flatté, que, si notre élévation vous étoit indif-
férente, notre conservation du moins vous
seroit chère.

Flaccus, sans doute, quand même (aux
Dieux ne plaise !) il succomberoit en ce jour
sous le coup d'une injustice accablante, ne se
repentira jamais d'avoir pourvu avec zèle à
votre sûreté, à celle de vos enfans, de vos
femmes, de vos intérêts les plus chers. Il pen-
sera toujours qu'il devoit de tels sentimens
à l'illustration de sa famille, à sa vertu, à
la patrie. Vous, Romains, au nom des dieux,
prenez garde de vous repentir de n'avoir pas
épargné un tel homme. Eh ! combien en est-il
qui suivent son exemple dans la République,
qui soient jaloux de vous plaire à vous et à
ceux qui vous ressemblent, qui respectent le
vœu des gens les plus honnêtes, des premiers
citoyens et des premiers ordres de l'empire ?
combien en est-il qui marchent dans cette
route, lorsqu'ils en voyoient une autre plus
facile pour parvenir aux honneurs, à tous les
objets de leur ambition ? Laissons à ceux-ci,
laissons-leur tout le reste ; qu'ils aient pour
eux la puissance, les plus grandes facilités pour

obtenir de brillans avantages : que ceux qui
ont travaillé à sauver l'état, puissent au moins
se sauver eux-mêmes ! Croyez-moi, Romains ;
ceux qui n'ont pas encore pris de parti, qui
n'ont point fait encore les premiers pas dans
la carrière des honneurs, attendent l'issue de
ce jugement. Si le grand amour de Flaccus
pour tous les gens de bien, si son zèle ardent
pour la République, causent sa ruine ; qui
par la suite, croyez-vous, aura la folie de ne
pas préférer la voie qu'il jugeoit auparavant
rapide et glissante, à celle que nous suivons,
qui est toute unie et battue ? Si vous êtes dé-
goûtés de citoyens tels que Flaccus, faites-le
connoître. Ceux qui le pourront, qui seront
encore libres de le faire, changeront de systême, suivront un autre plan : pour nous,
qui sommes si avancés, nous porterons cette
peine de notre imprudence. Mais si vous de-
sirez de voir augmenter le nombre des citoyens
affectionnés comme nous le sommes, vous le
ferez voir dans le jugement que vous allez
rendre.

Vous instruirez aujourd'hui ce jeune infortuné, votre suppliant et celui de vos enfans ;
vous lui donnerez par votre arrêt des règles de

conduite. Si vous lui conservez son père, vous lui montrerez quel citoyen il doit être; si vous le lui enlevez, vous lui apprendrez qu'une conduite sage, régulière et suivie, ne doit attendre de vous aucune récompense. Comme il est dans un âge déjà capable de sentir l'affliction paternelle, sans pouvoir encore secourir un père malheureux, il vous conjure de ne pas redoubler la douleur du fils par les larmes du père, ni la douleur du père par les larmes du fils. Tous ses regards sont tournés vers moi, son visage m'implore, ses pleurs réclament l'exécution de mes promesses ; les distinctions que j'avois garanties à son père, comme la récompense d'avoir sauvé la patrie, il me les redemande. Soyez touchés, Romains, du sort d'une des plus anciennes familles ; du sort d'un père courageux, du sort de son fils. Conservez à la République un citoyen (1) aussi ferme qu'illustre ; conservez-le par égard, ou pour la noblesse de son nom, ou pour l'antiquité de sa race, ou pour son mérite personnel.

(1) Au lieu de *nomen* j'ai lu *hominem*, d'après les conjectures de plusieurs savans.

PLAIDOYER POUR P. SYLLA.

Sommaire.

PUBLIUS CORNÉLIUS SYLLA étoit proche parent du dictateur, et avoit eu quelque crédit durant sa domination. Ayant été désigné consul avec *Publius Autronius Pœtus*, ils furent accusés tous deux, lui par *Torquatus*, père de l'accusateur actuel, et *Autronius* par *Cotta*, comme ayant employé des voies illicites pour se faire nommer consuls. Ils furent condamnés l'un et l'autre, et leurs accusateurs nommés à leur place. Lorsque Cicéron fut sorti d'exercice, sous les consuls *Muréna* et *Silanus*, le jeune, un des successeurs, *Torquatus*, fils du consulaire, accusa *Sylla* d'avoir trempé dans les deux conjurations de *Catilina* : la première fut formée sous les consuls *Marcus Æmilius Lépidus* et *Lucius Volcatius Rullus*, après que *Cotta* et *Torquatus* eurent été désignés. Les historiens ne sont point d'accord au sujet de *Sylla* : il est certain qu'*Autronius* se ligua avec *Catilina*, qui se trouvoit actuellement accusé de concussion. Ils s'associèrent *Cnœus Piso*, jeune homme d'une grande naissance , mais esprit factieux , que l'indigence et l'ambition rendoient capable de tout oser. Leur plan étoit d'égorger les deux consuls Cotta et Torquatus , dans le Capitole même , le premier de janvier , le jour où ils entreroient en charge. Après quoi Catilina et Autronius devoient s'emparer des faisceaux consulaires , et envoyer Pison en Espagne , avec la qualité de préteur et une forte armée. Cette première conjuration échoua ; le secret fut éventé , et l'on donna une garde aux consuls. La seconde conjuration qui éclata sous le consulat de Cicéron , qu'il sut réprimer avec tant de prudence et de courage , est assez connue. Il entreprit de défendre Sylla sur le crime de cette conjuration , dont il devoit être mieux instruit que d'autres , et laissa à Hortensius le soin de le justifier du crime de la première conjuration dont il devoit avoir des connoissances particulières , ayant été intimement lié avec le père de l'accusateur.

Dans son exorde , Cicéron plaint le sort de Sylla qu'on ne laisse pas tranquille dans sa disgrace ; il dit la raison pour laquelle il entreprend de le défendre , et annonce qu'il commencera par répondre aux reproches qui lui ont été faits personnellement.

Torquatus lui avoit reproché de s'être chargé de défendre un complice de la conjuration, lui qui avoit découvert la conjuration; il lui avoit reproché de parler pour *Sylla*, lui qui avoit déposé contre *Autronius*. *Cicéron* se défend par la démarche d'*Hortensius* qui défendoit *Sylla*, et des autres grands personnages qui témoignoient ouvertement s'intéresser à sa cause; ce qu'ils n'auroient pas fait s'ils l'avoient jugé complice de la conjuration. Il montre fort longuement la différence entre *Sylla* et *Autronius*, après avoir demandé qu'on l'écoute sur le chef de la seconde conjuration qui devoit lui être connue, puisqu'on avoit écouté *Hortensius* sur le chef de la première. *Torquatus* s'étoit plaint que *Cicéron* prétendoit exercer une espèce de tyrannie, il l'avoit traité d'étranger, l'avoit représenté comme trop fier de ses actions, il avoit comme voulu lui faire un crime du supplice des conjurés : sur tout cela *Torquatus* est réfuté, quelquefois d'un ton plaisant et léger, plus souvent d'une manière grave et sérieuse.

Après cette justification personnelle, qui n'étoit nullement étrangère à la défense de *Sylla*, l'orateur entre dans le fond de la cause : 1°. *Sylla* a été nommé aux *Allobroges* comme complice , ce qu'on voit par la dénonciation de ceux-ci ; 2°. Cicéron a porté sur les registres publics autre chose que ce qui a été dénoncé ; 3°. Sylla est accusé par le fils de Cornélius ; 4°. il a envoyé Cincius dans l'Espagne citérieure, pour soulever cette province ; 5°. il a sollicité les habitans de Pompéi à entrer dans le projet de la conjuration ; 6°. il a engagé Cécilius son proche parent ou allié, à porter une loi en sa faveur ; 7°. une lettre écrite par Cicéron à Pompée paroît charger Sylla. L'orateur détruit solidement tous ces griefs, d'un style plus ou moins étendu ; il s'arrête sur-tout au second, et il se fâche contre l'accusateur.

Les griefs détruits, il passe à la vie et aux mœurs de l'accusé, il trace de sa conduite avant et après sa condamnation , un tableau flatteur et avantageux ; lequel tableau il oppose aux affreux projets de la conjuration qu'il peint , ainsi que les conjurés, des plus horribles couleurs. Il défend les consulaires que Torquatus avoit attaqués sans ménagement. Il déclare avec force qu'il n'auroit point défendu Sylla, s'il avoit vu en lui un chef de la conjuration, qu'il n'étoit point capable d'une pareille inconséquence ; il prend à témoins les *Dieux* tutélaires de *Rome* qu'il n'a rien découvert , rien appris au désavantage de *Sylla.*

La péroraison est d'un pathétique vrai et naturel , le plus propre à toucher l'accusateur lui-même et les juges.

Cette cause a dû être plaidée quelques mois après le consulat de Cicéron , dans la 45e. annec de son âge , l'an de *Rome* 691.

PLAIDOYER POUR PUBLIUS CORNÉLIUS SYLLA.

J'AUROIS sur-tout desiré , Romains, que Sylla eût pu se maintenir dans toute la splendeur de son rang , ou du moins, après sa disgrace, tirer quelque fruit de sa modération : mais puisque tel a été son malheureux sort, qu'élevé au comble des honneurs, il a été renversé, soit par l'envie , persécutrice ordinaire de ceux qui courent cette carrière, soit par la haine qu'on portoit en particulier à Autronius (1) ; puisqu'au milieu des tristes débris de son ancienne fortune , il a trouvé des

_____

(1) Publius Autronius Pœtus , un des principaux complices de Catilina.

hommes dont l'animosité ne pourroit être
assouvie même par son supplice : tout affecté
que je puis être de ses malheurs, je vois sans
peine que, parmi tous ses maux, il se présente
à moi une occasion de rappeller aux gens de
bien, ma douceur et ma sensibilité autrefois si
connues de tout le monde, maintenant presque
oubliées ; et de faire convenir les mauvais
citoyens domptés par des actes de rigueur,
que si j'ai été ferme et sévère lorsque la République étoit sur le penchant de sa ruine ;
à présent qu'elle est rétablie, je suis redevenu
doux et sensible. Et puisque Torquatus, mon
ami particulier, a cru que moins il ménage-
roit notre amitié dans son accusation, plus
il pourroit affoiblir l'autorité de ma défense,
je ne séparerai point la justification de Sylla
de celle de ma conduite. En cela, Romains,
je ne considère nullement mon intérêt personnel; car j'ai souvent eu et j'aurai souvent
occasion de faire mon apologie : mais comme
l'accusateur s'est flatté que plus il ôteroit de
poids à mes paroles, plus il diminueroit les
ressources de celui que je défends, je pense
aussi moi, que je ne puis vous convaincre
de la régularité de ma démarche et de la
solidité

solidité des motifs qui m'engagent à plaider pour Sylla, sans vous convaincre en même temps de la bonté de sa cause.

Et d'abord, Torquatus, je vous le demande, pourquoi dans la défense que j'ai cru devoir entreprendre avec d'autres citoyens illustres, les premiers de la ville , pourquoi séparez-vous leur cause de la mienne ? Quelle raison avez-vous de condamner en moi une démarche, que vous ne condamnez pas dans Hortensius (1), cet homme d'un rang et d'un mérite si distingué ? S'il est vrai que Sylla ait formé le projet de livrer tout aux flammes , d'a-néantir cet empire, de renverser Rome ; ce projet affreux doit-il me causer plus de douleur et d'indignation qu'à Hortensius ? me faut-il en un mot, examiner plus sérieusement (1) qui je dois dans de pareilles causes, secourir ou attaquer , défendre ou abandonner ?

Oui , dit-il, car c'est vous qui avez fait les recherches ; c'est vous qui avez découvert la conjuration. En parlant ainsi , Torquatus

(1) Un des principaux défenseurs de Sylla.

(2) *Meum gravius esse judicium* , sous-entendez debet.

ne voit pas qu'on n'a pu découvrir ce qui
auparavant étoit caché, sans le dévoiler pour
tout le monde. Si donc la conjuration a été
découverte par mon moyen, elle doit être
aussi parfaitement connue d'Hortensius que
de moi. Or, Torquatus, lorsqu'un homme
de ce rang, de cette réputation, de cette
vertu, de cette prudence, n'a pas craint
de défendre Sylla comme innocent; je vous
demande pourquoi rien n'ayant éloigné Hortensius d'entreprendre cette affaire, je n'aurois
moi, que des raisons qui me repousseroient.
Je vous demande encore à vous qui croyez devoir me blâmer de défendre Sylla, ce que vous
pensez de ces grands hommes, de ces citoyens
illustres, que vous voyez assister en grand
nombre au jugement, qui, par leur présence
et par l'intérêt qu'ils prennent à la cause,
honorent cette assemblée et défendent l'innocence de Sylla. Non, plaider pour un accusé n'est pas la seule manière de le défendre.
Assister au jugement, s'intéresser pour celui
qu'on accuse, demander qu'il soit absous,
c'est le défendre pour sa part et de tout son
pouvoir. Aurois-je donc refusé de paroître sur
un siège où j'appercevois ces hommes, les

lumières et les ornemens de la République, avec le secours desquels j'étois parvenu, après bien des travaux et des périls, au comble des honneurs, à ce haut rang où je me vois élevé.

Apprenez, Torquatus, quel est l'homme dont vous attaquez la démarche. Si vous êtes choqué de ce que je n'abandonne pas Sylla, moi qui n'ai défendu personne sur le chef dont on l'accuse ; rappellez-vous la conduite de ceux que vous voyez solliciter pour lui, vous verrez qu'eux et moi, nous avons toujours pensé de même de Sylla et de tous les autres. Qui de nous a sollicité pour (1) Vargunteius ? personne, pas même Hortensius, qui, seul auparavant, l'avoit défendu dans une accusation de brigue, mais qui croyoit n'avoir plus aucune liaison avec celui qui, en commettant un si grand crime, avoit rompu toutes les

(1) Lucius Vargunteius, sénateur, un des conjurés, qui, conjointement avec Caïus Cornélius, de l'ordre équestre, s'étoit chargé d'assassiner Cicéron dans sa maison. Servius et Publius Sylla, aussi conjurés, de la même famille que celui qui est défendu par Cicéron. Marcus Porcius Lœca, sénateur, complice de la conjuration, qui prêta sa maison à une assemblée des conjurés.

liaisons. Qui de nous a cru devoir défendre
Servius ou Publius Sylla , ou Marcus Lœca ,
ou Caïus Cornélius ? Qui de ceux que nous
voyons ici présens , a sollicité pour eux ?
aucun. Pourquoi ? c'est que , dans les autres
causes , les gens de bien ne pensent pas devoir
abandonner même des coupables qui sont leurs
amis ou leurs proches. Dans une accusation
telle que celle-ci , ce ne seroit pas seulement
commettre une faute de légéreté , ce seroit en
quelque sorte se rendre complice du crime, que
de défendre celui que l'on soupçonne s'être
souillé d'un horrible attentat envers la patrie.
Pour Autronius, ses compagnons , ses collègues , ses anciens amis (et il en avoit eu un
grand nombre), tous les principaux de l'état,
ne l'ont-ils pas abandonné ? la plupart même
ne l'ont-ils pas chargé par leurs dépositions ?
Sans doute , ils étoient convaincus que son
forfait étoit si affreux que , loin qu'il fût
permis de le cacher, on devoit se croire obligé
de le produire au grand jour.

Devez-vous donc être surpris, Torquatus, de
voir que , pour défendre un citoyen innocent, je
me joins à des hommes qui , comme moi , se
sont refusés à la défense de citoyens coupables ?

Voulez-vous qu'on me croie plus dur, plus
féroce, plus inhumain qu'aucun autre, d'une
cruauté et d'une barbarie sans exemple ? Si
vous prétendez que les actions de mon consulat
m'obligent à soutenir toute ma vie le même
personnage, vous êtes grandement dans l'erreur.
La nature m'a fait sensible, la patrie m'a
rendu sévère : la patrie ni la nature ne veulent
que je sois cruel. Enfin, ce personnage de
fermeté et de rigueur que m'ont fait prendre
les circonstances et la République, l'inclination et la nature me l'ont fait déposer. La
République a exigé de moi dans le tems un
court effort de sévérité ; la nature me porte
toute ma vie à des sentimens de douceur et de
compassion. Vous n'avez donc aucune raison
de me séparer d'un si grand nombre de citoyens
illustres. Le devoir des gens de bien est le même ;
leur cause ne se divise pas. Ne soyez donc
point surpris à l'avenir de me voir rangé du
côté où vous appercevrez ces personnages respectables. Je n'ai point dans la République de
cause à part. Il y a eu un tems où l'obligation
d'agir me regardoit plus particuliérement que
d'autres : mais la douleur et les allarmes que
devoient causer les périls de la patrie, je les

partageois avec tout le monde. Non, je n'aurois pu vous sauver tous en me mettant à votre tête, si personne n'eût voulu me suivre. Il faut donc nécessairement que ce qui m'étoit propre à moi seul, étant consul, me soit commun avec d'autres, à présent que je suis redevenu particulier. Je le dis, non pour répartir sur plusieurs ce qu'il y a de désagréable dans mes actions, mais pour rendre commun à tous ce qu'il y a d'honorable : je prends sur moi tout le fardeau ; la gloire, je la partage avec tous les gens de bien.

Vous avez déposé, dit-il, contre Autronius, et vous défendez Sylla. Si je suis réellement coupable de légéreté et d'inconséquence, il s'ensuivra qu'on ne devoit pas en croire ma déposition, ni à présent écouter ma défense. Mais si je suis en même tems dévoué aux intérêts de la République, fidèle à servir mes amis, jaloux de l'estime des gens de bien, Torquatus ne doit en aucune sorte me reprocher de défendre Sylla, après avoir chargé Autronius par mon témoignage : car il me semble que j'apporte dans les causes, non-seulement du zèle pour les défendre, mais une réputation de vertu et quelqu'auto-

rité. J'userai modérément de ces avantages ;
et je ne songerois nullement à m'en prévaloir ,
si l'accusateur ne m'y forçoit.

Vous établissez , Torquatus , deux conjura-
rations (1) ; l'une que l'on dit avoir été formée
sous les consuls Lépidus et Rullus , votre père
étant consul désigné ; et l'autre , sous mon
consulat. Sylla , dites-vous , étoit complice
de toutes les deux. Je ne suis pas entré , vous
le savez , dans les conseils de votre père ,
homme ferme , excellent consul ; malgré nos
liaisons intimes , je n'ai eu , vous le savez ,
aucune part à ce qui se faisoit et se disoit
alors. La raison , sans doute , c'est que je ne
m'étois pas encore livré entiérement aux affaires publiques , que je n'étois pas encore
parvenu aux honneurs , objet de mes vœux,
que mes démarches pour y parvenir , et mon
travail du barreau me détournoient de toute
autre idée. Qui donc étoit admis à vos conseils ? tous ceux que vous voyez ici présens ,
et sur-tout Hortensius. Le rang et la considération dont il jouissoit , ses excellentes inten-

(1) Par rapport à ces deux conjurations , voyez le
sommaire.

tions pour la République , ses liaisons étroites
avec votre père , son vif amour pour sa personne l'allarmoient sur les périls de l'état et
sur ceux de son ami en particulier. Ainsi , pour
la première conjuration , Sylla a été défendu
par celui qui n'en ignoroit aucune circonstance , qui a assisté à vos conseils , qui a partagé vos allarmes : et quoique son discours eût
toute la force et tous les ornemens dont l'éloquence est susceptible ; cependant l'autorité
de la personne ne le cédoit pas au talent de
l'orateur. Je n'ai donc pu être témoin de la
première conjuration , que l'on dit avoir
été tramée contre vous , vous avoir été dé-
noncée , avoir été dévoilée par vous. Je n'en
ai rien appris de certain , à peine un bruit
confus en est-il parvenu jusqu'à mes oreilles.
Ceux qui en furent instruits avec vous , qui
furent admis à vos conseils , que le danger
menaçoit , à ce qu'on pensoit alors , ceux qui
n'ont pas sollicité pour Autronius , qui l'ont
chargé par leur témoignage , défendent Sylla ,
sollicitent en sa faveur , déclarent dans le
péril où ils le voient , que ce qui les a empêchés
de solliciter pour les autres , ce n'est pas l'accusation à eux intentée , mais leur crime. Je

défendrai Sylla, pour le tems où j'étois consul, et sur le chef de la grande conjuration. Ce partage, Romains, entre Hortensius et moi ne s'est pas fait au hasard et sans motif : comme on nous prenoit pour défenseurs d'une cause où nous pouvions être témoins, chacun de nous deux a cru devoir se charger de la partie dont il étoit le mieux instruit, dont il pouvoit parler avec le plus de connoissance.

Et puisque vous avez écouté attentivement Hortensius discuter les griefs de la première conjuration, écoutez d'abord cette remarque sur celle qui s'est tramée sous mon consulat. J'ai reçu, étant consul, bien des rapports sur les dangers extrêmes de la République, j'ai fait bien des recherches, j'ai acquis bien des connoissances. Il ne m'est venu contre Sylla aucune délation, aucun indice, aucune lettre, aucun soupçon. Ces paroles, je crois, devroient être d'un grand poids de la part d'un homme qui, étant consul, a découvert avec quelque intelligence les noirs desseins formés contre la République, les a dévoilés avec droiture, les a punis avec vigueur ; on devroit l'écouter, lorsqu'il dit n'avoir rien appris sur Sylla, n'avoir rien soupçonné. Mais ce n'est pas encore

pour le défendre que j'emploie ce langage ;
c'est plutôt pour me justifier moi-même , pour
que Torquatus cesse d'être surpris que je dé-
fende Sylla après avoir abandonné Autronius.

Quelle différence en effet entre la cause
d'Autronius et celle de Sylla ! Tous deux
accusés de brigue , l'un avoit voulu troubler
et empêcher le jugement , d'abord en suscitant
une émeute de gladiateurs et d'esclaves fugitifs ;
ensuite ce que nous avons vu tous , en sou-
levant le Peuple et faisant jetter des pierres :
l'autre étoit disposé à n'employer pour lui-
même nul moyen , si sa modestie et son nom
ne lui étoient d'aucun secours. Les démarches
d'Autronius condamné, ses paroles, son air,
son regard , tout montroit en lui l'ennemi
déclaré , l'ennemi mortel des premiers ordres
de l'état , de tous les gens de bien , de la
patrie. Abattu et consterné par sa disgrace,
Sylla étoit persuadé que de son ancien lustre ,
il lui restoit seulement ce que sa modération
en avoit pu conserver. Dans la seconde conjuration , qui jamais fut plus lié qu'Autronius
avec Catilina , avec Lentulus ? Des intérêts
honnêtes formèrent-ils jamais entre des hommes
une société plus étroite qu'entre eux le crime ,

les dissolutions, les attentats ? Est-il un projet d'infamie que Lentulus n'ait pas conçu avec Autronius ? Est-il un coup de hardiesse que Catilina ait fait sans lui ? Cependant Sylla, loin de chercher avec ces mêmes hommes la nuit et la solitude, n'avoit pas même avec eux le moindre entretien, la moindre entrevue. Les Allobroges, dénonciateurs véridiques de faits importans, beaucoup de lettres et de délations, chargeoient Autronius : au lieu que Sylla n'étoit dénoncé, n'étoit nommé par personne. Enfin, lorsque Catilina fut chassé de Rome, ou qu'il s'en fut échappé, Autronius lui envoya des armes, des clairons, des trompettes, des faisceaux (1), des étendarts : laissé dans la ville, attendu au camp, abattu par le supplice de Lentulus, il éprouva enfin de la crainte, jamais de repentir. Sylla au contraire s'est tenu tranquille ; il est resté pendant tout le tems à Naples, où l'on ne croit pas qu'il se soit réfugié des hommes soupçonnés d'avoir eu

___

(1) J'ai suivi la leçon *fasces*, et j'ai traduit ensuite comme si on lisoit d'après la conjecture d'un savant, *signa legionis*.

part à la conjuration ; d'ailleurs le lieu même (1)
est moins propre à soulever des citoyens
dans la disgrace qu'à les consoler. Voyant
donc une si grande différence dans les personnes et dans leur cause, je me suis com-
porté différemment pour l'un et pour
l'autre.

Autronius venoit souvent me trouver ; il
me supplioit les larmes aux yeux de le défendre ; il me rappelloit qu'il avoit été mon
condisciple dans l'enfance , mon ami intime
dans la jeunesse , mon collègue dans la questure. Il me citoit de bons offices réciproques,
beaucoup de ma part , quelques-uns de la
sienne. Ces motifs me touchoient, et m'amol-
lissoient le cœur au point de me faire oublier
qu'il avoit même attenté à mes jours ; je ne
songeois plus qu'il avoit envoyé chez moi
Cornélius pour m'égorger dans ma maison ,
aux yeux de ma femme et de mes enfans.
Si ses noirs projets fussent tombés sur moi
seul, ma grande douceur et mon extrême fa-

(1) La ville de Naples étoit peu connue , tranquille ; il s'y rassembloit peu de monde ; enfin
c'étoit une retraite paisible , peu propre à exciter des
troubles.

cilité ne m'auroient point permis , certes , de
résister à ses larmes et à ses instances. Mais
la patrie , mais les malheurs dont vous aviez
été menacés , mais cette ville , mais les temples et les autels , mais les tendres enfans ,
les mères et leurs filles venoient s'offrir à mon
esprit ; mais les torches allumées pour notre
ruine , pour l'embrâsement de la ville entière,
mais les épées tirées , mais les massacres , mais
le sang des citoyens , mais les cendres de la
patrie , toutes ces horreurs venoient se présenter à mes yeux, se retracer à ma mémoire :
et alors je résistois , non-seulement à cet ennemi, à ce parricide , mais encore à ses parens , aux Marcellus (1) père et fils , quoique
j'eusse voué à l'un la vénération qu'on a pour
un père , et à l'autre la tendresse qu'on a pour
un fils : un forfait que j'avois puni dans plusieurs , je ne croyois pas pouvoir, sans un
crime affreux, le défendre dans celui que j'en
savois le complice. Mais je n'ai pu tenir, ni
contre les supplications de Sylla accusé , ni

(1) Ces deux Marcellus avoient le surnom de Caïus :
nous avons des lettres de Cicéron qui leur sont
adressées.

contre les larmes des mêmes Marçellus, ni
contre les prières de Messala (1) mon ami intime. Car je ne voyois rien dans la cause qui
combattît le penchant de mon cœur ; ni la personne, ni l'affaire ne contredisoient mon humeur compatissante. Je n'avois trouvé nulle
part le nom de Sylla : il n'y avoit contre lui
aucune trace de complicité, aucun grief, aucun
indice, aucun soupçon. Je me suis chargé de
la cause, Torquatus ; oui, et je l'ai fait volontiers : celui que tous les gens de bien,
comme je m'en flatte, jugeoient un homme
ferme, je ne voulois pas que même les méchans pussent le traiter de cruel.

Ici Torquatus se plaint amèrement que
j'exerce dans Rome une espèce d'autorité
royale. Qu'entendez-vous, Torquatus, par
cette autorité royale ? voulez-vous parler de
mon consulat ? ce consulat dans lequel je n'ai
jamais commandé, mais au contraire obéi aux
sénateurs et à tous les gens de bien. Etant
consul, loin de m'ériger en roi, j'ai empêché
qu'un autre ne devînt le maître. Direz-vous,
Torquatus, que je n'ai pas régné en roi quand

(1) Marcus Messala Niger, très-bon orateur.

j'étois revêtu de la suprême magistrature, et
que je règne à présent que je suis simple particulier ? qu'est-ce qui vous le feroit dire ?
Ceux, dit-il, contre lesquels vous avez déposé ont été condamnés (1), et celui que vous
défendez espère être absous. Au sujet de mes
dépositions, voici ma réponse : si j'ai déposé
faussement, vous avez parlé vous-même contre
ceux que j'ai chargés par mon témoignage ;
si j'ai déposé selon la vérité, ce n'est pas
régner en tyran que de déterminer des juges
par une déposition véridique. Quant aux espérances de Sylla, je me contente de dire
qu'il n'attend de moi ni puissance, ni crédit,
rien enfin excepté le zèle pour le défendre.
Si vous ne vous étiez pas chargé de sa cause,
dit Torquatus, il ne m'auroit pas répondu,
il se seroit enfui sans attendre le jugement.
Quand je vous accorderois qu'Hortensius,

---

(1) Quels étoient ceux que Cicéron avoit chargés
par son témoignage, et qu'il avoit fait condamner ?
c'étoit entre autres, comme nous le voyons par la
suite, Autronius, quoique l'orateur semble dire ici
qu'il l'avoit seulement abandonné. -- *Vous avez parlé
vous-même* . . . . . Et par conséquent vous n'avez
point parlé selon la vérité.

homme d'un si grand poids, que les illustres personnages ici présens, ne se décident point d'après leurs idées, mais d'après les miennes; quand je vous accorderois, ce qui n'est pas croyable, qu'aucun de ces personnages n'auroit sollicité pour Sylla, si je ne l'eusse défendu, lequel, je vous prie, agit en roi, de celui à qui des hommes innocens ne peuvent résister, ou de celui qui n'abandonne pas des malheureux? Ici même, ce qui n'étoit nullement nécessaire, vous avez voulu vous donner pour plaisant; Tarquin et Numa (1), avez-vous dit, quoiqu'étrangers, ont été rois à Rome, Cicéron est le troisième. Je ne considère pas pour le moment le titre de roi, j'examine pour quelle raison vous m'avez traité d'étranger. Car s'il est vrai que je sois étranger, et si, comme vous dites, même des étrangers ont été rois à Rome, Cicéron roi est quelque chose de moins étonnant qu'un étranger à Rome devenu consul.

En vous appelant étranger, répliquez-vous, j'ai voulu dire que vous sortiez d'une ville

(1) Numa Pompilius étoit Sabin; Tarquin l'ancien étoit Toscan, né d'un père Corinthien.

municipale.

municipale. J'en conviens, j'ajoute même d'une ville (1) à qui Rome et cet empire ont dû pour la seconde fois leur salut. Mais, Torquatus, je voudrois savoir de vous pourquoi les originaires de villes municipales sont à vos yeux des étrangers. Caton l'ancien (2) avoit un grand nombre d'ennemis, lui a-t-on jamais fait ce reproche ? l'a-t-on fait à Coruncanius, à Curius, à Marius lui-même notre compatriote, qui avoit tant d'envieux ? Pour moi je me réjouis fort que, malgré le desir que vous aviez de me piquer, vous ne m'ayez pu faire qu'un reproche qui tombe sur la plus grande partie des citoyens.

Cependant nos liaisons intimes m'engagent et me sollicitent à vous donner quelques avis. Tous ne sauroient être patriciens ; peu même,

(1) D'Arpinum, patrie de Marius, qui avoit sauvé Rome par la défaite des Cimbres et des Teutons, et de Cicéron qui l'avoit sauvée une seconde fois, par la découverte de la conjuration de Catilina.

(2) Caton l'ancien, Titus Coruncanius, Marcus Curius Dentatus, personnages distingués par leur mérite et par leur courage, étoient originaires de villes municipales. Des éditions portent *Curioni* au lieu de *Curio*. Paul Manuce propose *M. Curio*.

s'il faut le dire , sont jaloux de ce titre : et
ceux de votre âge ne croient pas que vous
deviez pour cette raison avoir la supériorité
sur eux. Mais si vous nous traitez d'étrangers ,
nous dont l'illustration dans cette ville est
déjà un peu ancienne , dont le nom a déjà
volé dans toutes les bouches ; combien ne re-
garderez-vous pas nécessairement comme étrangers vos compétiteurs qui , choisis dans toute
l'Italie , prétendent vous disputer les honneurs
et les distinctions ? Prenez garde d'en traiter
quelqu'un d'étranger ; car la multitude des
étrangers pourroit bien vous accabler de suffrages contraires. S'ils montrent de l'activité
et de la vigueur , ils vous feront renoncer ,
croyez-moi , à la vanité de vos paroles , ils
vous réveilleront plus d'une fois , et ne souffriront pas que vous l'emportiez sur eux par
les dignités , si vous ne les surpassez par le
mérite. Mais en supposant , Romains , que vous
et moi nous dussions être regardés comme
étrangers par les autres patriciens , Torquatus
devoit se taire sur ce défaut , lui qui , du côté
de sa mère , sort lui-même d'une ville municipale. Sa famille même de ce côté est très-
noble et fort illustre , mais enfin originaire

d'Asculum (1). Qu'il montre donc, ou que les seuls habitans du Picenum ne sont pas étrangers, ou qu'il me sache gré de ne pas préférer mon origine à la sienne.

Ainsi, Torquatus, ne me traitez pas d'étranger par la suite, dans la crainte d'être réfuté avec force ; ne me traitez pas de roi, de peur qu'on ne vous trouve ridicule. A moins qu'il ne vous semble que c'est être roi de vivre sans être asservi à aucun homme, ni même à aucune passion, de mépriser tous les plaisirs des sens, de n'avoir besoin ni d'or ni d'argent, de rien en un mot, de dire librement son avis dans le sénat, de chercher plutôt à ménager les intérêts du Peuple qu'à flatter ses desirs ; de ne céder à personne, de résister à plusieurs : si vous appellez cela être roi, je le suis, je l'avoue. Si ma puissance, si ma domination, enfin si quelque propos de ma part orgueilleux et fier vous a choqué, que ne le citez-vous plutôt que de me prodiguer un titre odieux, une injure calomnieuse ?

Après avoir rendu de si grands services à la République, quand je ne demanderois d'au-

(1) Asculum, ville d'Italie dans le Picenum.

tre récompense au sénat et au Peuple Romain
qu'un repos honorable, qui pourroit me le re
fuser? je laisserois aux autres les honneurs, les
commandemens, les provinces, les triomphes,
les plus magnifiques distinctions : il me seroit
permis de jouir tranquillement de l'aspect d'une
ville que j'aurois sauvée. Mais si je ne demande
pas ce repos ; si mes travaux publics et particuliers, si mes soins, mes études et mes veilles
sont toujours au service de mes amis, au service de tous ; si mon zèle ne manque ni à
mes amis dans le barreau, ni à la République
dans le sénat ; si, ni les actions que j'ai
faites (1), ni les honneurs que j'ai obtenus,
ni mon âge ne me servent d'excuse pour
me dispenser du travail ; si ma maison est
ouverte à tout le monde, si je suis prêt à
obliger tout le monde de ma personne ou de
mes conseils, si je ne me laisse pas même
le tems de penser à ce que j'ai fait pour le
salut commun, de le rappeller en mon souvenir, nommera-t-on encore cela régner en
roi ? peut-on soupçonner un homme de pré-

(1) Latin ; *rerum gestarum vacatio*, c'est-à-dire,
immunitas ob res gestas, ou *immunitas à rebus
gerendis*.

tendre à une autorité royale, lorsqu'on ne pourroit trouver personne (1) qui voulût régner en sa place ? Cherchez ceux qui dans Rome ont aspiré au pouvoir des rois ; sans parcourir nos anciennes annales, vous les trouverez parmi les portraits de votre famille (2).

Mes actions, peut-être, m'ont trop enflé le cœur, m'ont inspiré je ne sais quel orgueil. Je puis dire de ces actions si illustres, si dignes de l'immortalité, qu'après avoir délivré Rome et tous les citoyens des plus éminens périls, je me trouverai trop heureux, si les importans services que j'ai rendus à tous les autres, ne m'exposent moi-même à aucun péril. Je n'oublie pas dans quelle République j'ai fait de si grandes choses ; je sens dans

(1) *On ne pourroit trouver personne...* Parce que, sans doute, personne ne voudroit se charger du travail pénible auquel il se livre. J'ai lu et ponctué, d'après Lambin, *nemo potest, longè abest ab eo regni suspicio.*

(2) Marcus Manlius, un des ancêtres de Torquatus, violemment soupçonné d'aspirer à la royauté, fut précipité de la Roche Tarpéienne. On sait que les nobles familles de Rome gardoient les portraits en cire de leurs aïeux qu'ils rangeoient par ordre.

I 3

quelle ville je suis obligé de vivre. La place publique, Romains, est remplie de ces mêmes hommes que j'ai repoussés de vos têtes sans les éloigner de la mienne ; à moins que vous ne pensiez qu'il n'y ait eu qu'un petit nombre de méchans qui aient pu entreprendre ou espérer de renverser un si grand empire. J'ai pu, comme j'ai fait, leur arracher des mains leurs flambeaux et leurs épées ; mais je n'ai pu ni guérir leurs ames atroces, ni en arracher leurs desseins parricides. Je n'ignore donc pas les risques que je cours au milieu d'une si grande foule d'hommes pervers, et je vois que seul j'aurai à soutenir contre eux une guerre éternelle.

Que si par hasard vous portez envie aux appuis qui me protègent, et si vous croyez que c'est régner en roi que de voir tous les gens de bien de tous les ordres et de tous les rangs attacher leur conservation à la mienne, consolez-vous en me voyant en butte à la haine de tous les méchans, en les voyant acharnés contre moi seul : ils me haïssent, non-seulement parce que j'ai réprimé leurs efforts impies et leur coupable fureur, mais beaucoup plus encore parce qu'ils pensent que, tant que je vivrai, ils ne peuvent plus rien entreprendre de semblable. Mais pourquoi serois-je surpris que des hommes malveillans parlent de moi aussi mal, lorsque Torquatus, lui qui, après s'être si bien montré dans sa jeunesse, peut se flatter d'obtenir par lui-même les premières magistratures, lui, fils d'un consul intrépide, d'un sénateur ferme, d'un excellent citoyen, s'emporte quelquefois et ne garde aucune mesure dans ses discours ?

Après avoir parlé du crime de Lentulus, de l'audace de tous les conjurés, à voix basse, assez haut seulement pour être entendu des juges qui approuvent ce langage ; en parlant de la prison et du supplice de ce même Lentulus, il élevoit la voix et prenoit le ton le plus pathétique. Ce qu'il y avoit d'abord en cela, Romains, de choquant pour la raison, c'est qu'en disant ce que vous ne pouviez manquer d'approuver, et le disant assez bas (1) pour que ceux qui environnoient le tribunal ne pussent pas l'entendre, il ne voyoit point que ce qu'il disoit en élevant le ton pour être

_____

(1) Au lieu de *leviter* dans le latin, des savans proposent *leniter*.

I 4

entendu de ceux auxquels il vouloit plaire, seroit aussi entendu de vous auxquels ce discours ne pouvoit être agréable. Ensuite, un autre défaut de notre orateur, c'est de ne pas voir les convenances de chaque cause. Non, il n'est rien de si déplacé dans celui qui en accuse un autre de conjuration, que de paroître déplorer le supplice des conjurés. Qu'un tribun du Peuple (1) qui semble resté seul des conjurés pour déplorer leur sort, que ce tribun les plaigne, cela doit d'autant moins surprendre qu'il est difficile de se taire, quand on est vivement affecté : mais qu'un jeune homme tel que vous, Torquatus, fasse de même, et dans une cause où il demande la punition d'un conjuré, c'est ce qui me surprend fort. Mais ce que je trouve principalement à redire, c'est que malgré votre esprit et vos lumières, vous ne sentiez pas quels sont les vrais intérêts de la République ; c'est que vous vous imaginiez que le Peuple de Rome désap-

(1) On ne sait pas certainement quel est ce tribun; Paul Manuce croit que c'est Métellus Népos, qui empêcha Cicéron de prononcer le discours qu'il avoit préparé pour le jour où il sortit de charge : il disoit qu'un homme qui avoit condamné des citoyens sans les entendre, ne devoit pas être entendu.

prouve ce qu'ont fait tous les gens de bien sous mon consulat pour le salut commun. Parmi les citoyens présens à cette audience, à qui vous vouliez plaire, y en a-t-il eu, pensez-vous, un seul, ou assez scélérat pour avoir voulu que Rome fût ensevelie toute entière dans une même ruine, ou assez misérable pour desirer de périr et de ne rien sauver du désastre général ? Nul ne blâme un de vos plus illustres ancêtres (1) d'avoir fait subir la mort à son fils pour affermir par cet exemple l'autorité du commandement ; et vous, Torquatus, vous blâmez la République d'avoir fait mourir des ennemis domestiques pour n'être pas elle-même victime de leur fureur !

Ainsi, voyez combien je suis prêt à dé-savouer mon consulat. J'élève la voix, afin que tout le monde puisse m'entendre, je le dis et le dirai sans cesse, vous tous qui êtes ici présens, dont je vois avec satisfaction le nombreux concours, prêtez à mes paroles une oreille attentive ; écoutez-moi en silence, et appliquez-vous à ce que je vais dire de ces

(1) Titus Manlius Torquatus, qui, consul pour la troisième fois dans la guerre contre les Latins, fit mourir son fils parce qu'il avoit combattu contre son ordre.

opérations sur lesquelles Torquatus a voulu
jetter de l'odieux : oui , lorsqu'une armée de
citoyens pervers , formée par de sourdes et
criminelles intrigues , préparoit la ruine et la
désolation de la patrie ; lorsque pour l'extinc-
tion et l'anéantissement de la République ,
Catilina et Lentulus étoient postés , l'un dans
un camp , l'autre au milieu des temples et des
maisons de cette ville ; alors , moi consul ,
par ma vigilance, par mes travaux, au risque
de mes jours , sans tumulte , sans troupes ,
sans armée, sans armes , en faisant arrêter
cinq hommes (1) , à qui j'ai arraché l'aveu de
leur crime , j'ai sauvé Rome de l'embrâsement,
les citoyens du massacre , l'Italie du ravage ,
la République de sa destruction totale. Oui ,
la vie de tous les citoyens , la tranquillité de
l'univers , Rome enfin , notre demeure commune , le refuge des rois et des peuples étrangers , la gloire des nations , le domicile de
notre empire , oui , par le supplice de cinq
hommes forcenés et désespérés , je l'ai garan-

----

(1) Lentulus, Céthégus , Statilius , Gabinius et
Céparius. Ce dernier ne fut pas arrêté d'abord : il
fut pris dans sa fuite et amené à Rome. —— *A qui
j'ai arraché l'aveu.* J'ai suivi la leçon *confessis*, qui
me semble en tout préférable à *confossis.*

tie de sa ruîne. Avez-vous cru , Torquatus ,
que je n'oserois dire devant ce tribunal ce que
j'ai protesté avec serment dans une grande
assemblée du Peuple ? J'ajouterai même , de
peur que des méchans ne viennent tout-à-coup
à vous affectionner , à fonder sur vous quelque
espérance , j'ajouterai , et je le dirai encore ,
afin que tout le monde puisse l'entendre , du
ton de voix le plus élevé. Ce Torquatus ,
notre accusateur , alors chef de la jeunesse (1) ,
qui a vécu avec moi d'abord lorsque j'ai été
préteur , ensuite lorsque j'ai été consul ,
il a eu part à toutes les opérations de
mon consulat pour le salut de tous ; il m'a
aidé de ses conseils et de sa personne. Son
père , ce bon citoyen , dévoué à la patrie ,
d'une magnanimité peu commune , d'une prudence consommée , d'une fermeté rare , ce
grand homme , quoique malade , se trouvoit
par-tout , il ne m'a point quitté d'un instant ,
il m'a secondé plus qu'aucun autre , par son

(1) J'ai traduit comme si on lisoit en supprimant
les mots inutiles ; *et gessi, ille Torquatus, cum
esset signifer juventutis, cum meus contubernalis
in consulatu atque etiam in praeturâ fuisset,
auctor, adjutor, particeps extitit : parens ejus...*

zèle, par ses avis, par l'ascendant de son nom;
la force de son ame triomphoit de la foiblesse
de son corps. Voyez-vous, Torquatus, comme
je vous enlève à l'affection subite des méchans, comme je vous réconcilie avec tous
les gens de bien qui vous chérissent, qui
veulent et voudront toujours vous retenir,
qui, si par hasard vous cessez d'être partisan
de Cicéron, ne souffriront pas que vous aban-
donniez leur parti, celui de la République,
celui de votre nom et de votre naissance.

Mais, je reviens à la cause, et je vous
proteste, Romains, que c'est Torquatus qui
m'a imposé la nécessité de parler si long-
temps de moi-même. S'il s'étoit contenté
d'accuser Sylla, je me serois aussi borné à
le défendre; mais puisqu'il s'est déchaîné
contre moi dans tout son discours, puisqu'il
a voulu, comme je le disois dès le commencement, ôter tout son poids à ma défense; quand l'injure qui m'est faite ne
m'obligeroit pas de répondre, la cause même
auroit demandé de ma part cette justification
personnelle.

Sylla, dites-vous, a été nommé aux Allobroges. Qui prétend le contraire? Lisez la

dénonciation, et voyez comment il a été nommé. Suivant le rapport des Allobroges, Lucius Cassius (1) leur a dit qu'Autronius avec d'autres étoit du nombre des conjurés. Je demande si Cassius a dit la même chose de Sylla. Il ne l'a dit nulle part. Ils ont demandé, disent-ils, à Cassius quels étoient les sentimens de Sylla. Voyez, Romains, la pénétration des Gaulois. Sans connoître le caractère et la vie des deux hommes, ayant seulement entendu dire qu'ils étoient tombés dans la même disgrace, ils ont demandé s'ils étoient dans les mêmes sentimens. Mais après tout, quand il seroit vrai que Cassius auroit répondu qu'ils pensoient de même, et que Sylla étoit du nombre des conjurés, je ne croirois pas que sa réponse dût former une preuve contre Sylla. Pourquoi? parce que, sans doute, un homme qui vouloit soulever des Barbares, ne devoit pas affoiblir leurs soupçons, et décharger

_____

(1) Lucius Cassius, un des complices de la conjuration de Catilina. Il eut des conférences avec les Allobroges ; mais il se dispensa, sous quelque prétexte, de leur remettre un écrit de sa main, et sortit de Rome avant eux.

ceux qu'ils soupçonnoient. Il ne répondit pas
néanmoins que Sylla fût du nombre des conjurés, car est-il probable qu'après avoir
nommé les autres de lui-même, il n'eût fait
mention de Sylla que lorsqu'on l'auroit
questionné, et qu'on l'y auroit fait penser?
A moins peut-être qu'on ne croie que le nom
de Sylla ait pu lui échapper de la mémoire.
Quand la naissance d'un tel personnage,
quand sa disgrace, quand les restes de son
ancienne fortune n'auroient pas eu autant
d'éclat, le nom d'Autronius auroit dû réveiller
dans l'esprit de Cassius celui de Sylla.
D'ailleurs, à ce que je m'imagine, lui qui,
pour déterminer les Allobroges, recueilloit
les noms les plus imposans des chefs de la
conjuration, et qui savoit que les nations
étrangères se laissent éblouir sur-tout par de
grands noms, eût-il pu ne nommer Sylla
qu'après Autronius? Mais on ne persuadera
jamais à personne que les Gaulois, entendant
nommer Autronius, aient cru devoir ques-
tionner Cassius au sujet de Sylla, au sujet
d'un homme tombé dans la même disgrace;
et que Cassius, supposé que Sylla eût été
complice du même crime, n'eût pas songé

à le nommer lors même qu'il nommoit Autronius.

Mais enfin qu'a répondu Cassius au sujet de Sylla ? qu'il ne savoit rien de positif. Ce n'est point-là une décharge, dit-on. J'ai déjà dit que, quand même Cassius eût chargé Sylla sur les questions qui lui étoient faites, je ne croirois pas que sa réponse pût former une preuve. Suivant moi, dans les dénonciations et dans les informations (1), ce qu'il faut examiner, ce n'est pas si un accusé est déchargé, mais s'il est chargé. En effet, lorsque Cassius dit qu'il ne sait pas, évite-t-il de compromettre Sylla, ou déclare-t-il nettement qu'il ne sait rien ? Il évite, dit-on, de le compromettre auprès des Gaulois. Pourquoi? de peur qu'ils ne le dénoncent? Mais s'il eût craint qu'ils pensassent jamais à le dénoncer, auroit-il avoué ce qui le regardoit lui-même ? Dira-t-on que réellement il ne savoit rien? sans doute, oui, on avoit fait à Cassius un mystère du seul Sylla. Il connoissoit certainement les autres conjurés,

_____

(1) J'ai lu ici *in indiciis et in quaestionibus*, et un peu plus bas *ne illi unquam*.

et c'étoit une chose constante que la plupart des projets avoient été formés dans sa maison. Ne voulant donc pas nier que Sylla fût du nombre des conjurés pour donner plus de confiance aux Gaulois; mais n'osant pas dire une fausseté, il a dit seulement qu'il n'en savoit rien. Or, il est clair que connoissant tous les conjurés et disant qu'il ne savoit rien de positif au sujet de Sylla; dire qu'il ignoroit que Sylla fût dans la conjuration, c'est comme s'il eût dit savoir qu'il n'y étoit pas. En effet, lorsqu'il est certain qu'un homme avoit connoissance de tous les coupables, l'aveu de son ignorance sur le compte d'un citoyen soupçonné doit être pris pour une décharge. Mais je n'examine pas si Cassius décharge Sylla; il me suffit qu'il n'y ait rien contre Sylla dans la dénonciation.

Déchu de ce moyen, Torquatus revient encore contre moi; il m'accuse d'avoir porté sur les registres publics autre chose que ce qui a été dénoncé. Dieux immortels! (car je vous rends ce qui est à vous, et je ne puis attribuer à mon génie d'avoir pu de moi-même, au milieu de la tempête qui bouleversoit la République, envisager à la fois

fois et régler tant d'objets si importans, si
divers, si subits) c'est vous assurément qui
avez enflammé mon ame du desir de sauver
la patrie; c'est vous qui avez détourné mon esprit de toute autre pensée pour l'appliquer
uniquement au salut de la République; c'est
vous enfin qui, au milieu des épaisses ténèbres de l'erreur et de l'ignorance, m'avez
éclairé d'une vive lumière, avez comme porté
devant moi le flambeau. Qu'ai-je donc vu et
que me suis-je dit? Si, pour constater la dénonciation, je ne la consigne solemnellement
dans nos registres lorsque le sénat en a encore
la mémoire toute récente, un jour viendra où,
non pas Torquatus, ni quelqu'un de son caractère (car en cela ma prévoyance a été bien
trompée), mais un dissipateur de son patrimoine, un perturbateur de la tranquillité publique, un ennemi des gens de bien,
s'avisera de dire que les dénonciations étoient
autres qu'on ne les présente; il croira par-là
exciter plus facilement une tempête contre
les meilleurs citoyens, et trouver dans les
maux de la République un port après le
naufrage de sa fortune. Ayant donc introduit les dénonciateurs dans le sénat, je

commis quelques sénateurs pour écrire exactement toute l'information, toutes les questions
et les réponses (1). Mais quels hommes ai-je
choisis ? Non-seulement des hommes d'une
vertu et d'une droiture irréprochable (le
sénat en compte un grand nombre de cette
espèce,) mais des hommes que je savois,
par leur mémoire, par leurs connoissances,
par l'habitude et la facilité d'écrire promptement, être les plus capables de rendre
fidèlement toutes les dénonciations ; Caïus
Cosconius, qui étoit alors préteur ; Marcus
Messala, qui demandoit la préture ; Publius
Nigidius, Appius Claudius. Il n'est personne,
sans doute, qui croie que ces hommes aient
manqué d'esprit ou de droiture pour écrire
avec vérité (2) ou avec intelligence.

Qu'ai-je fait ensuite ? sachant que la dénonciation étoit portée sur des registres publics,

(1) Si l'on en croit Plutarque, Cicéron dans cette
circonstance inventa et suggéra l'art d'écrire en
abrégé et par notes.

(2) Je croirois qu'après *verè referendum* il faudroit
lire *vel scité scribendum*. De bonnes éditions après
referendum lisent tout de suite *aut fidem*.....

mais que ces registres , suivant la coutume
de nos ancêtres , seroient déposés dans ma
maison (1) , je ne me suis pas permis de
la cacher, de la tenir chez moi ; je l'ai fait
copier aussitôt par tous les écrivains, je
l'ai rendue publique, je l'ai répandue dans
toute l'Italie ; dans toutes les provinces ; et
une dénonciation qui avoit sauvé tout le
monde, je n'ai pas voulu qu'elle fût ignorée
de personne. Je dis donc qu'il n'est dans
l'univers aucun lieu , pourvu qu'on y ait
entendu parler du nom Romain, où il ne
soit parvenu une copie de la dénonciation.
Dans un temps aussi court, aussi pressant ,
aussi plein de trouble, par une inspiration
divine, comme j'ai dit déjà , et non de
moi-même, j'ai pourvu à tout ; d'abord à ce
que personne ne pût raconter du péril qu'avoit
couru la République ou quelque particulier,
tout ce que son esprit imagineroit ; ensuite
à ce qu'il ne fût pas possible d'inculper la
dénonciation , de nous imputer de l'avoir
crue témérairement ; enfin à ce qu'on ne

(1) *Seroient déposés dans ma maison* , pour y
être gardés jusqu'à ce que je sortisse de charge.

K 2

s'adressât pas à moi, à ce qu'on ne cherchât rien dans mes écrits, à ce qu'on ne pût
m'accuser d'avoir trop oublié ou trop retenu,
à ce qu'on ne pût me reprocher ni une
négligence honteuse, ni une exactitude
cruelle.

Cependant, je vous le demande, Torquatus,
lorsque votre ennemi eut été dénoncé, lorsque
le sénat s'étoit assemblé pour cet objet, que la
mémoire en étoit toute récente ; lorsque mes
secrétaires, si vous l'eussiez voulu, vous auroient donné à vous, mon ami particulier, qui viviez avec moi, une copie de la dénonciation, même avant que de la porter sur les
registres : je vous le demande, vous qui vous
apperceviez de quelque infidélité, pourquoi
avez-vous gardé le silence ? pourquoi l'avez-
vous souffert ? pourquoi ne vous êtes-vous pas
plaint à moi, à votre ami (1) particulier ? pourquoi même, puisque vous vous emportez si facilement contre vos amis, ne vous êtes-vous pas
élevé contre moi, ne m'avez-vous pas fait de
vifs reproches ? Quoi donc ? on ne vous a ja-

(1) J'ai traduit comme si on lisoit *non mecum*,
non cum familiari tuo questus es ?

mais entendu proférer une parole ; la dénonciation lue, copiée, publiée, vous vous êtes
tenu tranquille, vous avez gardé le silence; et
vous oserez tout-à-coup alléguer une imputation aussi grave ! vous vous réduirez à ce point
qu'avant de m'accuser d'avoir rien changé à la
dénonciation, vous vous reconnoîtrez vous-
même, par votre propre (1) jugement, coupable d'une extrême négligence ! aurois-je
donc eu assez à cœur la conservation de qui
que ce soit pour lui sacrifier la mienne ? la vérité que j'avois découverte, l'aurois-je souillée
de quelque mensonge ? aurois-je enfin défendu
un citoyen que j'aurois su avoir attenté par de
cruels projets à la République, et particuliè-
rement à son consul ? Quand j'aurois oublié
ma gravité naturelle et mes principes, ne pouvant ignorer que les écrits sont imaginés pour
remédier à l'oubli et transmettre les faits, aurois-je eu la folie de croire que des copies de
la dénonciation écrites chez moi pouvoient
étouffer le souvenir récent qu'en avoit tout le
sénat ?

(1) J'ai préféré la leçon de *tuo judicio* à celle de
tuo indicio.

Je vous supporte, Torquatus, depuis long-
tems, je vous supporte ; et quoique je me
sente quelquefois poussé à me venger de vos
invectives, je me retiens et je m'arrête. Je passe
quelque chose à votre emportement, je par-
donne à votre jeunesse, je cède à l'amitié, je
défère à votre père. Modérez-vous un peu vous-
même, ou vous me forcerez de ne plus penser
à nos liaisons, de ne songer qu'à ma gloire
qu'on attaque. Aucun homme ne m'a jamais
blessé par l'atteinte du plus léger soupçon,
que je ne l'aie repoussé (1) avec force. Mais
croyez que, si je vous ménage, c'est qu'ordinairement je répugne à combattre des adversaires trop faciles à vaincre. Puisque vous con-
noissez le style de mes réponses, n'abusez pas
d'une douceur qui ne m'est point ordinaire (2);

(1) Les savans sont embarrassés sur le vrai sens
de *praeverterim*, que quelques-uns voudroient changer
en *perverterim*. Je l'ai traduit dans le sens de
perculerim, *retuderim*.

(2) Cicéron, et en général les anciens Grecs et
Romains, se faisoient une gloire et un mérite de ne
pas épargner un adversaire qui les avoit attaqués
un peu vivement : ils se permettoient contre lui
les plus violentes invectives.

ne vous imaginez pas qu'ils n'existent plus ces
traits dont j'arme quelquefois mes discours,
parce que je les tiens renfermés ; et ne pensez
pas que je renonce absolument à mon usage,
parce que je vous en fais grace. Je vous excuse à cause de l'injure que vous prétendez
avoir reçue, à cause du ressentiment qui vous
anime, par égard pour votre jeunesse et pour
notre amitié : d'ailleurs, je ne vous crois pas
encore des forces suffisantes pour que je doive
me mesurer avec vous en usant de toutes les
miennes. Si vous aviez plus d'âge et plus d'expérience, je serois le même que j'ai coutume
d'être lorsqu'on me provoque. Je vous traiterai
aujourd'hui de manière à paroître plutôt avoir
reçu une injure que l'avoir rendue.

Mais je ne puis comprendre ce qui vous ir-
rite si fort contre moi. Si c'est parce que je défends celui que vous accusez, pourquoi ne serois-je pas animé contre vous aussi parce que
vous accusez celui que je défends ? J'accuse
mon ennemi, dites-vous. Et moi je défends
mon ami. Mais vous ne devez défendre personne dans un délit de conjuration. Mais au
contraire, nul ne doit plutôt défendre un
homme sur lequel il n'a eu aucun soupçon, que

K 4

celui qui a eu sur plusieurs bien des (1) connoissances. Pourquoi avez-vous déposé contre
d'autres? parce que j'y ai été contraint. Pourquoi ont-ils été condamnés? parce qu'on a ajouté
foi à une déposition. C'est agir en maître que
de déposer contre qui l'on veut et de défendre
qui l'on veut. Mais plutôt c'est agir en esclave
que de ne pas déposer contre qui l'on veut,
de ne pas défendre qui l'on veut. Au reste, s'il
vous plaît d'examiner qui de nous deux avoit
des motifs plus pressans de faire ce que nous
faisons chacun, vous verrez qu'il vous auroit
été plus honnête de modérer votre inimitié,
qu'à moi de borner ma sensibilité. Mais lorsqu'il étoit question pour votre famille de la
première magistrature, c'est-à-dire du consulat
de votre père, votre père, cet homme si sage,
ne s'est point fâché contre ses amis les plus
intimes qui défendoient Sylla par leurs discours
ou par leurs témoignages. Il voyoit que nos

(1) J'ai lu avec Lambin *cognovit* au lieu de
cogitavit. — J'y ai été contraint, sans doute par le
péril où je voyois la République. Cicéron ne nomme
pas ici tous ceux contre qui il a déposé et qu'il a
fait condamner par sa déposition. Nous verrons
bientôt qu'Autronius étoit un de ces hommes.

ancêtres nous avoient transmis cette règle ,
que nulle amitié de qui que ce soit , ne devoit
nous empêcher de tirer un malheureux du péril.
Et la contestation d'alors étoit bien différente
du jugement d'aujourd'hui. Alors., par la disgrace de Sylla , la dignité de consul passoit (1)
dans votre maison , comme elle y passa en effet.
On se disputoit cet honneur ; vous prétendiez
qu'il vous avoit été enlevé , vous le redeman-
diez à grands cris; vaincus au Champ-de Mars ,
vous vouliez vaincre au tribunal. Alors ceux
qui défendoient Sylla contre votre famille ,
étoient vos meilleurs amis ; et aucun de vous
ne s'irrita contre eux, quoiqu'ils voulussent

(1) On a voulu inférer de ce passage , que celui qui
accusoit un citoyen d'avoir obtenu une magistrature
par des voies illicites et qui le faisoit condamner ,
étoit par cela même pourvu de cette magistrature ,
que c'étoit là sa récompense. Mais dans le plaidoyer
pour Muréna on a des preuves évidentes du contraire ;
et dans le plaidoyer pour Balbus où Cicéron parle
des diverses récompenses accordées aux accusateurs
de crime de brigue, il ne parle point de celle-ci.
Il y a donc toute apparence que Cotta et Torquatus
furent nommés consuls à la place d'Autronius
et de Sylla pour des raisons et par des formes connues alors , dont l'orateur ne nous a pas instruits.

vous ravir le consulat, quoiqu'ils s'opposassent
à votre élévation : ce qu'ils faisoient sans violer l'amitié, sans manquer à aucun devoir,
autorisés par d'anciens exemples et par les
principes des plus honnêtes citoyens. Par rapport à moi, en quoi m'oppose-je aux honneurs
des Torquatus ? en quoi traversé-je votre illustration ? Que demandez-vous maintenant à
Sylla ? la dignité dont il étoit revêtu est passée
à votre père ; le titre et les distinctions en sont
pour vous-même. Paré de ses dépouilles, vous
venez le déchirer après l'avoir égorgé : moi je
le couvre de mon bras et je le défends étendu
par terre et dépouillé. Vous me blâmez néanmoins, vous vous emportez contre moi à cause
de cela même (1) : et moi, loin de m'emporter
contre vous, je ne vous blâme pas même
d'avoir intenté l'accusation présente. Je m'imagine que vous ne vous êtes décidé qu'après un
mûr examen, et je vous crois assez de lumières
pour diriger vous-même votre conduite.

(1) Latin *quia defendam* ; remarquez *quia* construit avec le subjonctif, ce dont il y a des exemples.
—— Un peu plus bas, j'ai lu avec Lambin *posui te*
au lieu de *posuisse* ; mais je voudrois que la phrase
finît par *judicem.*

. Mais Sylla est accusé par le fils de Cornélius, et c'est, dit-on, la même chose que s'il
étoit dénoncé par le père. Quelle sagesse dans
le père de Cornélius, d'avoir renoncé à la récompense (1) promise aux dénonciateurs, et
de s'être chargé, par l'accusation de son fils,
de la honte d'un aveu! mais enfin que dénonce
Cornélius par la bouche de son jeune fils, par
la bouche d'un enfant? Si c'est un article que
j'ignore et dont soit instruit Hortensius, c'est
à Hortensius à répondre. Si l'on parle de la
troupe qui accompagnoit Autronius et Catilina, lorsque ceux-ci au Champ-de-Mars, où
je tenois les comices consulaires, vouloient
faire un massacre horrible : je vis alors Autronius au Champ-de-Mars, et qu'ai-je déposé (2)
avoir vu ? c'est moi qui ai vu, Romains ; car

(1) Le sénat avoit annoncé une récompense pour
les personnes libres ou esclaves qui dénonceroient
des conjurés ou des projets de la conjuration. Nous
avons déjà remarqué plus haut que Cornélius avoit
été un des complices de Catilina.

(2) Et quand Cicéron a-t-il déposé contre Autronius ? Est-ce quand il fut accusé de brigue, ou dans
une autre circonstance ? Cicéron ne le dit pas
ici, et on ne le sait pas d'ailleurs.

vous, alors, vous n'aviez aucune inquiétude,
aucun soupçon : moi, défendu par un nombreux cortège de mes amis, j'arrêtai la troupe
et je réprimai les desseins de Catilina et d'Autronius. Est-il donc quelqu'un qui dise qu'a-
lors Sylla ait seulement eu l'idée de venir au
Champ-de-Mars? cependant si alors il s'étoit
associé au crime de Catilina, pourquoi s'écar-
toit-il de lui? pourquoi n'étoit-il pas avec Autronius? pourquoi, dans la même cause, ne
trouvons-nous pas les mêmes preuves, les
mêmes indices? Mais (1) puisque Cornélius
hésite encore à présent, comme vous dites, à
le dénoncer lui-même, et qu'il jette en avant
cette ébauche de la dénonciation de son fils;
que dit-il enfin de cette nuit qui suivit (2) de

(1) J'ai suivi la leçon, *de indicando dubitat,
ut dicitis, informat adhoc adumbratum indicium
filii.* Je voudrois seulement qu'on ajoutât un *et*
avant *informat. Adhoc* adverbe pour *adhuc.*

(2) Mot à mot, qui suivit le lendemain des
nones. — *Dans la maison de Marcus Laeca.* Le
Latin ajoute *inter falcarios,* dans la rue des Four-
bisseurs, où étoit située la maison de Læca. J'ai cru
ici, ainsi que dans la première catilinaire, devoir
omettre cette circonstance. Des éditions portent
M. Leccam. J'ai préféré *M. Laecum.*

près les nones de novembre de l'année où
j'étois consul, de cette nuit où il se rendit,
d'après les ordres de Catilina, dans la maison de
Marcus Læca? De tous les tems de la conjuration,
cette nuit fut la plus horrible et la plus affreuse.
Alors fut réglé le jour où Catilina partiroit;
alors furent distribués les emplois aux autres
qui devoient rester; alors furent marqués les
quartiers de toute la ville où l'on mettroit le
feu, où l'on feroit le massacre; alors votre
père, Cornélius, ce qu'enfin il avoue, se
chargea de la commission officieuse de s'intro-
duire chez moi, dès le grand matin, à l'heure
où je recevois mes amis particuliers, de s'in-
troduire comme un ami qui vient saluer le
consul, et de venir m'égorger dans mon lit.

Dans le tems où la conjuration étoit la plus
violente et la plus furieuse; où Catilina alloit
joindre son armée, où Lentulus étoit laissé
dans la ville, où Cassius devoit présider à
l'embrâsement de Rome, Céthégus au massacre des citoyens, où Autronius avoit la commission de s'emparer de l'Etrurie, où tout
étoit arrangé, réglé, disposé, je vous le demande, Cornélius, où étoit alors Sylla? à
Rome? il en étoit bien éloigné. Dans le

où se transportoit Catilina? bien plus loin encore. Dans le territoire de Camerte, dans le
Picenum, dans la Gaule, contrées où cette fureur avoit, comme une maladie contagieuse,
sur-tout pénétré? rien moins que cela. Il étoit,
comme je l'ai déjà dit, à Naples, dans la partie
de l'Italie la moins suspecte.

Que dit donc dans sa dénonciation, ou Cornélius, lui-même, ou vous, accusateurs, qu'il
a chargés de dénoncer pour lui? qu'on a acheté
des gladiateurs sous prétexte des jeux que
Faustus (1) devoit donner au Peuple, mais
en effet, pour commettre des meurtres et exciter du tumulte. Oui, sans doute, on a supposé des gladiateurs, que nous voyons être
demandés en termes exprès par le testament
du père de Faustus. On s'est saisi, dites-vous,

_____

(1) Faustus, parent de Sylla, devoit donner un
spectacle de gladiateurs en vertu du testament de
son père. Les accusateurs prétendoient que Sylla
s'étoit servi de ce prétexte pour rassembler des gladiateurs, qui devoient servir aux projets de Catilina.
Tout cet article n'est pas facile à entendre; j'ai tâché
de l'éclaircir le mieux qu'il m'a été possible, en
marquant bien le dialogue entre Cicéron et les accusateurs.

de la troupe qui a été achetée. —Comme s'il
eût été bien facile de s'en procurer une autre
aussi bonne pour les jeux de Faustus. Puisse
celle même qui existe satisfaire, non-seulement la haine d'ennemis injustes, mais encore
l'attente de spéculateurs équitables! On a fait
la plus grande diligence, quoique le tems de
donner les jeux fût très-éloigné. —Comme s'il
n'eût pas été fort proche. On a acheté les esclaves lorsque Faustus n'y pensoit pas, sans
qu'il le sût, sans qu'il le voulût. — Mais il
existe une lettre de Faustus à Sylla, par laquelle il le prie d'acheter des gladiateurs, et
ceux-là même qu'il a achetés. Et ce n'est pas
seulement à Sylla qu'il écrit, il écrit encore à
Lucius César, à Quintus Pompéius, à Caïus
Memmius, dont on a pris l'avis dans toute cette
affaire. Mais (1) Sylla avoit l'inspection des
esclaves. — Si les avoir achetés n'est pas sus-
pect, en avoir eu l'inspection ne prouve rien.
Mais enfin il n'a jamais eu l'inspection des
gladiateurs ; il s'est chargé uniquement d'exa-

_____

(1) Ou il faut supprimer tout-à-fait Cornélius,
ou il faut le changer en Sylla. —— Un peu plus bas,
des éditions lisent *Balbus* au lieu de *Bellus*.

miner leurs armes, ce que pouvoit faire un simple esclave. C'est Bellus, affranchi de Faustus, qui en tout tems a gouverné cette troupe.

Mais, dit-on, Sylla a envoyé Cincius (1) dans l'Espagne ultérieure pour soulever cette province. D'abord, Romains, Cincius est parti, sous le consulat de Julius et de Figulus, quelque tems avant les fureurs de Catilina, et avant que l'on eût aucune connoissance de la conjuration. Ensuite, ce n'est pas la première fois qu'il s'est rendu dans cette contrée; il y avoit déjà passé quelques années pour le même motif. Car il avoit un motif pour partir, et même indispensable, ayant de grands comptes à régler avec le roi de (2) Mauritanie. Ce fut alors que Sylla, qu'il avoit chargé en son absence de gouverner ses biens, fit vendre un grand nombre des plus belles terres de Cincius, et qu'avec l'argent il paya les dettes. Cincius n'avoit donc pas la même raison qui a jetté les autres dans le crime, l'envie de retenir ses possessions, puisqu'il avoit aliéné une partie

(1) Je ne sache pas qu'il soit parlé ailleurs de ce Cincius.

(2) Hiempsal.

de

de ses terres. Mais n'est-il pas incroyable ,
n'est-il pas absurde , qu'un homme qui vouloit
remplir la ville de meurtres et la réduire en
cendres , éloignât de lui son ami intime , le
reléguât, aux extrémités de la terre? Le soulève-
ment de l'Espagne lui auroit-il rendu plus facile dans Rome l'exécution de ses funestes projets? Mais ces choses étoient indépendantes
et n'avoient entr'elles aucune liaison. Auroit-il,
dans d'aussi importantes conjonctures , dans
des entreprises aussi nouvelles , aussi violentes ,
aussi périlleuses , auroit-il éloigné son meilleur
ami , avec lequel il étoit lié étroitement par de
bons offices réciproques , par l'habitude de
vivre ensemble? Il n'est pas vraisemblable qu'un
homme qu'il avoit toujours avec lui dans sa
prospérité, quand tout étoit calme , il l'éloignât
de lui dans son adversité , dans la révolution
qu'il vouloit exciter lui-même. Quant à Cincius
(car je ne dois pas abandonner la cause d'un
ancien hôte , d'un ancien ami) , est-il
homme , est-il d'une famille et d'une conduite à faire juger qu'il ait voulu déclarer la
guerre à la patrie? Quoi! son père , au milieu
de la défection de tous nos autres voisins , a

témoigné (1) à notre République le plus sincère attachement, l'a servie avec le plus grand zèle; et lui son fils auroit pu entreprendre contre la patrie une guerre atroce! Nous le voyons, Romains, ce n'est pas la débauche qui lui a fait contracter des dettes, mais le désir d'étendre sa fortune. S'il devoit à Rome, on lui devoit des sommes immenses dans les provinces et dans les royaumes. Occupé à les recueillir, il ne souffrit pas que ceux qu'il avoit chargés de gouverner ses biens, eussent aucun embarras en son absence; il aima mieux faire vendre toutes ses possessions, et se dépouiller d'un riche patrimoine, que de faire attendre aucun de ses créanciers. Non, Romains, ce ne fut jamais cette espèce d'hommes que j'appréhendai, dans l'horrible tempête qui agitoit la République. Ceux que je redoutois, ceux qui me faisoient trembler, c'étoient ces hommes qui embrassoient si étroitement leurs possessions que, pour les en séparer, il auroit fallu arracher leurs membres. Cincius n'a jamais cru devoir s'identifier ainsi avec ses terres. Aussi a-t-il em-

(1) L'orateur parle, sans doute, ici de la guerre Italique ou Marsique.

ployé pour se mettre à l'abri du soupçon d'un
crime affreux, et même de tous les discours de
la malignité, non les armes, mais son propre
patrimoine.

L'accusateur reproche encore à Sylla d'avoir
sollicité les habitans de Pompéï à entrer dans
le noir projet de la conjuration ; mais je ne
puis comprendre ce qu'il veut dire. Prétendez-
vous, Torquatus, que les habitans de Pompéï
aient été du nombre des conjurés? Qui l'a dit
jamais? qui jamais en a eu le moindre soupçon ? Sylla, dites-vous, a jetté la discorde
parmi les citoyens naturels et ceux de la colonie, afin de pouvoir disposer, par cette di-
vision, de la ville et de tous ses habitans.
D'abord, toute cette dissention entre les naturels et les colons étoit déjà ancienne, et
duroit depuis plusieurs années, lorsqu'elle fut
remise à l'arbitrage des protecteurs de la ville.
Ensuite, ceux-ci ayant pris connoissance de
cette affaire, ne trouvèrent aucune opposition
de la part de Sylla. Enfin, les citoyens même
de la colonie sont persuadés que Sylla n'a pas
moins pris leur défense que celle des anciens
habitans. C'est ce dont, Romains, vous pouvez
vous convaincre par le grand nombre des ci

L 2

toyens les plus distingués de la colonie , qui
sollicitent et s'intéressent pour leur protecteur
et leur défenseur : s'ils n'ont pu le maintenir
dans tout son éclat et dans toutes ses pré-
rogatives , ils souhaitent du moins lui conserver, avec votre secours, ce qui lui reste dans
sa chûte. Les anciens habitans sollicitent pour
lui avec le même zèle, ces hommes à qui nos
adversaires n'épargnent pas d'odieuses imputations. S'ils ont été divisés avec les citoyens de
la colonie pour les suffrages et pour les moyens
de parvenir aux honneurs (1) , ils étoient unis
avec eux de sentimens pour les intérêts de
notre République. Et je ne dois pas , à ce
qu'il me semble , passer sous silence le rare
talent de Sylla. Quoique ce fût lui qui eût
conduit la colonie, quoique de malheureuses
circonstances (2) eussent séparé les intérêts des
nouveaux habitans de ceux des anciens , il a

(1) J'ai préféré la leçon *de ambitione* à celle *de
ambulatione.*

(2) *De malheureuses circonstances*, c'est-à-dire,
les discordes et les dissentions civiles , d'après lesquelles Sylla vainqueur avoit établi de ses partisans
dans des villes pour les récompenser au préjudice des
anciens habitans.

su se rendre cher et agréable aux uns et aux
autres , de sorte qu'il paroît , non pas avoir
dépossédé une partie d'entr'eux , mais les
avoir mis tous en possession d'un commun
territoire.

Mais , dit Torquatus , toutes ces acquisitions
de gladiateurs , tous ces projets de violence,
n'avoient pour but que la loi Cécilia. Et ici
il s'est déchaîné sans ménagement contre Cécilius (1) , citoyen rempli d'honneur et de
mérite. Tout ce que je dirai , Romains , de ses
principes de vertu , c'est que , dans la loi qu'il
vouloit porter , non pour finir , mais pour
adoucir la disgrace d'un beau-frère , il a voulu
ménager les intérêts de son parent sans vouloir
combattre ceux de la République : il a proposé

_____

(1) Cécilius , frère , ou beau-frère , ou cousin germain de Sylla (car *frater* peut signifier ces trois
degrés de parenté) avoit porté une loi par laquelle
il demandoit qu'il fût permis aux citoyens condamnés
pour brigue de demander les magistratures. Cicéron
excuse avec beaucoup d'adresse la démarche de
Cécilius. — *Qu'il vouloit porter* : voilà comme j'ai
rendu *quam promulgavit.* On affichoit la loi (*lex
promulgabatur*) pour être examinée avant d'être
portée.

L 3

sa loi par tendresse pour son beau-frère, et
il s'est désisté sur les représentations de ce
même beau-frère. On accuse donc Sylla à cause
de Cécilius dans un point où ils méritent tous
deux des éloges. Cécilius (1) doit être loué
d'avoir voulu alléger l'infortune de son beau-
frère en adoucissant la peine de la loi ; et
parce qu'en proposant sa loi il sembloit, pour
rétablir Sylla, vouloir infirmer les choses jugées, Sylla avoit raison de le reprendre : car
la République subsiste sur-tout par l'invaria-
bilité des choses jugées ; et je ne pense pas
que la tendresse fraternelle puisse autoriser personne à sacrifier les intérêts communs à ceux
de ses proches. Au reste, sans toucher au jugement, Cécilius vouloit abolir la peine établie contre la brigue par les dernières loix.
Ainsi par sa loi il n'infirmoit pas la sentence des
juges, mais il corrigeoit le vice de la loi. Lorsqu'on examine la peine, ce n'est pas le jugement qu'on attaque, mais la loi. La condam-

---

(1) J'ai traduit en lisant et en ponctuant ainsi :
*primùm Caecilius qui id promulgavit quo fratris
casum levare posset : quem quia res judicatas vide-
batur voluisse rescindere ut restitueretur Sylla, hic
rectè reprehendit : status. . . .*

nation que Cécilius laissoit **entière**, étoit prononcée par les juges, la peine qu'il vouloit
adoucir, étoit portée par la loi. Ne cherchez
donc pas, Torquatus, à indisposer contre nous
les ordres qui remplissent les tribunaux avec
tant d'intégrité et de dignité. Personne n'a
entrepris d'affoiblir les décisions des juges : on
n'a rien proposé de pareil. Cécilius, dans la
disgrace de son beau-frère, a toujours cru que
l'autorité des tribunaux devoit être inébranlable, que la loi seulement pouvoit être adoucie.

Mais, pourquoi m'épuiser ici en raisonne-
mens ? Je pourrois aisément le dire, et je le
dirois bien volontiers : quand l'amour pour
ses proches et la tendresse pour son beau-
frère auroient porté Cécilius un peu au-delà
des bornes d'une morale exacte (1), j'en appel-
lerois à votre cœur, j'attesterois l'affection que
chacun a pour les siens ; je chercherois dans
vos propres sentimens et dans ceux de tous
les hommes, le pardon de la faute de Cécilius.
La loi a été proposée pendant quelques jours :

___

(1) *Fines quotidiani officii* : peut s'expliquer, les
principes de vertu qui règlent toutes les actions de
la vie.

L 4

on ne s'est jamais mis en devoir de la porter.
On en a parlé dans le sénat ; on n'en a rien
dit au Peuple. Lorsque nous eûmes convoqué
le sénat dans le Capitole, ce fut la première
affaire que l'on mit en délibération ; le préteur (1) Métellus vint annoncer au nom et
de la part de Sylla, que Sylla ne vouloit pas
qu'on portât pour lui cette loi. Depuis ce temps,
Cécilius a agi en beaucoup d'occasions pour
la République ; il a déclaré qu'il seroit opposant à la loi agraire (2), cette loi que j'ai
attaquée et anéantie ; il s'est opposé à de criminelles largesses ; jamais il n'a empêché
l'effet des décisions du sénat : enfin, telle a
été sa conduite, tant qu'il a été tribun, qu'a-
près s'être acquitté de ce qu'il devoit à sa
famille, il ne s'est occupé depuis que des intérêts
de la République. Qui de vous, lorsqu'on
proposoit la loi, appréhendoit quelque violence de la part de Sylla ou de Cécilius ?
Toutes les allarmes, toutes les craintes et

(1) Quintus Métellus Celer, qui fut consul deux
ans après.

(2) Loi portée par le tribun Rullus, contre lequel
nous avons plusieurs harangues de Cicéron.

toutes les idées de sédition, ne venoient-elles
point de la perversité d'Autronius ? Ses paroles et ses menaces étoient publiées par-tout :
son air, ses courses, son cortége, les troupes
d'hommes pervers qu'il traînoit après lui,
nous inspiroient la terreur, nous annonçoient
des séditions. Ce compagnon odieux (1) de
son élévation et de sa chûte, fit perdre à Sylla
sa prospérité, et le fit rester dans le malheur,
sans aucune ressource, sans aucun adoucis-
sement.

Ici, Torquatus, vous faites souvent mention
de la lettre que j'ai écrite à Pompée sur les
faits de mon consulat, et sur les grands intérêts
de la République ; vous y cherchez un moyen
contre celui que vous accusez ; et si j'ai marqué
que d'incroyables fureurs conçues deux années
auparavant, ont éclaté sous mon consulat,
j'ai déclaré, selon vous, que Sylla étoit dans
la première conjuration. Oui, sans doute, je
suis homme à croire que Pison, Catilina,
Vargunteius, Autronius, n'ont pu commettre

_____

(1) Autronius et Sylla furent tous deux en même-
tems désignés consuls, tous deux accusés de brigue et
condamnés.

par eux-mêmes , sans Sylla , aucun excès
d'audace et de scélératesse. Quand même on
auroit douté précédemment s'il avoit résolu,
comme vous l'en accusez, de tuer votre père
qui étoit consul, et de se rendre aux calendes
de janvier, dans la place publique avec des
licteurs ; vous avez détruit ce soupçon en disant
qu'il avoit ramassé contre votre père , des
troupes de misérables pour faire nommer
Catilina , consul. Si je conviens avec vous
de ce dernier article, convenez avec moi que,
favorisant Catilina dans sa demande , il n'a
point songé à recouvrer par la violence le
consulat qu'un arrêt lui avoit fait perdre.

Non, Romains, non, la personne même
de Sylla ne sauroit admettre l'imputation de
pareils forfaits, de crimes aussi atroces : car,
après avoir détruit à peu près tous les griefs,
je ferai le contraire (1) de ce qui se pratique
dans les autres causes , je vais enfin parler
de la vie et des mœurs de l'accusé. J'ai voulu
avant tout , détruire une accusation grave ,
satisfaire l'attente du public, dire quelque

(1) *Faire le contraire* ; car on commençoit ordinairement par-là.

chose de moi (1) que n'a pas épargné l'accusateur. Il faut à présent que je vous rappelle
à l'objet vers lequel , sans qu'il soit besoin
de vous y exhorter , la cause même vous
engage à tourner vos esprits et toute votre
attention.

Dans toutes les accusations sérieuses et importantes, on doit juger de ce que chacun a pu
vouloir entreprendre ou faire , non d'après les
délits qu'on lui impute, mais d'après ses mœurs :
car nul homme ne sauroit se transformer tout-à-
coup ; il ne sauroit changer en un instant de
conduite et de caractère. Jettez un coup-d'œil ,
sans parler du reste , sur les hommes même
évidemment coupables du crime dont on accuse
Sylla. Catilina a conspiré contre la République;
refusa-t-on jamais de croire un pareil dessein
de la part d'un homme qu'on avoit vu , dès
sa plus tendre jeunesse , entraîné, non-seulement par des idées de crime et de licence ,
mais encore par goût et par habitude , dans
toutes sortes de meurtres , d'adultères et d'infamies ? vit-on avec surprise périr en com-

(1) J'ai traduit d'après la leçon , *de me aliquid ipso,
qui accusatus eram , dicere.*

battant contre la patrie, un homme qu'on
avoit toujours regardé comme né pour les
discordes civiles ? Lorsqu'on se rappelle les liaisons de Lentulus avec les plus audacieux (1),
ses extravagantes débauches, ses absurdes et
sacrilèges superstitions, peut-on être étonné de
ses criminels projets, ou de ses folles espérances ? peut-on songer à Céthégus, à son
voyage en Espagne; au coup dont il frappa
dans sa fureur Métellus Pius, sans juger que
la prison avoit été construite pour le punir ?
Je ne finirois pas, si je voulois parler des
autres : je vous prie seulement de penser en
vous-mêmes à tous ceux dont on a découvert
la conjuration, vous verrez qu'avant d'être
condamnés par nos soupçons, ils l'ont été
par leur propre vie. Cet Autronius lui-même,
dont le nom est étroitement lié avec l'accusation actuelle, n'est-ce point sa vie et ses
mœurs (2) qui le condamnent ? Toujours au-

(1) J'ai traduit comme si on lisoit *audacibus* au
lieu de *indicibus*. —— Un peu plus bas : *à son
voyage en Espagne.* On croit que Céthégus étoit
passé en Espagne pour servir contre Sertorius, et
que ce fut là qu'il frappa Métellus Pius.

(2) J'ai suivi la leçon *non sua consuetudo ac vita*

dacieux, remuant, emporté ; nous l'avons vu, quand on l'accusoit d'infâmes débauches, se défendre, non-seulement par l'effronterie des propos, mais par des voies de fait : nous l'avons vu chasser des citoyens de leurs possessions, tuer ses voisins, dépouiller les temples des alliés, troubler les jugemens par les armes et la violence, mépriser tout le monde quand la fortune lui étoit favorable, attaquer les gens de bien quand elle lui étoit contraire, incapable de céder à la République, de plier même sous les coups du sort. Quand l'évidence des faits ne le condamneroit pas, ses mœurs et sa conduite suffiroient pour le convaincre.

Comparez maintenant avec une telle vie celle de Sylla : elle vous est très-connue à vous et au Peuple Romain, et je vous prie de la remettre vous-mêmes sous vos yeux. Peut-on citer de lui aucun trait, je ne dirai pas d'audace, mais d'imprudence ? lui est-il même échappé une seule parole qui pût offenser ?

---

convincit. —— Un peu plus bas *vi conatum et armis,* je voudrois, avec Lambin, supprimer *conatum,* comme inutile et ne faisant qu'embarrasser la phrase.

Dans cette cruelle et désastreuse victoire de Sylla, qui fut plus doux que lui ? qui fut plus compatissant ? de combien d'hommes ne demanda-t-il pas la grace ? pour combien de grands et illustres personnages, soit de notre ordre, soit de l'ordre équestre, ne se rendit-il pas caution auprès du vainqueur ? Je les nommerois volontiers, sans craindre de leur faire aucune peine, puisqu'eux-mêmes sollicitent pour l'accusé avec tout le zèle de la reconnoissance : mais comme le bienfait est au-dessus de ce qu'un citoyen doit pouvoir accorder à un citoyen, je vous prie d'attribuer à la circonstance, que Sylla ait pu rendre de tels services, et à lui-même qu'il les ait rendus.

Pourquoi parler du reste de sa vie qui ne se démentit jamais ? de sa dignité, de sa générosité, de sa simplicité dans sa conduite privée, de sa magnificence dans les occasions d'éclat ? La fortune a défiguré ses traits, mais sans pouvoir effacer l'ébauche qu'en avoit tracée la nature. Que dirai-je de sa maison ? comme elle étoit fréquentée tous les jours ! quelle dignité dans ses liaisons familières ! que d'attachement pour lui de la part de ses amis ! combien n'en comptoit-il pas dans tous les ordres ! Ces avantages , qu'il avoit acquis depuis long-tems et par bien des travaux , un seul moment les lui a enlevés. Sylla , sans doute, a reçu un coup terrible et mortel ; mais il pouvoit le recevoir avec une telle vie et un tel caractère. On jugea qu'il avoit desiré trop ardemment les honneurs et les illustrations. Si nul autre n'a témoigné un desir aussi vif dans la demande du consulat, on a jugé qu'il étoit plus ardent que personne : mais si plusieurs se sont montrés aussi empressés de parvenir à la suprême magistrature, peut-être la fortune a-t-elle été plus rigoureuse pour lui que pour les autres. Depuis sa disgrace , n'a-t-on pas toujours vu Sylla affligé , abattu , humilié? A-t-on jamais soupçonné qu'il évitât de paroître en public , dans les grandes assemblées , par haine des hommes plutôt que par honte ? Bien des motifs l'engageoient à habiter la ville , à fréquenter le forum , où il trouvoit des amis pleins d'affection , seul bien qu'il ait conservé dans son malheur ; il s'éloigna cependant de votre présence ; et quoique la loi (1) lui permît

(1) La loi Calpurnia ne punissoit pas de l'exil celui qui étoit condamné pour brigue ; cette peine fut

de rester, il se condamna lui-même à une espèce d'exil. Croyez-vous que, dans une telle vie, dans une ame si confuse de son arrêt de condamnation, un si horrible attentat ait pu trouver place ?

Regardez Sylla lui-même, voyez sa contenance, comparez l'accusation avec sa vie; cette vie qui, depuis sa première jeunesse, s'est développée sous vos yeux, confrontez-la avec l'accusation. Je ne parle point de la République qui fut toujours si chère à son cœur: ses amis ici présens, ces hommes si respectables, qui lui sont si dévoués, qui ont embelli les jours de sa prospérité, et qui adoucissent maintenant le poids de ses disgraces, il auroit donc voulu les voir cruellement périr, afin de traîner avec Lentulus, Catilina et Céthégus, une vie affreuse et misérable, dont la fin n'auroit pu être qu'une mort déshonorante ? Non, assurément, non, ce n'est pas sur de telles mœurs, sur une telle sagesse, sur une telle vie, sur une telle personne, que peut tomber un pareil soupçon. La conju-

ajoutée depuis d'après une loi portée par Cicéron lui-même.

ration

ration étoit quelque chose de monstrueux et d'atroce ; c'étoit une fureur incroyable et sans exemple : c'est de tous les vices d'êtres pervers, accumulés depuis la jeunesse, qu'on a vu éclater tout-à-coup le plus exécrable, le plus inoui de tous les complots. Ne croyez-pas, Romains, que ce soient des hommes qui aient conçu de tels projets, qui aient commis de tels excès : non, il n'est point de nation féroce et barbare où il se soit rencontré, je ne dis pas un si grand nombre de scélérats, mais un seul ennemi de la patrie aussi cruel : ce n'étoient pas des hommes, c'étoient des bêtes féroces, des monstres abominables sous des figures humaines. Examinez attentivement les choses, Romains ; on ne peut rien dire ici de trop fort. Pénétrez dans le cœur de Catilina, d'Autronius, de Céthégus, de Lentulus ; que de dissolutions, que d'infamies, que de turpitudes, que d'attentats, que d'incroyables fureurs, quel tissu de crimes, quel enchaînement de parricides, quelle accumulation de forfaits n'y trouverez-vous pas ! De funestes maladies travailloient le corps de l'état, maladies invétérées et déja désespérées, qui ont occasionné tout à coup

Tome VII.   M

une éruption d'humeurs vicieuses, éruption
assez abondante pour soulager enfin la République, lui rendre la santé et rétablir ses
forces. Eh ! si ces pestes publiques fussent
restées enfermées dans le sein de Rome, croira-
t-on que cet empire eût pu subsister encore
long-tems ? Ainsi, je le puis dire, ce n'est
point pour consommer leur crime, mais pour
satisfaire à la République par leur supplice,
que des espèces de Furies les ont poussés aux
plus affreuses extrémités.

Est-ce donc dans une pareille troupe,
Romains, que vous jetterez Sylla, en l'arra-
chant à la compagnie de tous ces grands
personnages, dont les vertus l'honorent et
l'ont honoré dans l'une et l'autre fortune ?
Le transporterez-vous de la société honorable
de ses illustres amis dans le parti des pervers,
dans la cohorte impure des parricides ? Quand
donc la modestie et la douceur seront-elles
pour nous un sûr asyle ? Dans quelle occasion nous servira notre vie passée ? Dans
quelle circonstance recueillerons-nous le fruit
d'une réputation avantageuse, si elle nous
abandonne dans ces conjonctures critiques
où nous risquons de tout perdre, si elle ne

sollicite point alors en notre faveur, si elle ne
nous est alors d'aucun secours?

L'accusateur croit nous effrayer en nous
menaçant d'interrogatoires subits par des
esclaves dans la torture. Bien que nous
pensions n'avoir rien à craindre de ce côté,
cependant on peut dire que, dans les interrogatoires de ce genre, c'est la douleur qui
domine et qui gouverne, douleur dont le
sentiment dépend en grande partie de la
trempe plus ou moins forte de l'ame et du
corps, se mesure au gré du président de
l'information, se règle par le caprice, s'a-
doucit par l'espérance, s'affoiblit par la crainte,
de sorte que, retenue et étouffée de toutes
parts, la vérité ne sauroit se faire jour. Non,
ce ne sont point les esclaves, c'est la vie de
Sylla qu'il faut mettre à la torture : interro-
gez-la cette vie, demandez-lui si elle cache
des dissolutions, des forfaits, des traits de
cruauté, des traits d'audace. Il n'y aura plus,
Romains, ni erreur ni incertitude, si le témoignage d'une vie constante et uniforme,
témoignage qui doit être d'un si grand poids,
est écouté par vous dans cette cause. Nous
ne craignons ici aucun témoin; nous pouvons

l'assurer, nul ne sait rien, n'a rien vu, n'a
rien entendu. Mais enfin, si le péril de Sylla
ne vous touche pas, soyez touché du vôtre.
Il vous importe sur-tout à vous qui avez
vécu d'une manière aussi honorable qu'intègre,
qu'on ne juge pas les personnages distingués
d'après des dépositions dictées par le caprice,
la légéreté ou le ressentiment; mais que,
dans les grandes informations et dans les
périls imprévus, la vie de chacun soit le
premier témoin. Craignez de l'exposer, cette
vie, dépouillée de ses propres armes, de
l'exposer toute nue à la haine, de la livrer
au soupçon. Fortifiez cette citadelle commune
des gens de bien, fermez aux méchans tout
refuge. Qu'une vie habituelle ait une égale
force pour faire condamner et pour faire ab-
soudre, puisqu'il est si facile de la reconnoître
par elle-même, d'en suivre la marche, et
impossible d'en changer tout-à-coup ou d'en
déguiser la nature.

Et l'autorité que doit avoir ici notre témoignage (car il faut toujours que j'en parle,
quoique je doive le faire avec réserve et
modestie) que produira-t-elle? Nous qui
avons rejetté toutes les causes des vrais conjurés, nous défendons Sylla; cette circons-

tance ne lui servira-t-elle de rien ? Il y auroit
de notre part de l'orgueil à montrer des pré-
tentions ; il y auroit de l'orgueil à parler de
nous, si les autres s'en taisoient : mais si on
nous attaque, si on nous accuse, si on cherche
à nous rendre odieux , assurément, Romains,
vous nous accorderez de conserver au moins
la liberté de nos discours , si nous ne pouvons
conserver la dignité de notre rang.

Les consulaires ont été accusés par Torquatus tous en corps , de sorte que ce titre
honorable semble maintenant attirer plus de
haine que procurer de gloire. Ils ont sollicité
pour Catilina , dit-il , et se sont intéressés à
sa cause (1). On n'avoit pas encore découvert
de conjuration , on n'en connoissoit encore
aucune ; ils défendoient leur ami , ils sollicitoient pour un suppliant, ils fermoient les
yeux sur ses désordres , et ne considéroient
que son péril extrême. Bien plus , votre père ,
Torquatus , étant consul , s'est intéressé pour
Catilina accusé de concussion. C'étoit un méchant homme ; mais il étoit suppliant : ce pou-

(1) Lorsqu'il étoit accusé de concussion , comme on
voit ensuite , par Clodius, comme on sait d'ailleurs.

M 3

voit être un audacieux ; mais il avoit été jadis
son ami. En sollicitant pour Catilina, quoiqu'on lui eût déjà fait quelque rapport (1) de
la première conjuration, il a déclaré qu'il
avoit bien entendu quelque chose ; mais qu'il
ne croyoit rien. Dans un autre jugement, où
d'autres sollicitoient pour Catilina, il l'a abandonné. S'il avoit acquis depuis des connoissances qu'il n'avoit pas eues étant consul,
il faut pardonner à ceux qui depuis n'ont
rien appris de nouveau. Mais s'il a été détourné (2) par le seul rapport qui lui a été
fait en premier lieu , pourquoi ce rapport
déjà ancien l'a-t-il plus frappé que quand il
étoit tout récent ? Au reste , si votre père ,
quoique se doutant déjà du péril qu'il couroit
en lui-même , a cru, par bonté d'ame, devoir
se ranger parmi les solliciteurs d'un méchant
homme , devoir honorer sa cause de la chaire
curule, de sa dignité personnelle, et des mar-

(1) Rapport qui avoit été pour lui seul , qui n'étoit
pas venu aux oreilles des autres.

(2) *S'il a été détourné* , de solliciter pour Catilina,
accusé dans un second jugement d'avoir employé la
violence et les assassins.

ques de la dignité consulaire, pourquoi faire
un crime aux anciens consuls d'avoir sollicité
pour Catilina ?

Mais ces mêmes hommes n'ont point sollicité pour ceux qui, avant l'accusation présente, ont été accusés comme conjurés. Ils
ont pensé que des citoyens coupables d'un
pareil attentat ne devoient espérer d'eux aucun
secours, aucune protection, aucune assistance.
Et afin de parler de la fermeté et du dévouement à la patrie de ces hommes dont la
vertu et la sagesse seules font l'éloge, sans qu'il
soit besoin des ornemens d'aucun discours,
peut-on dire que les consulaires aient jamais
été plus fermes, plus zélés, plus courageux,
que dans ces circonstances affreuses où la République fut près de sa ruine? Qui d'entre
eux n'opina point alors pour le salut général,
de la manière la plus ouverte, la plus assurée,
la plus vigoureuse? Ce que je dis n'est point
particulier aux consulaires : cette louange est
commune à des hommes d'un mérite rare,
anciens préteurs, et à tout le sénat. Il est
certain que, depuis la fondation de Rome,
il n'y eut jamais dans tout cet ordre, plus
d'amour pour la patrie, plus d'énergie, plus

de courage. Mais comme Torquatus a désigné les consulaires, j'ai cru devoir dire de ceux-ci ce qui pût suffire, avec le témoignage de tous les Romains, pour montrer qu'il n'en est aucun de ce rang qui ne se soit employé de tout son zèle, de toutes ses forces, de tout son pouvoir, à la conservation de la République.

Mais je vous le demande, moi qui ne me suis pas intéressé (1) pour la cause de Catilina; qui étant consul n'ai pas sollicité pour Catilina accusé, qui ai déposé contre d'autres sur le fait de la conjuration, vous semblerai-je être assez dépourvu de sens, avoir assez oublié mes principes, me souvenir assez peu de mes actions, pour désirer aujourd'hui de sauver un chef de ces conjurés à qui j'ai fait la guerre durant mon consulat, pour me déterminer à défendre aujourd'hui la cause et la vie d'un homme dans les mains duquel j'ai brisé le fer et éteint la flamme? Assurément, Romains, quand la République, sauvée par mes travaux

(1) *Qui ne me suis pas intéressé*, comme les consulaires; *qui étant consul n'ai pas sollicité*, comme votre père.

et à mes périls, quand la République elle-
même ne me rappelleroit pas à la sévérité des
règles et à la fermeté du caractère, il est
cependant naturel que nous haïssions éternellement celui que nous avons craint, qui nous
a fait courir des risques pour nos jours et
pour nos fortunes, aux attentats de qui nous
avons échappé. Mais puisqu'il s'agit de maintenir l'honneur de la première magistrature,
de soutenir la gloire peu commune des actions
qui ont signalé mon consulat, puisque toutes
les fois qu'un particulier est convaincu d'avoir
eu part au plus noir des crimes, on renouvelle
le souvenir du salut que j'ai procuré à la République ; combien ne serois-je pas extravagant
de m'exposer à faire regarder ce que j'ai fait
pour le salut de tous comme l'ouvrage du
hasard et du bonheur plutôt que celui du
courage et de la réflexion !

Quoi donc ! dira-t-on peut-être, prétendez-
vous qu'un accusé soit jugé innocent par cela
seul que vous l'aurez défendu ? Pour moi, loin
de prétendre à ce qu'on me disputeroit, j'a-
bandonne même ce qui pourroit m'être accordé par tout le monde. Non, la République
n'est pas assez bien gouvernée, ni les tems où

j'ai bravé pour la patrie tous les périls assez
heureux, ni les hommes que j'ai domptés
assez abattus, ni ceux que j'ai sauvés assez
reconnoissans, pour que j'entreprenne de m'attribuer plus que ne voudroit la foule de mes
ennemis et de mes envieux. On seroit offensé
d'entendre dire à celui qui a découvert la conjuration, qui l'a dévoilée, qui l'a étouffée,
à qui le sénat a rendu des actions de graces
dans les termes les plus honorables, à celui
seul pour lequel on a décerné des prières publiques en tems de paix, on seroit offensé de
lui entendre dire dans un jugement : Je ne le
défendrois pas, s'il avoit été du nombre des
conjurés. Je ne dis point ce qui offenseroit ;
il s'agit de conjuration ; et laissant le ton de
l'autorité pour prendre celui de la modestie,
je me contente de dire : Moi qui ai découvert
la conjuration et qui l'ai punie, non, je ne
défendrois point Sylla, si je croyois qu'il eût
été complice. Je l'ai dit, Romains, dès le commencement, je le répète ; lorsqu'à la veille des
maux affreux dont nous étions tous menacés
j'informois sur tout, lorsque je recevois beaucoup de rapports, que sans tout croire je me
défiois de tout, je n'ai rien appris contre

Sylla (1) , ni par indice, ni par soupçon,
ni par lettre.

Ainsi , je vous en atteste , Dieux de la patrie,
Dieux pénates de Rome , Dieux tutélaires de cet
empire , dont le puissant secours , sous mon
consulat , a sauvé le Peuple Romain , cet empire , notre liberté , ces temples et ces maisons,
je plaide la cause de Sylla avec un cœur pur
et intègre , je ne cèle aucun forfait dont je sois
instruit , je ne défends ni ne protége aucun
attentat contre le salut de tous. Je n'ai , étant
consul , rien découvert à la charge de l'accusé ,
je n'ai rien soupçonné, rien appris. Ainsi donc,
en me montrant sévère et inexorable à l'égard
des vrais conjurés , je me suis acquitté de ce
que je devois à la patrie : je me dois maintenant à mon caractère et à mes sentimens
habituels. Je suis aussi sensible que vous , Romains , je suis aussi doux qu'on peut l'être.
Si je me suis armé de sévérité de concert avec
vous , c'est malgré moi ; j'ai couru au secours
de la République qui alloit périr , j'ai relevé

---

(1) Au lieu de *de re* , quelques-uns voudroient lire
de reatu , d'autres *de crimine* ; d'autres enfin voudroient *de P. Sylla* en supprimant *de re* : je préfére-
rois ce dernier.

la patrie abattue. Alarmés pour nos concitoyens et touchés de leurs dangers, nous avons
été alors aussi sévères que la circonstance le
demandoit. C'en eût été fait en une seule nuit
du salut de tous, si on ne se fût armé d'une
telle rigueur. Mais si j'ai été forcé, par amour
pour la République, de punir des scélérats,
je suis porté par inclination à sauver des innocens.

Je ne vois rien, Romains, dans Sylla qui
soit digne de haine, je vois bien des choses
dignes de compassion. Ce n'est pas pour se relever de sa disgrace qu'il recourt maintenant à
vous, mais pour épargner à son nom et à sa
famille la flétrissure du plus abominable des
crimes. Par rapport à lui-même, quand votre
arrêt le renverroit absous, quelles consolations,
quelles distinctions pourront lui rester dont il
jouisse dans un entier contentement? Sa maison
peut-être sera décorée; peut-être il dé-
couvrira les images (1) de ses aïeux, il repren-
dra lui-même ses habits et sa parure. Tout cela,

(1) On sait que les Romains nobles gardoient les portraits en cire de leurs aïeux : ils les couvroient dans
la tristesse et dans le deuil, ils les découvroient dans
la joie et l'allégresse.

Romains , est perdu pour Sylla : toutes les
marques distinctives de son nom , de sa famille,
de l'honneur qu'il avoit obtenu , sont éva-
nouies par le coup fatal d'un jugement unique.
Il voudroit n'être pas appellé le destructeur
de la patrie , un traître , un ennemi de Rome;
voilà ce qu'il appréhende, voilà ce qui l'in-
quiète. Il tremble que ce malheureux enfant
ne soit nommé fils d'un scélérat , d'un conjuré , d'un traître à la patrie : ce fils qui lui est
plus cher que la vie , auquel il ne sauroit transmettre toute la splendeur d'un ancien consul ,
il craint de ne lui laisser qu'un souvenir éternel
d'opprobre. Ce jeune enfant , Romains , vous
demande qu'il lui soit permis de rendre hommage à un père malheureux , de le voir, sinon
dans tout l'éclat de son rang , du moins au milieu des tristes débris de son ancienne fortune.
Les chemins des tribunaux et de la place publique sont plus connus à ce jeune infortuné
que ceux des écoles et du Champ-de-Mars. Il ne
s'agit plus , Romains , de la vie de Sylla (1),

(1) On distinguoit deux sortes de vies , la vie naturelle et la vie civile. On étoit privé de la vie civile,
lorsqu'on avoit perdu les droits de citoyen ou une

mais de sa sépulture : la vie lui a déjà été
enlevée par un jugement rigoureux ; nous demandons aujourd'hui que son corps ne soit pas
jetté hors de Rome. Que lui reste-t-il qui
puisse le retenir dans la vie ? Peut-on regarder
comme une vie celle à laquelle il se voit condamné ?

Tel étoit naguère Sylla , qu'aucun de nos
citoyens ne pouvoit se préférer à lui , ni pour
la considération , ni pour le crédit , ni pour
l'éclat du rang. Dépouillé à présent de tout
cet éclat, ce n'est pas ce qui lui a été enlevé
qu'il redemande , mais ce que la fortune lui
a laissé dans ses maux, l'avantage de pouvoir
pleurer sa disgrace avec son père , avec ses
enfans , avec son frère , avec tous ses amis
ici présens : ne lui enlevez pas, Romains, ce
seul avantage qui lui reste , il vous en conjure. Vous même, Torquatus, si vous le haïssez,
votre haine doit être contente de ses malheurs.
Quand vous ne lui auriez ôté que le consulat,
ne devriez-vous pas être satisfait ? Ce n'est point

grande partie de ces droits : Sylla par sa condamnation, avoit perdu les plus beaux droits de citoyen.

par inimitié, c'est uniquement pour lui disputer cette magistrature , que vous l'avez accusé d'abord. Mais puisqu'en la perdant il a
tout perdu ; puisque, dans sa cruelle et déplorable situation , tout l'abandonne, que dési-
rez-vous davantage ? Voulez-vous lui arracher
la vie même , cette vie accompagnée de tant
de larmes et de tristesse, qu'il ne conserve que
pour être accablé de tourmens et de peines ?
Qu'on le décharge d'une accusation aussi diffamante , et il l'abandonnera volontiers. Voulez-
vous chasser votre ennemi ? Fussiez-vous le plus
cruel des hommes , la vue bien mieux que le
récit de ses infortunes assouviroit votre haine.

O jour triste et malheureux où toutes les
centuries proclamérent Sylla consul ! O trompeuses espérances ! ô fortune inconstante et
légère ! ô ambition aveugle ! ô félicitation pré-
maturée ! que la joie et l'allégresse ont été
promptement suivies de gémissemens et de
larmes ! celui qui venoit d'être désigné consul
n'a plus retrouvé tout-à-coup aucune trace de
son ancien rang. Quelle affliction paroissoit
manquer à un homme dépouillé de la première des dignités , de l'éclat de son nom, de
presque toute son existence ! quelle place pou-

voit-il y avoir pour une nouvelle disgrace ? la
même fortune continue de le poursuivre ; elle
trouve une affliction nouvelle, elle ne permet
pas qu'un malheureux soit accablé d'une seule
manière, soit écrasé d'un seul coup.

Mais la douleur qui me pénètre, m'empêche
de m'étendre davantage sur l'infortune de
Sylla. C'est à vous maintenant, Romains, à
faire le reste ; je vous remets la cause ; je l'a-
bandonne à votre clémence et à votre sensibilité. C'est après une récusation faite par nos
adversaires (1), que nous vous avons vus tout-
à-coup, sans nous y attendre, siéger dans ce
tribunal : ils vous ont choisis dans l'espoir de
consommer notre perte ; la fortune vous a
établis pour protéger notre innocence. Après
la rigueur dont j'avois usé envers les méchans,
j'ai voulu apprendre au Peuple Romain ce qu'il

---

(1) Ordinairement l'accusateur et l'accusé pouvoient
récuser un certain nombre de juges, à la place desquels le président du tribunal en tiroit d'autres au
sort, ce qui s'appelloit *subsortiri*, *subsortitio*. Mais
il paroît que, dans une cause de conjuration, les
formes n'étoient plus les mêmes. L'accusateur seul ré-
cusoit des juges, et lui-même en choisissoit d'autres à
la place de ceux qu'il avoit récusés.

devoit

devoit penser de moi, et j'ai saisi la première
occasion qui s'est offerte de défendre un citoyen innocent : vous aussi , tempérez , par
votre bonté et votre douceur , la sévérité des jugemens qui ont été rendus dans les derniers
mois (1) contre les plus audacieux des hommes.
La cause elle-même doit l'obtenir de votre
équité ; et de plus il est de votre grandeur d'ame
et de votre sagesse , de faire voir qu'après leur
récusation, ce n'étoit pas à vous principalement que devoient recourir nos accusateurs.
Je vous y exhorte, Romains, au nom de mon
attachement pour vos personnes ; puisque nous
étions unis dans le gouvernement de la République, unissez-vous à moi , pour que toute
idée fausse de cruauté qu'on pourroit avoir de
nous , soit détruite aujourd'hui par un acte de
votre bonté compatissante.

(1) Dans les mois qui suivirent immédiatement la
fin du consulat de Cicéron , durant lesquels il y eut
sans doute plusieurs jugemens sévères rendus contre
des hommes soupçonnés d'avoir trempé dans la conjuration de Catilina.

DISCOURS

DE CICÉRON AUX ROMAINS,

APRÈS SON RETOUR.

Sommaire.

CICÉRON avoit été obligé de quitter Rome par les violences de Clodius, qui avoit ameuté contre lui le Peuple, ou plutôt la populace; et par la perfidie mercenaire des deux consuls Pison et Gabinius, qui, pour obtenir des provinces selon leur vœu, l'avoient abandonné et livré aux fureurs de ce tribun. Après seize mois environ d'exil, de retour à Rome, il adresse un discours de remerciement, d'abord au Peuple, et ensuite au sénat.

Dans son exorde, il annonce avec quels sentimens il a quitté la ville, la prière qu'il a adressée aux dieux, prière qu'il se félicite de voir exaucée. Après quoi il compare son état présent à son état précédent, et il trouve l'un préférable à l'autre, par la raison que la maladie fait goûter davantage la santé. En second lieu, il compare les bienfaits

qu'il avoit reçus auparavant ou des dieux ou de
ses parens, ou du Peuple Romain lui-même, et il
leur préfère la faveur qu'il reçoit maintenant,
parce que cette faveur lui rend à la fois tous
les bienfaits qu'il avoit reçus en détail. Enfin,
il fait le parallèle de son retour avec celui
d'autres personnages consulaires qui ont éprouvé
le même sort, et il trouve le sien plus brillant
et plus magnifique, parce que les autres ont
dû leur retour aux prières d'un grand nombre
de leurs proches, ou à l'oppression du sénat,
et qu'ils sont revenus sans que les consuls
aient supplié pour eux; au lieu que nuls
de ses proches, excepté son gendre et son frère,
n'ont supplié pour lui, mais que le sénat
lui-même, que presque tous les magistrats, que
l'Italie entière ont demandé au Peuple son
rappel. On pourroit croire qu'il est sorti de
Rome par timidité et par lâcheté; afin de
répondre à ceux qui auroient de lui cette
opinion, il montre que, la ville étant opprimée
alors par les armes de Clodius, il n'auroit pu
résister à ses violences, sans exciter de grands
troubles civils, qu'il a donc dû s'éloigner un
peu jusqu'à ce que, la République étant confiée à de nouveaux magistrats, il fût rappellé

avec elle. Il exalte le zèle qu'ont témoigné
pour son rétablissement, le consul Lentulus,
les autres magistrats de cette année, et sur-tout
Pompée, en même-temps qu'il déclame avec
force contre Clodius, contre Gabinius et Pison.
Il finit en déclarant qu'il signalera de toutes
les manières sa reconnoissance pour le bienfait
qu'il a reçu du Peuple Romain, et qu'il sera
plus occupé de remplir ce devoir sacré que de
se venger des outrages de ses ennemis.

Ce discours et le suivant ont été prononcés
l'an de Rome 696, et de Cicéron 50.

DISCOURS

DE CICÉRON AUX ROMAINS,

APRÈS SON RETOUR.

DANS le temps, Romains, où je me dé-
vouai tout entier pour votre sûreté, pour
votre repos, pour le bien de la concorde,
j'adressai une prière au grand Jupiter et aux
autres dieux : si, dans quelque circonstance,
j'avois préféré mes intérêts à votre conservation, je consentois à me voir jamais la

fin d'une disgrace à laquelle je me soumettois
de moi-même ; mais si toutes mes précédentes
actions n'avoient eu pour but que de sauver Rome
et l'empire , et si je ne m'étois déterminé
à un triste départ qu'afin d'épuiser sur moi
seul plutôt que de laisser retomber sur tous
les gens de bien et sur la République entière
cette haine que les scélérats et les audacieux
nourrissoient depuis long-tems au fond de leurs
cœurs ; si, dis-je, j'avois été dans ces dispositions
envers vous et envers vos enfans , je deman-
dai aux dieux immortels qu'on vous vît bientôt,
vous, les pères conscrits et toute l'Italie ,
vous souvenir de Cicéron , plaindre son sort,
éprouver quelque desir de me revoir. Ce que
je demandois dans mon acte de dévouement (1) ,
je l'ai obtenu par la volonté des dieux , par
le témoignage du sénat, par l'accord de toute
l'Italie , par l'aveu de mes ennemis même ,
par la grandeur de votre divin et immortel

(1) On disoit en latin *voti reus* , *voti convictus*,
de celui qui avoit fait un vœu , et qui ayant obtenu
ce qu'il désiroit, étoit obligé de le remplir. Comme le
dévouement renferme une espèce de vœu, on disoit
aussi *devotionis convictus*.

N 3

bienfait; et j'en ressens, Romains, la joie la plus vive.

Non, sans doute, il n'est rien de plus désirable pour l'homme qu'une fortune toujours égale, qu'une vie constamment heureuse, que ne traverse aucun revers ; je le dirai cependant, si aucun orage n'eût troublé, n'eût agité mes jours, j'aurois ignoré cette joie inexprimable, cette volupté céleste que me fait goûter aujourd'hui le retour dont je vous suis redevable. La nature a-t-elle rien donné de plus doux à chaque homme que des enfans ? Les miens, par ma tendresse pour eux autant que par l'excellence de leur naturel, me sont plus chers que la vie. Toutefois j'ai ressenti moins de satisfaction quand la nature me les a donnés, que j'en éprouve à présent que votre bienfait me les a rendus. Rien ne fut jamais plus précieux à personne que ne me l'est mon frère. Sa présence étoit pour moi beaucoup moins sensible lorsque j'en jouissois, que lorsqu'après m'en être vu privé, vous nous avez réunis l'un à l'autre. Chacun est attaché à ce qu'il possède. Les débris de ma fortune que j'ai recouvrés, me causent maintenant plus de joie que dans

le temps où cette fortune étoit entière (1).
Tout ce qu'avoient d'agréable les amis, les
voisins, les cliens, les liaisons diverses, les
jeux publics et les fêtes, je l'ai compris par
la privation plus que par la jouissance. La
considération, la dignité, le rang, les distinctions, toutes vos faveurs enfin, quelque
brillantes qu'elles aient toujours été à mes
yeux, aujourd'hui qu'elles reparoissent en
quelque sorte pour moi, me semblent reluire
d'un plus vif éclat que si elles n'avoient été
obscurcies d'aucun nuage. Mais la patrie,
grands dieux ! pourroit-on exprimer l'amour
qu'elle inspire, les douceurs qu'elle procure ?
Comment dépeindre la beauté de l'Italie,
la grandeur de ses villes, l'heureux site de
ses diverses contrées ? Comment décrire la
richesse des campagnes, la fertilité de leurs
productions, la splendeur de Rome, l'urba-
nité de ses habitans, la dignité de la République, la majesté du Peuple Romain ? Tous
ces avantages, j'en jouissois auparavant plus

(1) J'ai traduit comme si au lieu d'*incolumi* on
lisoit *incolumes*. On trouve dans des livres *incolu-
mitates*.

N 4

que personne ; mais ainsi que la bonne santé
qui se fait mieux goûter quand on renaît
d'une maladie dangereuse que quand on
n'a jamais été malade, tous ces biens ont
plus de charmes lorsqu'on s'en est vu privé
quelque temps que lorsqu'on les a possédés
toujours.

Pourquoi donc entrai-je dans ce détail ?
Pourquoi ? c'est pour vous faire comprendre
qu'il n'y a jamais eu mortel doué d'une
éloquence assez sublime, d'un talent pour
la parole assez merveilleux et assez divin
pour être en état, je ne dis pas d'amplifier
ou d'embellir, mais simplement de nombrer
ou de peindre la multitude et la grandeur
des bienfaits dont vous nous avez comblés
mon frère et mes enfans et moi. Mes parens
m'ont fait naître enfant par les loix indispensables
de la nature ; c'est de vous que je tiens une
seconde naissance, celle de consulaire. Ils
m'ont donné un frère sans connoître ce qu'il
seroit ; vous me l'avez rendu lorsque je l'avois
éprouvé, lorsque je connoissois toute la
tendresse de son cœur. J'ai gouverné (1) la

_____

(1) *J'ai gouverné* étant consul. Cicéron, dans

République dans un tems où elle étoit presque
perdue ; je l'ai recouvrée par vous lorsque
tout le monde déclaroit enfin que les services d'un seul homme l'avoient rétablie. Les
dieux m'ont donné des enfans ; vous me les
avez rendus. Je suis redevable aux dieux de
beaucoup d'autres faveurs dont j'aurois été
dépouillé pour toujours sans les marques
de votre bienveillance. Enfin , tous vos
honneurs que j'avois obtenus après les inter-
valles ordinaires , je les reçois de vous en ce
jour tous à la fois : ensorte qu'aujourd'hui
je trouve à la fois dans un seul bienfait du
Peuple Romain tout ce que je devois auparavant à mes parens , aux dieux immortels ,
tout ce que je vous devois à vous-mêmes.

Mais , outre que ce bienfait par lui-même
est au-dessus de tout ce que je puis dire ,
vous avez manifesté votre affection pour moi
par des témoignages si sensibles, que vous
me paroissez , non-seulement avoir mis fin
à ma disgrace , mais encore avoir donné un

plusieurs endroits de ses discours , peint le triste
état où étoit la République , lorsqu'il fut nommé
consul. — *Les services d'un seul homme.* Cet homme
étoit lui-même.

nouveau lustre à ma gloire. En effet, Romains, des fils dans la fleur de la jeunesse, et de plus beaucoup de parens et d'alliés, ne vous ont pas sollicité pour mon retour comme pour celui de Popilius (1), homme de la première naissance. Je n'ai eu pour intercesseurs auprès de vous, comme Quintus Métellus, personnage illustre, ni un fils déjà connu, dans la force de l'âge, un Diadématus (2), ancien consul, qui jouissoit de la plus haute considération, ni un Caïus Métellus, anciennement censeur, ni leurs enfans, ni un Métellus Népos qui demandoit alors le consulat, ni les Lucullus, les Servilius, les Scipions, leurs neveux ; car un grand nombre de Métellus ou de fils des Métellus vous supplièrent alors vous et vos pères pour le retour de Quintus Métellus. Ainsi, quand toute la dignité de

(1) Publius Popilius, que Caïus Gracchus, tribun du Peuple, fit exiler. Quintus Métellus, surnommé Numidicus, fut exilé pendant les troubles qu'excitèrent Saturninus et le faux Gracchus.

(2) Lucius Diadématus, d'autres lisent, Lucius Dalmaticus. J'ai lu ensuite *Caïus*, d'après l'histoire et le discours suivant. Des éditions portent *Quintus*, d'autres n'ont aucun prénom.

Métellus lui-même et ses grands exploits n'auroient pas eu assez de pouvoir, la tendresse de son fils, les prières de ses proches, le deuil et l'affliction des plus jeunes, les larmes des plus âgés, auroient pu toucher le Peuple Romain. Quant à Marius (1) qui, depuis les plus anciens et les plus illustres consulaires est le troisième avant moi, qui, de votre tems, et du tems de vos pères, ait subi un sort si peu digne de ses exploits célèbres ; quelle différence entre nous deux ! Non, ce ne sont point des supplications qui ont fait revenir Marius; mais au milieu des dissentions civiles, à la tête d'une armée, il s'est rappellé lui-même par la terreur des armes. Pour moi, sans que je fusse soutenu d'une illustre parenté, sans que j'aie fait agir la crainte des armes et du tumulte, l'autorité imposante et le merveilleux courage de mon gendre Pison, les pleurs continuels et l'extérieur misérable du plus infortuné et du plus tendre des frères, vous ont supplié et ont obtenu de vous

____

(1) On sait que Marius fut obligé de s'enfuir seul; mais qu'il revint quelque tems après par la force des armes. — *Est le troisième.* Popilius et Métellus étoient les deux premiers.

mon retour. Mon frère étoît le seul dont la tristesse remarquable attendrît vos regards, qui, par ses larmes, me fît regretter de vous, et vous rappellât mon souvenir. Il avoit résolu, Romains, si vous ne m'eussiez pas rendu à ses prières, de subir le même sort. Son extrême amour pour moi lui faisoit dire qu'il ne pouvoit avoir une maison séparée de la mienne, ni même un tombeau. Lorsque j'étois présent, le sénat et vingt mille autres citoyens (1) prirent à mon sujet des habits de deuil; mon frère, lorsque j'étois absent, est le seul dont vous ayez vu l'extérieur triste et lugubre, vous supplier en ma faveur : lui seul qui pouvoit paroître dans le forum (2), s'est montré mon fils par sa tendresse, mon

(1) Ces vingt mille autres citoyens, suivant Plutarque, étoient de l'ordre équestre, lequel ordre tout entier prit des habits de deuil pour obtenir que Cicéron ne fût pas exilé.

(2) J'ai lu avec une bonne édition et de bons manuscrits, *unus hic qui in foro posset esse*, en supprimant *qui domi* qui se trouve après *hic* dans la plupart des éditions. — *Lui seul qui....*, ni sa femme, ni sa fille, ni son fils, encore enfant, ne pouvoient se montrer dans le forum.

père par son ardeur à me servir et par son amour mon frère comme il se montra toujours. Quant au deuil et à la tristesse d'une épouse infortunée, à l'affliction continuelle de la meilleure des filles, au regret et aux larmes innocentes d'un fils encore enfant, elles ne se manifestoient au dehors que dans des courses nécessaires, ou se renfermoient en grande (1) partie dans l'obscurité d'une demeure privée. Ainsi, Romains, votre bienfait nous est d'autant plus précieux, que ce n'est pas à une foule de parens illustres, mais à nous seuls que vous nous avez rendus.

Mais si des parens, qu'on ne sauroit se donner, n'ont pas sollicité auprès de vous la fin de ma disgrace, du moins, et c'est un avantage qu'a dû me procurer ma vertu républicaine, tant de personnes ont employé pour me rétablir, leur secours, leurs conseils, leurs sollicitations, que je l'ai emporté de beaucoup sur tous ceux qu'on a vu paroître avant moi, par le nombre et le rang des citoyens qui ont

_____

(1) Au *magnam partem* du latin il faut sous-entendre *secundùm*, et l'entendre comme si on lisoit *magnâ ex parte*.

travaillé à mon rappel. On n'a jamais proposé dans le sénat de rappeller, ni Popilius, personnage illustre et courageux, ni Métellus, citoyen ferme et distingué, ni Marius, le conservateur de cette ville et de votre empire. Ces grands-hommes, rétablis avant moi, l'ont été sur la requête d'un tribun, et non d'après une décision du sénat. Marius, loin d'avoir été rétabli par le sénat, le fut dans le tems même où le sénat étoit opprimé. Ce n'est pas le souvenir de ses exploits qui le fit revenir, mais son armée et ses armes. Quant à moi, le sénat a toujours demandé avec instance qu'on(1) eût égard à mes services: dès qu'il l'a pu, il a fait et par ses assemblées nombreuses et par ses décisions honorables, que la voix de mes services opérât enfin mon retour. Les villes municipales et les colonies ne se sont donné aucun mouvement pour le rappel des autres : moi, l'Italie entière par trois décrets m'a rappellé dans ma patrie. Les autres sont revenus après le meurtre de leurs ennemis et le car-

(1) Latin, *ut valeret*, sans doute *memoria rerum à me gestarum*. Ensuite au lieu de *perficeretur*, j'ai lu d'après un manuscrit, *proficeret*, en le rapportant toujours à *memoria rerum à me gestarum*.

ñage d'un grand nombre de citoyens : moi je
suis revenu sur le rapport d'un de mes ennemis,
mais le meilleur et le plus doux des hommes (1),
alors consul ; alors ceux qui m'avoient chassé
gouvernoient des provinces ; alors un homme
qui, pour me perdre, avoit prêté sa voix aux
ennemis de l'état, jouissoit du moins en apparence de tous les droits de citoyen, quoiqu'en effet il fût plus diffamé qu'aucun citoyen
proscrit par un jugement (2). Opimius, ce
consul si ferme, n'exhorta jamais le sénat et le
Peuple à rappeller Popilius ; Marius ne les
exhorta jamais à rappeller Métellus, dont il

(1) Quintus Métellus Népos, qui étant tribun lorsque
Cicéron étoit consul, s'étoit déclaré son ennemi.--*Alors
un homme.* Je crois avec Paul Manuce que Cicéron
parle ici de cet Atilius, tribun qui s'opposa à son retour que proposoit le consul Lentulus.

(2) Mot à mot, *quoiqu'en effet il fût relégué au-
dessous de tous les morts,* c'est-à-dire, au-dessous
de tous les citoyens diffamés par une sentence, lesquels étoient regardés comme morts civilement. ——
Opimius, ce consul... Ce fut sous son consulat que
Caïus Gracchus fut tué, et qu'on rappella Popilius
que Caïus Gracchus avoit fait exiler. On sait que
Marius termina la guerre de Numidie, qu'avoit presque achevée Quintus Métellus, surnommé Numidicus.

étoit l'ennemi ; Marcus Antonius lui-même, consul après Marius, tout éloquent qu'il étoit, ne leur demanda point le rappel du même Métellus de concert avec Albinus son collègue. Au lieu que pour moi on a pressé toujours les précédens consuls de faire leur rapport ; mais ils craignoient de paroître agir par faveur, parce que l'un (1) étoit mon allié, et que je m'étois chargé autrefois de défendre l'autre dans une cause capitale. Le traité pour des provinces leur liant les bras, ils s'endurcirent, pendant toute leur année, contre les plaintes du sénat, contre les pleurs des gens de bien, contre les gémissemens de l'Italie. Mais aux calendes de janvier, lorsque la République, orpheline, pour ainsi dire, eut imploré la protection du consul comme d'un tuteur légitime ; dès que le consul Lentulus, mon père, mon sauveur, mon dieu, le conservateur de ma fortune, de ma vie, de ma famille, de mon nom, eut fait son rapport, suivant la coutume, sur les objets de la religion, il crut ne devoir traiter aucune

(1) L'un, Pison. La fille de Cicéron avoit épousé un Pison. L'autre, Gabinius. On ne sait pas quelle est cette cause capitale dans laquelle Cicéron s'étoit chargé de défendre Gabinius avant qu'il fût consul.

affaire

affaire publique avant la mienne. Et tout auroit
été fini ce jour-là , si un tribun du Peuple (1) ,
que j'avois comblé de bienfaits lorsqu'il étoit
questeur et moi consul , résistant aux supplications de tout le sénat , d'un nombre de
grands personnages, d'Oppius, son beau-pere,
ce citoyen si honnête , prosterné à ses pieds
les larmes aux yeux , n'eût demandé une nuit
pour délibérer, nuit qu'il n'employa point ,
comme le croyoient plusieurs , à rendre la
somme qu'il avoit reçue , mais , comme on le
vit clairement , à faire doubler son salaire.
Depuis, il ne fut agité dans le sénat aucune
autre affaire que celle de mon rappel ; et quoiqu'on (2) cherchât par tous les moyens à en
traverser le succès , cependant lorsque le vœu
du sénat fut bien connu , on la porta devant
vous aux calendes de janvier.

Voyez la différence de ma conduite et de
celle de mes ennemis. Moi, trop instruit de
tout ce qui se passoit sous mes yeux : on enrôloit ouvertement des hommes au tribunal Au-

(1) C'est l'Atilius dont nous avons parlé plus haut.

(2) J'ai traduit comme si on lisoit : *nulla ; & cùm
variis rationibus impediretur , voluntate tamen pers-
pectâ senatûs , causa*.....

rélius , et on les rangeoit par compagnies ; les anciennes troupes de Catilina embrassoient de nouveau l'espoir du massacre ; des citoyens d'un parti dans lequel j'étois regardé comme un des principaux, me trahissoient ou m'aban-donnoient, les uns par envie , les autres par crainte pour eux-mêmes; deux consuls s'étoient vendus pour obtenir des provinces , et sentant qu'ils ne pouvoient rassasier leur indigence , leur avarice, leurs passions, s'ils ne me livroient pieds et mains liés aux ennemis de Rome ren-fermés dans Rome , ils s'étoient donnés pour chefs aux ennemis de la République ; on signi-fioit , on intimoit au sénat et aux chevaliers romains la défense d'employer pour moi les larmes, de vous supplier en habits de deuil; tous les arrangemens pour les provinces, tous les traités avec tous les Peuples, toutes les réconciliations , étoient signés de mon sang : moi , dis-je, trop instruit de ces désordres , je n'ai pas voulu , quoique je le pusse , quoique tous les gens de bien consentissent à périr pour moi ou avec moi, je n'ai pas voulu me défendre avec les armes , dans la persuasion que ma vic-toire ou ma défaite seroit également funeste à la République. Quant à mes ennemis , furieux

et outrés qu'on agitât sérieusement l'affaire de
mon rappel, ils crurent pouvoir me fermer mon
retour par des flots de sang répandu, par des
monceaux de citoyens égorgés.

Aussi, durant mon absence, dans l'état où
se trouvoit la République, vous pensiez, Romains, qu'elle devoit être rétablie aussi bien
que moi. Dans une ville où le sénat n'avoit
plus aucun pouvoir, où tous les crimes res-
toient impunis, où il n'y avoit plus de justice,
où le forum voyoit régner la force et la violence, où les particuliers (1) se mettoient en
sûreté à l'abri de leurs murs et non des loix,
où des tribuns du Peuple étoient frappés et
blessés sous vos yeux, où on couroit aux maisons des magistrats les épées et les torches à
la main, où les faisceaux d'un consul étoient
brisés, les temples des dieux embrâsés ; j'ai
pensé que, dans une telle ville, il n'y avoit
plus de République. La République donc étant
comme exilée, je ne crus pas pouvoir rester
dans Rome, et je ne doutai pas que, si elle
étoit rappellée, elle ne me ramenât avec

(1) *Les particuliers*, Pompée; *des tribuns du Peuple*,
Sextius.

elle. Lentulus étant édile lorsque j'étois consul, dans les conjonctures les plus orageuses, étoit entré dans tous mes conseils, avoit partagé tous mes périls; moi donc qui savois que l'année suivante on auroit pour consul un tel homme, pouvois-je douter que, pour me rétablir, il n'employât l'autorité consulaire, et que terrassé par des consuls, je ne fusse relevé par la main d'un consul ? Sous un tel chef, dont le collègue (1), homme rempli de douceur et de vertu, ne traversa pas d'abord ses démarches et ensuite les seconda même, presque tous les autres magistrats combattirent pour mon rappel. Milon sur-tout et Sextius, dont le grand cœur et le courage répondoient à la dignité de leur nom, se signalèrent tous deux par les hommes (2) qu'ils armèrent pour la défense de la République, par l'attachement singulier et le zèle incroyable qu'ils témoignèrent pour mon rétablissement. D'après les conseils du même

(1) Quintus Métellus Népos dont nous avons parlé plus haut.

(2) *Praesidio, copiis,* sous-entendez *muniti* et construisez ces mots avec *extiterunt.* Je voudrois qu'ils fussent placés après *Sextius.*

Lentulus , sur son rapport et sur celui de son collègue , le sénat, dans une nombreuse assemblée, me donna les plus magnifiques éloges contre l'avis d'un seul (1) , sans l'opposition de personne : il vous sollicita pour mon rappel, il sollicita les villes municipales et toutes les colonies. Ainsi , sans être soutenu , sans être appuyé d'un grand nombre de parens et d'alliés , j'ai toujours eu pour intercéder auprès de vous , les consuls, les préteurs, les tribuns du Peuple , le sénat , l'Italie entière. Enfin , tous ceux que vous avez le plus comblés d'honneurs et de bienfaits , présentés à vous (2) par le même Lentulus , non-seulement vous ont exhortés à me rétablir, mais encore se sont déclarés les panégyristes de mes actions dont ils avoient été les principaux moteurs et les témoins.

Le plus ardent de tous à vous exhorter et à vous prier, étoit Pompée , cet homme dont le courage , la sagesse et la gloire, l'ont rendu

(1) De Publius Clodius.

(2) De simples particuliers présentés au Peuple par un magistrat, pouvoient lui adresser des harangues ou lui faire des propositions.

le premier des hommes qui ont jamais existé
et qui existeront jamais. Lui seul il m'a procuré à moi seul, son ami, simple particulier,
tout ce qu'il avoit procuré à la République entière, la sûreté, le repos et l'honneur. Sa harangue, je l'ai su, étoit divisée en trois parties.
Il vous montra d'abord que la République
avoit été saùvée par mes conseils, et que ma
cause étoit liée au salut commun. Il vous
exhorta en conséquence à défendre l'autorité
du sénat, la constitution de Rome, l'état d'un
citoyen qui avoit bien servi la République. Il
ajouta, pour vous toucher davantage, que le
sénat, que l'ordre équestre, que toute l'Italie
vous supplioient et vous demandoient mon
rappel. Enfin il termina son discours par vous
adresser lui-même des prières et des supplications pour mon rétablissement. Que ne dois-je
pas, Romains, à Pompée? seroit-il possible
de devoir plus à un autre homme? d'après ses
conseils, d'après les décisions du sénat, sur
l'avis de Lentulus, vous m'avez rétabli dans le
rang où m'avoient élevé vos bienfaits, et par
la même assemblée (1) solemnelle qui m'y avoit
placé.

(1) Le latin dit *par les mêmes centuries*. On sait

Dans le même tems, à la même tribune,
vous avez entendu tenir le même langage à de
grands hommes, à d'illustres personnages,
aux premiers de la ville, à tous ceux qui
avoient été consuls ou préteurs ; ensorte qu'au
témoignage de tout le monde, il étoit décidé
que la République me devoit son salut. Aussi
Servilius, homme d'un grand poids et d'un
rare mérite, ayant avancé que la République,
grace à moi, avoit été conservée et transmise
aux magistrats suivans, les autres furent du
même avis, et parlèrent de même. Dans ce
même tems, vous entendîtes encore, non-seulement l'avis, mais le témoignage authentique de
Gellius. Cet illustre personnage qui, lorsque les
conjurés le sollicitèrent de livrer ses vaisseaux,
avoit compris combien il avoit couru de risques (1), déclara dans une de vos assemblées
que, si je n'eusse été consul à l'époque où je

que c'étoit dans les assemblées par centuries que se
nommoient les premières magistratures.

(1) Gellius, lieutenant de Pompée, défendoit la
mer de Toscane avec un certain nombre de vaisseaux.
Quelques conjurés le sollicitèrent de leur livrer sa
flotte ; ce qui lui fit comprendre quels desseins funestes
ils avoient formés contre la République.

le fus, la République se seroit vue anéantie sans espoir de se rétablir.

Honoré par tant de témoignages, rappellé par les décisions du sénat, par l'accord una-nime de toute l'Italie, par le zèle empressé de tous les gens de bien, par les actives démar-ches de Lentulus, avec le consentement des autres magistrats, à la prière de Pompée, avec le vœu de tous les hommes, enfin avec l'ap-probation des Dieux, qui ont marqué mon retour par l'abondance des grains et la dimi-nution du prix (1), rendu à moi-même, à ma famille, à la République, je vous promets, Romains, tout ce qu'il est en mon pouvoir de vous promettre; d'abord, j'aurai toujours pour vous l'attachement religieux qu'ont pour les immortels les hommes les plus recomman-dables par la piété; votre puissance sera pour moi pendant toute ma vie, aussi vénérable et aussi sacrée que celle des Dieux même; ce que je vous promets en second lieu, c'est que la République m'ayant ramené ici avec elle, je ne l'abandonnerai dans aucune occasion.

(1) Au retour de Cicéron, le blé étoit fort cher; le prix en baissa tout-à-coup.

Si l'on pense que mes sentimens soient
changés, mon courage épuisé, mon esprit
abattu, on se trompe. Ce qui pouvoit m'être
ravi, la violence, l'injustice et la fureur des
scélérats, l'ont enlevé, arraché, dispersé : ce
qui ne peut être ôté à une ame ferme, me reste
et me restera toujours. J'ai vu le plus courageux des hommes, de la même ville (1) que
moi, Marius ; car un rapport fatal entre nos
destinées nous a mis tous deux aux prises,
et avec les ennemis jurés de cet empire, et
avec la fortune ; je l'ai vu, quoique dans une
extrême vieillesse, loin de se laisser abattre
par la grandeur de sa disgrace, s'affermir contre
le sort et lui opposer un nouveau courage.
Je lui ai entendu dire à lui-même, que sans
doute il avoit été malheureux, lorsque privé
de cette patrie qu'il avoit délivrée des plus
éminens périls,, il apprenoit que ses biens
étoient possédés et pillés par ses ennemis ; lorsqu'il voyoit son jeune fils partager sa dis-

_____

(1) De la ville d'Arpinum.——*Contre ceux qui ont
voulu détruire cet empire* ; Marius, contre des ennemis
étrangers, les Cimbres et les Teutons ; Cicéron, contre
des ennemis domestiques, Catilina et ses partisans.

grace ; lorsque, enfoncé dans des marais, il
avoit dû la conservation de sa personne et de
ses jours à la pitié des habitans de Minturnes ;
lorsque transporté en Afrique dans une fragile
nacelle, manquant de tout, il étoit venu trouver en suppliant les hommes auxquels il avoit
donné lui-même des royaumes : mais qu'ayant
recouvré son rang et tout ce qui lui avoit été
enlevé, il feroit voir que Marius avoit encore
ce courage qu'il n'avoit jamais perdu. Au
reste, il y a cette différence entre lui et moi,
que lui, il a employé, pour se venger de ses
ennemis, la chose où il excelloit davantage,
les armes ; au lieu que moi j'emploierai (1) les
ressources qui me sont ordinaires, puisque les
unes sont d'usage dans la guerre et dans les séditions, et les autres dans la paix et le repos.
Marius irrité ne pensoit qu'à se venger de ses
ennemis ; moi, je ne songerai à mes ennemis
qu'autant que la République me le permettra.

Enfin, Romains, je vois quatre espèces
d'hommes qui m'ont outragé : ceux qui, par
haine pour la République que j'avois sauvée

(1) *Quâ*, sous-entendez *re*. Des livres ajoutent *pie-
tate*, qui ne doit pas être admis.

contre leur desir, s'étoient déclarés mes ennemis ; ceux qui, feignant d'être mes amis, m'ont
trahi indignement ; ceux qui, ne se sentant
pas assez de force pour parvenir aux mêmes
honneurs que moi, ont été jaloux de mon
rang et de mes distinctions ; enfin ceux (1) qui
par leur place devant être les défenseurs de la
République , ont vendu , autant qu'il étoit en
eux , mes intérêts les plus chers, la constitution de Rome , la dignité du pouvoir suprême
dont ils étoient revêtus : je me vengerai de chacune de ces espèces d'hommes (2) suivant qu'ils
m'ont attaqué ; des mauvais citoyens, en gou-
vernant bien la République ; des amis perfides,
en ne les croyant plus , en me tenant sur mes
gardes ; de mes envieux , en ne travaillant que
pour la vertu et pour la gloire ; des acheteurs
de provinces, en les rappellant à Rome , en
leur faisant rendre compte de leur administration.

Cependant je suis plus jaloux de vous té-

(1) Pison et Gabinius , qu'il appelle ensuite des
acheteurs de provinces.

(2) J'ai traduit en lisant : *sic ulciscar ea genera
singula.*

moigner ma reconnoissance pour tous les bienfaits dont vous m'avez comblé, que de me venger
des outrages et de la cruauté de mes ennemis. En effet, il est plus facile de se venger
d'une injure, que de reconnoître un service,
parce que, sans doute, on a moins de peine
à se mettre au-dessus des méchans, qu'à s'égaler aux bons, et que d'ailleurs il n'est pas aussi
nécessaire de faire du mal à ceux qui nous en
font, que d'obliger ceux qui nous obligent.
Les prières peuvent calmer la haine; l'intérêt
de la République et l'avantage de tous peuvent
la faire cesser; elle peut, ou se contenir par
la difficulté de se venger, ou s'amortir avec le
tems : mais s'agit-il de montrer de la reconnoissance ; nulle prière ne doit obtenir de nous
que nous soyons ingrats, la République ne
l'exige pas (1), on ne sauroit s'excuser sur la
difficulté de la chose, et il n'est point juste de
borner à un certain tems le souvenir d'un bienfait. Enfin, celui qui diffère la vengeance, on

(1) Mot à mot, *il n'est pas nécessaire que la République exige cela*, c'est-à-dire, exige qu'on ne soit
point reconnoissant envers ceux dont on a reçu des
bienfaits.

s'empresse de le louer : mais on blâmeroit hautement celui qui différeroit à reconnoître d'aussi grandes faveurs que celles dont je vous suis redevable ; on le taxeroit, non-seulement d'ingratitude, ce qui seroit déjà fort dur , mais encore d'une sorte d'impiété. S'acquitter d'un bienfait ou d'une dette est très-différent. Celui qui garde l'argent qu'il doit ne paie pas ; celui qui paie ne l'a plus. Au contraire, celui qui a témoigné sa reconnoissance , la conserve toujours au dedans de lui-même ; et c'est parce qu'il la garde au dedans de lui-même , qu'il la témoigne au-dehors.

Ainsi , Romains , je conserverai le souvenir de votre bienfait, et je vous témoignerai ma gratitude par un dévouement éternel, non-seulement tant qu'il me restera un souffle de vie , mais même après ma mort (1) j'en laisserai des monumens durables. Pour reconnoître votre bienfait, je m'engage, et je serai fidèle à mes engagemens, à ne manquer, ni de vigilance dans les résolutions à prendre pour l'état, ni de fermeté pour en éloigner les périls, ni de

(1) Peut-être faut-il lire *me mortuo* au lieu de *cum mortuo ,* et un peu plus bas *ferendâ* au lieu de *referendâ.*

droiture en donnant mon avis, ni de courage,
si pour la République il faut choquer des
hommes puissans, ni de constance pour soutenir le travail, ni d'un zèle reconnoissant
pour étendre vos privilèges (1). Oui, Romains,
ce qui m'occupera éternellement, ce sera de
paroître, et à vous que je respecte à l'égal
des Dieux, et à vos descendans, et à toutes
les nations, digne d'une ville qui a déclaré
qu'elle ne pouvoit se conserver elle-même dans
sa dignité, si elle ne me rétablissoit dans la
mienne, qui l'a déclaré hautement par des
suffrages unanimes.

(1) *Vos privilèges*, sans doute, les privilèges du
Peuple, ou des citoyens romains. Le latin dit *vos avan-*
tages, et si ce mot devoit s'appliquer au Peuple Romain en corps, à tous les ordres réunis, peut-être
faudroit-il traduire *vos prospérités*.

DISCOURS

DE CICÉRON AU SÉNAT,

APRÈS SON RETOUR.

QUELQUES *critiques prétendent que ce discours a été prononcé avant l'autre ; ce qu'il y a de certain, c'est qu'il est de la même époque et qu'il roule sur le même sujet. C'est un discours de remerciement adressé au sénat comme l'autre au Peuple.*

Après un exorde où il expose en raccourci tout ce qu'il a obtenu par la faveur insigne de son retour, l'orateur fait une assez longue histoire de tout ce qui est arrivé et de tout ce qu'a fait pour lui le sénat depuis son départ. Une excursion véhémente contre les consuls Pison et Gabinius, un récit de toutes les obligations qu'il a au consul Lentulus, à Pompée, à Milon, à Plancius, et à d'autres encore ; les motifs qui lui ont fait quitter Rome : voilà, avec l'histoire dont nous parlons, ce qui compose la plus grande partie de cette harangue. Cicéron finit par annoncer qu'il signalera avec d'autant plus d'ardeur sa reconnoissance pour son retour, que

ce retour est marqué par des circonstances plus
flatteuses que celui de plusieurs personnages
recommandables qui avant lui ont éprouvé le
même sort.

DISCOURS

DE CICÉRON AU SÉNAT,

APRÈS SON RETOUR.

SANS doute, P. C., mes actions de graces ne
répondront jamais aux faveurs immortelles dont
vous nous avez comblés mon frère, mes enfans et moi ; mais, je vous en conjure,
attribuez-le moins à la foiblesse de ma reconnoissance qu'à la grandeur de vos bienfaits.
Eh ! quel génie assez fécond, quelle élocution
assez abondante, quel genre de discours assez
merveilleux et assez sublime pourroit, je ne
dis pas développer (1) dignement, mais simplement exposer tout ce que vous avez fait
pour une famille malheureuse ? Vous avez

(1) Latin, *complecti orando*, c'est-à-dire, *fusâ et*
dignâ oratione complecti. On trouve dans un manuscrit *ornando*, qui est bon, mais qui n'est pas nécessaire.

rendu

rendu l'un à l'autre deux frères qui s'aiment avec tendresse, vous avez rendu à mes enfans un père, à moi mes enfans ; vous m'avez rendu ma fortune, mon état, mon rang, la plus illustre République, ma patrie, et quoi de plus doux que la patrie ? enfin vous m'avez rendu à moi-même. Si je dois avoir un amour tendre et respectueux pour mes parens, parce qu'ils m'ont transmis la vie, la liberté, un patrimoine, le titre de citoyen ; pour les dieux immortels, dont je tiens ces avantages, et d'autres encore ; pour le Peuple Romain, dont les honneurs m'ont placé dans la plus auguste compagnie, dans le rang (1) le plus éminent, dans ce refuge de tous les Peuples de la terre ; pour cet ordre lui-même, qui m'a souvent honoré des plus magnifiques décrets : combien ne vous suis-je pas redevable au-delà de toute idée et de toute expression, à vous qui avec une bienveillance toute singulière et l'accord le plus unanime, m'avez rendu en même temps les bienfaits de mes pa-

(1) Dans le rang de consulaire.—*Dans ce refuge...* dans le sénat. On sait que c'étoit le Peuple Romain qui conféroit les magistratures, et que les magistratures ouvroient l'entrée du sénat.

rens , les faveurs des dieux immortels , les honneurs du Peuple Romain, tout ce que vous m'aviez accordé vous-mêmes par vos décisions ; en sorte que devant beaucoup au sénat et au Peuple, infiniment à mes parens, devant tout aux dieux , je recouvre aujourd'hui par vous à la fois ce que j'avois obtenu auparavant en détail et de vous et des autres ?

Ainsi, P. C. , il me semble avoir atteint par vous à ce qui passe les desirs de l'homme, avoir acquis une sorte d'immortalité. Oui , tels sont vos bienfaits que jamais la mémoire n'en pourra s'éteindre et se perdre dans les races futures. Peu de temps après mon départ, lorsque la violence, le fer, la crainte , les menaces vous tenoient assiégés, vous m'avez rappellé tout ensemble sur le rapport de Mummius (1) , ce citoyen honnête, cet homme ferme , qui , dans une année déplorable, se montrant le plus fidèle et le plus intrépide de mes amis , m'auroit défendu jusqu'au bout, si j'eusse voulu employer la voie des armes. Un tribun du Peuple (2) qui , ne pouvant

(1) Lucius Mummius Quadratus, tribun du Peuple.

(2) Clodius. —— *Par le crime d'autrui , par le*

déchirer par lui-même la République, la détruisoit par le crime d'autrui, a bien pu, dans toute sa
fureur, vous empêcher de rien statuer à mon sujet, mais non vous réduire au silence, vous rendre
moins empressés à demander mon retour à des
consuls mercenaires. Grace à votre zèle et à vos
résolutions, on a donc vu, dans cette année
même dont j'avois mieux aimé attirer sur moi
seul l'orage que d'y exposer avec moi la patrie,
on a vu huit tribuns (1) proposer mon rétablissement et vous en faire plusieurs fois le
rapport. Car les consuls, ces hommes remplis
de modération, pleins de respect pour les loix,
trouvoient pour obstacle une loi, non celle
portée contre Cicéron, mais celle portée pour
eux par mon ennemi, qui osa publier que

crime des consuls Pison et Gabinius.——Un peu plus bas
qui vendiderant, il faut sous-entendre *se*. Je voudrois
qu'on ajoutât, et qu'on lût *qui se vendiderant* ; à
moins qu'on ne dise qu'il faut sous-entendre *salutem*
qui est tout près.

(1) Dans l'année de son exil et dans celle de son
retour, Cicéron avoit pour lui huit tribuns, et deux
contre lui, dans la première Clodius et Ælius Ligur,
dans la seconde Sextus Atilius Serranus et Numérius
Quintius Gracchus.

je reviendrois quand on verroit ressusciter
ceux dont les noirs complots avoient presque
renversé cet empire. Par-là, il avouoit en
même temps, qu'il regrettoit leur perte, et
que la République seroit dans un grand péril,
si les ennemis et les meurtriers de la République revenant au monde, je ne revenois pas
à Rome (1). Ainsi, dans l'année même où j'avois
cédé à la violence; où le premier homme de cette
ville avoit mis en sûreté ses jours, à l'abri, non des
loix, mais des murs de sa maison; dans l'année
où la République étoit sans consuls, privée
et de ses pères perpétuels et de ses tuteurs

(1) Ou il faut lire deux fois *et* à la place des deux
aut, ou il faut donner aux *aut* la signification de *et*.
Au reste, voici le sens de tout ce passage. Clodius
avoit dit que Cicéron reviendroit quand on verroit ressusciter les citoyens (les conjurés) qu'il avoit fait mourir
pendant son consulat : Cicéron tourne ces paroles à sa
propre louange, comme si Clodius avoit dit que, si les
conjurés ressuscitoient, il faudroit que Cicéron revînt
à Rome, pour combattre et réprimer leurs projets criminels. — *Le premier homme de cette ville*, Pompée. — *Ses pères perpétuels*, Pompée, et Cicéron
lui-même qui pendant son consulat fut nommé père
de la patrie.—*Ses tuteurs annuels*, les deux consuls;
Pison et Gabinius n'étoient pas vraiment consuls.

annuels ; où l'on vous empêchoit d'opiner, vous opposant sans cesse la loi de proscription lancée contre moi : dans cette année-là même, vous n'hésitâtes jamais à regarder mon retour comme essentiellement lié au salut de l'état.

Aux calendes de janvier , la vertu rare et admirable du consul Lentulus vous avoit fait sortir enfin des épaisses ténèbres de l'année précédente , vous commenciez à voir briller le jour dans la République ; d'un côté , la dignité éminente de Métellus (1) , personnage aussi vertueux que noble , et de l'autre , la constante fidélité des préteurs , et de presque tous les tribuns du Peuple , étoient venues au secours de la République ; Pompée , qui par sa bravoure , par sa gloire et ses exploits , a éclipsé sans contredit ce qu'il y eut jamais de plus grand chez tous les Peuples et dans tous les siècles , croyoit pouvoir venir en sûreté au sénat: alors vous vous réunîtes pour mon rappel avec un concert si parfait , que ma dignité , pour ainsi dire , étoit déjà rentrée dans Rome ,

(1) Quintus Métellus Népos , consul avec Lentulus , dont nous avons parlé dans le discours précédent.—— *Presque tous* , tous excepté les deux dont nous avons parlé dans le même discours.

P 3

quoique ma personne en fût encore absente.
Pendant ce mois , vous avez pu juger combien
nous différions dans la conduite , mes ennemis et moi : moi, j'ai abandonné ma patrie ;
pour ne point exposer la République à être
ensanglantée par les blessures des citoyens ;
mes ennemis ont cru devoir me fermer mon
retour, non par les suffrages du Peuple , mais
par des flots de sang. Aussi après cette époque,
vous ne donniez plus de réponse, ni aux citoyens , ni aux alliés , ni aux monarques , les
tribunaux ne rendoient plus d'arrêts , le Peuple
ne donnoit plus de suffrages , cet ordre ne
publioit plus de sénatus-consulte. Le barreau
étoit muet , le sénat sans voix , toute la ville
dans l'abattement et dans le silence. Au même
tems , après le départ de celui (1) qui , auto-
risé par vous , avoit empêché les incendies et
les massacres , vous avez vu des hommes courir
dans toute la ville avec des épées et des torches,
les maisons des magistrats attaquées , les
temples des dieux embrâsés , les faisceaux
d'un (2) illustre consul brisés , la personne

(1) De Cicéron lui-même.

(2) *D'un illustre consul*, de Métellus, *d'un brave
et excellent tribun*, de Sextius.

inviolable et sacrée d'un brave et excellent tribun , je ne dis pas seulement frappée et insultée , mais percée de coups et couverte de blessures. Effrayés de cette horrible confusion , quelques magistrats (1), soit qu'ils craignissent pour eux-mêmes , soit qu'ils désespérassent de la République, abandonnèrent pour un peu de tems ma cause : quant aux autres , ni la frayeur , ni la violence , ni l'espoir , ni la crainte , ni les promesses, ni les menaces , ni le fer, ni le feu , rien ne put les empêcher de travailler à mon rappel , de défendre l'autorité du sénat et la majesté du Peuple. A leur tête , celui que je regarde comme mon père , mon dieu , le sauveur de mes jours , de ma gloire , de mon nom , de toute mon existence, Lentulus crut qu'il y auroit du courage , de la grandeur d'ame , que ce seroit illustrer son consulat , s'il me rendoit à moi-même , aux miens , à vous et à la République. Dès qu'il fut désigné , il n'hésita jamais à donner

____

(1) Cicéron parle , sans doute , ici de Quintus Fabricius , qui le premier proposa le rappel de Cicéron , et qui ayant été chassé du forum par une troupe de gens armés , fut sans doute quelque temps sans oser y reparoître.

P 4

pour mon retour un avis digne de la République et de son futur consul. Un tribun du Peuple se rendit opposant, et fit lire ce bel article de la loi de Clodius qui défendoit de vous faire un rapport, de parler de mon rappel, d'ouvrir un avis, d'adopter l'avis d'un autre, de porter un décret, d'assister même à la rédaction ; malgré cette opposition d'un tribun, Lentulus ne vit qu'une (1) proscription et non une loi, dans cette loi prétendue par laquelle un citoyen qui avoit rendu à la République les plus importans services, s'étoit vu enlevé à la République avec le sénat, contre les règles, sans jugement préalable. Dès qu'il fut entré en exercice, il s'occupa avant tout, que dis-je ? il s'occupa uniquement à affermir pour la suite en me rappellant dans ma patrie, la dignité de cet ordre et votre autorité.

Dieux immortels, que ne vous dois-je pas

---

(1) *Ne vit qu'une proscription.* Le latin ajoute, *comme je l'ai dit auparavant.* Cicéron, dans ce qui précède, a déjà appellé *proscription* la loi de Clodius. J'ai cru devoir omettre en françois ce petit membre de phrase. —— *Contre les règles :* mot à mot, *nommément.* C'étoit une chose odieuse et illégale de porter une loi nommément contre un citoyen.

pour avoir voulu que Lentulus soit consul
cette année! combien ne vous devrois-je pas
davantage, s'il l'eût été l'année précédente!
Non, je n'aurois pas eu besoin d'être relevé
par une main consulaire, si des violences
consulaires ne m'eussent renversé. Catulus (1),
cet homme si sage, cet excellent citoyen, me
disoit que nous avions eu rarement un consul
pervers, que nous n'en avions jamais eu deux
à la fois depuis la fondation de Rome, excepté
du tems de Cinna. Il disoit donc que je n'aurois
jamais rien à craindre, pourvu qu'il y eût un
seul consul dans la République; ce qu'il
auroit dit avec vérité, si l'avantage dont la
République avoit joui jusqu'alors, de ne pas
avoir à la fois deux consuls pervers, eût pu
être assuré pour toujours. Que si, dans l'année
de Clodius, Métellus lui même, auparavant
mon ennemi (2), eût été seul consul, doutez-

(1) Quintus Catulus, fils du Catulus qui avoit
été consul avec Marius.

(2) J'ai ajouté au texte *auparavant mon ennemi :*
ces mots, je pense, sont dans l'esprit de l'orateur.
Au lieu d'*unicus* il y en a qui lisent *inimicus.*
Deux consuls, Pison et Gabinius.

vous quelles eussent été ses dispositions pour
me retenir, puisqu'il a ouvert l'avis de me
rappeller, et que son nom est à la tête du
décret de mon rappel.

Mais il y avoit deux consuls dont les ames
étroites, sordides, dépravées, ensevelies dans
la fange d'une obscure et crapuleuse débauche,
ne pouvoient, ni soutenir, ni envisager, ni
embrasser le titre seul du consulat, la splendeur
de cette magistrature, l'étendue d'un pareil
pouvoir. Ce n'étoient pas des consuls, mais de
vils acheteurs de provinces, des traficans
de la dignité de votre ordre : l'un (1), en présence d'une foule de témoins, me redemandoit
son cher Catilina, l'autre son cousin Céthégus.
Ces deux hommes, les plus scélérats qui aient
jamais existé, moins consuls que brigands,
m'ont abandonné dans une cause publique et
consulaire ; que dis-je ? ils m'ont trahi, ils
m'ont attaqué, ils ont voulu, en me privant
de leur secours, me priver aussi du vôtre et
de celui des autres compagnies.

L'un des deux (2) ne m'a trompé, ni moi,

(1) *L'un*, Gabinius ; *l'autre*, Pison.

(2) Gabinius.

ni personne. En effet , qui auroit attendu
quelque chose de bon d'un homme qui avoit
prostitué les premières années de sa jeunesse
aux plus honteuses dissolutions , qui n'avoit
pu garantir des attentats de l'impudicité la
partie de son corps la plus sacrée ; d'un homme
qui , après avoir dissipé son patrimoine aussi
promptement qu'il dissipa ensuite les revenus
du trésor , a soutenu son luxe et son indigence
par une prostitution domestique ; d'un homme
qui n'auroit pu éviter, ni la sévérité du préteur ,
ni la foule de ses créanciers , ni la confiscation
de ses biens , s'il n'eût trouvé dans le tribunal
un refuge et un asyle inviolable ; d'un homme
qui , s'il n'eût point porté durant cette
magistrature une loi (1) pour la guerre
des pirates , eût été contraint infailliblement
et par la misère et par la perversité de faire
lui-même le métier de pirate : et certes , il eût
causé moins de préjudice à la République
qu'en se montrant au milieu de Rome , ennemi
cruel et brigand odieux ; d'un homme enfin en
présence et sous les yeux duquel un tribun du
Peuple a porté une loi , qui défendoit d'avoir

---

(1) Gabinius étant tribun, avoit porté une loi pour
que Pompée fût mis seul à la tête de la guerre contre
les pirates.

égard aux auspices, d'interrompre une assemblée des comices ou du forum (1), de s'opposer
à une loi ; une loi qui renversoit les loix Ælia
et Fusia, si sagement établies par nos ancêtres
pour servir de frein aux fureurs des tribuns ?
Et lorsqu'ensuite une multitude innombrable
de gens de bien fut venue du Capitole en
habits de deuil pour le supplier, lorsque de
jeunes nobles, de la plus haute naissance,
et tous les chevaliers Romains se furent jettés
aux pieds de cet infâme ; avec quel air ce vil
prostitué, ce libertin effémiué rejetta-t-il les
larmes des citoyens, les prières de la patrie !
Ce n'est point assez encore : il parut à l'assemblée du Peuple, et y débita un discours que
son tendre ami Catilina n'eût osé se permettre,
s'il étoit revenu au monde : il feroit, disoit-il,
il feroit expier aux chevaliers Romains les nones

(1) *Des comices*, dans le Champ-de-Mars ; *du forum*, dans la place publique. — *Les loix AElia et
Fusia* : il paroît que ces deux loix n'en faisoient
qu'une seule. Elles permettoient aux magistrats de
prendre les auspices ; et d'interrompre une assemblée
du Peuple. Clodius avoit fait abolir ces deux loix,
afin de porter plus librement sa loi pour l'exil de Cicéron.

de décembre (1) de mon consulat et la rue du Capitole. Non content de le dire, il manda ceux qu'il jugea à propos ; cet impérieux consul fit sortir de la ville Lamia, chevalier Romain, homme d'un mérite rare, que son amitié pour moi dévouoit à mes intérêts, que sa fortune attachoit à la République. Ce n'est pas tout : vous aviez décidé de prendre des habits de deuil ; vous en aviez tous pris, à l'exemple de tous les gens de bien qui l'avoient déjà fait auparavant ; lui, parfumé d'essences, revêtu de la robe bordée de pourpre que tous les préteurs, que tous les édiles avoient alors déposée, il insulta aux marques de votre tristesse, à l'affliction d'une ville reconnoissante ; et, ce que ne fit jamais aucun tyran, sans vous offrir un motif pour vous empêcher de gémir secrettement sur vos malheurs, il vous défendit de pleurer publiquement sur les infortunes de la patrie. Mais lorsque ce consul eut été présenté à l'assemblée du cirque Flaminius (2),

(1) Jour où le supplice des conjurés fut statué dans le sénat, et où tous les chevaliers romains en armes remplirent la rue du Capitole.

(2) Le cirque Flaminius étoit hors la porte Car-

non par un tribun du Peuple , mais par un
brigand, chef de pirates , il s'avança aussitôt ;
quel homme important il annonçoit ! tout
plein encore de vin , de sommeil , de débauche , la chevelure bien arrangée et bien
parfumée , les yeux appesantis , les joues
flétries et pendantes , d'une voix précipitée et
embarrassée , il trouvoit, disoit-il , (croyons-en
ce grave personnage) , il trouvoit fort
mauvais qu'on eût fait mourir des citoyens
sans les avoir jugés. Où donc est restée cachée
si long-tems une autorité si imposante ? pourquoi
l'éclatant mérite de ce danseur (1) bien peigné
est-il resté si long-tems enseveli dans l'obscurité des tavernes et des lieux de prostitution ?

Quant à son collègue (2) , ce Césoninus
Calventius a fréquenté la place publique dès

mentale , près le marché aux herbes. Le Peuple s'y
étoit assemblé extraordinairement.

(1) On sait que la danse étoit regardée à Rome
comme peu honnête , et qu'un homme d'un certain
rang se déshonoroit en se livrant à cet exercice.

(2) Pison, dont le père, ayant pour surnom Césoninus, avoit épousé la fille d'un Calventius, Gaulois
qui étoit venu s'établir en Italie.

sa jeunesse , n'étant recommandable que par
les dehors d'une feinte austérité , et non par
l'étude du droit, ni par le talent de la parole , ni par la science de la guerre , ni par
la connoissance des hommes , ni par la culture des lettres. En passant près de lui, en le
voyant si triste, avec cet extérieur négligé , cet
air hérissé, on l'eût pris pour un rustre , pour
un sauvage , plutôt que pour un débauché et
un homme dissolu. Se trouver dans le forum
avec un être pareil , ou avec un stupide Éthio-
pien, n'étoit-ce pas la même chose ? Sans esprit, sans goût, sans parole , une vraie souche
dénuée de mouvement et de grace, on eût dit
d'un Cappadocien (1) tiré d'une troupe d'esclaves tout récemment achetés. Quelles affreuses
débauches dans sa maison ! quelle intempérance dans l'usage des plaisirs, de ces plaisirs
qu'il n'introduisoit chez lui que par une porte
dérobée ! Mais ce gourmand avide se mêle-t-il
d'étudier les lettres, et se met-il à philosopher
avec ses Grecs , alors il est Epicurien , non
pour avoir approfondi cette secte quelle qu'elle

_____

(1) Il venoit beaucoup d'esclaves à Rome de la
Cappadoce.

soit, mais attiré par le seul mot de volupté.
Les maîtres d'un pareil homme ne sont pas ces
philosophes ridicules qui passent les jours en-
tiers à parler de morale et de vertu, qui
exhortent au travail, à l'application, à braver
les périls pour la patrie, mais ceux qui soutiennent qu'il ne doit y avoir, ni dans la vie
aucun moment sans plaisir, ni dans le corps
aucune partie sans quelque jouissance agréable
et délicieuse. Ce sont là ses docteurs et comme
ses intendans de débauche ; ce sont eux qui
cherchent par-tout ce qui peut flatter les sens;
ce sont eux qui assaisonnent et qui ordonnent
un repas ; ce sont encore eux qui étudient
et apprécient la volupté, qui prononcent sur
les passions, qui jugent de ce qu'il faut accorder à chacune. C'est d'après leurs leçons
et leurs préceptes, que Pison a poussé le mépris
pour ses honnêtes concitoyens, au point de
croire qu'il pouvoit leur cacher tous ses désordres et toutes ses infamies, pourvu qu'il
apportât dans le forum son air dur et farouche.
Il m'a trompé : ou plutôt ce n'est pas moi qu'il
a trompé ; car étant allié aux Pisons (1), je

(1) Nous avons déjà observé que la fille de Cicéron
avoit épousé un Pison.

savois combien le sang d'une mère gauloise,
née au-delà des Alpes, l'avoit fait dégénérer de
la race paternelle ; il vous a trompés vous et
le Peuple Romain , non par sa politique , ni
par son éloquence, comme il est souvent arrivé à beaucoup d'autres , mais par les rides
de son front et l'épaisseur de son sourcil.

Avec un tel regard , je ne dirai pas avec un
tel cœur ; avec cette austérité feinte , je ne
dirai pas avec cette vie régulière ; avec cet
épais sourcil, car je ne puis dire avec ces éclatans exploits , avez-vous osé , Pison , vous associer à Gabinius pour me perdre ? L'odeur de
ses parfums , les fumées de son vin , les boucles
de son élégante chevelure (1) , ne vous fai-
soient-elles point penser que , lui ressemblant
en effet, vous ne pourriez cacher plus long-tems
vos infamies sous le masque d'une apparente
sévérité ? Avez-vous osé vous liguer avec lui ,
vendre de concert , pour le prix de riches provinces , la dignité de consul , les formes de la
République, l'autorité du sénat, l'existence entière d'un citoyen (2) utile ? Sous votre con-

_____

(1) Mot à mot, son front marqué des traces du *ca-
lamistre*, du fer à friser.

(2) De Cicéron lui-même.

sulat, en vertu de vos ordonnances tyranniques, il n'a pas été permis au sénat et au
Peuple de secourir la République par leurs dé-
libérations et par leurs décrets, ni même par
leur affliction et par leurs habits de deuil.
Pensiez-vous être consul, comme vous l'étiez
alors, à Capoue (1), ville autrefois le séjour
de l'orgueil ; et non pas à Rome, ville où
tous les consuls avant vous furent toujours
soumis au sénat ? Présenté dans l'assemblée
du cirque Flaminius, avez-vous bien osé dire
avec votre digne émule, que vous aviez toujours été porté à la douceur ? Vous faisiez entendre par ces mots, que le sénat et tous les
gens de bien s'étoient montrés cruels dans le
tems où j'avois sauvé la patrie de sa ruine.
J'étois allié à votre famille, vous m'aviez choisi
le premier pour veiller aux suffrages (2) dans

(1) Pison étoit *duumvir* à Capoue l'année où il étoit
consul à Rome. Les duumvirs étoient à Capoue ce
qu'étoient à Rome les deux consuls. —— *Présenté*, par
le tribun Clodius. —— *Avec votre digne émule*; avec
Gabinius.

(2) Joignez *custodem* avec *praerogativae*. *Custodem
praerogativae*, c'est-à-dire, *custodem suffragiorum
centuriae quae prima rogabat* (*dabat*) *suffragia.* Ceux

les comices qui vous intéressoient, aux calendes de janvier vous m'aviez mis dans le
troisième rang lorsque vous demandiez les avis;
et toutefois, ame compatissante, vous m'avez
livré pieds et mains liés aux ennemis de la République : vous avez repoussé de vos genoux,
avec des paroles arrogantes et dures, mon
gendre votre parent proche , ma fille votre
alliée ; et ensuite, lorsque je tombai avec la
République sous les coups des consuls bien
plus que sous ceux d'un tribun , vous , Pison,
doué d'une douceur et d'une sensibilité rares,
par un excès de la cupidité la plus atroce, vous
ne mites pas l'intervalle d'une heure entre la
ruine d'un citoyen et le partage de votre proie,
vous n'attendites pas même que Rome eût du
moins interrompu ses pleurs et ses gémissemens.
On n'avoit pas encore publié le trépas de la

qui demandoient les magistratures et qui étoient intéressés à des comices, nommoient de leurs amis pour
veiller aux suffrages , pour voir s'ils étoient comptés
exactement. Les consuls demandoient l'avis des sénateurs , c'étoit une marque d'amitié et de distinction
de leur part d'être des premiers dont ils demandassent
l'avis.

Q 2

République (1) , et déjà on vous payoit ses funérailles. Dans le tems où ma maison étoit li-
vrée au pillage et aux flammes dévorantes , où
mes meubles du Palatium se transportoient
chez un des consuls (2) qui en étoit voisin ,
où ceux du Tusculum passoient chez l'autre
consul qui avoit aussi une maison voisine de
la mienne , dans le même tems , les mêmes
troupes de misérables donnant leurs suffrages,
le même gladiateur portant une loi , au milieu
du forum où l'on ne voyoit aucun homme de
bien , ni même aucun homme libre , lorsque
le Peuple Romain (3) ignoroit même ce qui se
faisoit , que le sénat étoit opprimé et abattu ,
alors des provinces, des légions , des commandemens , le trésor public , étoient abandonnés à deux consuls pervers et scélérats.

(1) *Le trépas de la République*, c'est-à-dire , la
loi qui condamnoit Cicéron pour avoir défendu la
République de concert avec le sénat.

(2) *Chez un des consuls* , Pison; *chez l'autre consul* , Gabinius.

(3) Les assemblées de Clodius étoient si tumultuaires
et si peu composées du vrai Peuple Romain , qu'on
peut dire que le vrai Peuple Romain ignoroit ce qui
s'y passoit.

Ces deux hommes avoient tout renversé et
tout ruiné ; vous consuls , leurs successeurs ,
vous avez tout relevé et tout réparé par votre
grand courage , appuyés de tout le zèle et de
toute la vigilance des préteurs et des tribuns.
Que dirai-je de Milon (1) , cet homme supérieur ? qui pourroit parler assez dignement d'un
tel personnage ? Il voyoit que pour briser les
efforts d'un citoyen pervers , ou plutôt d'un
ennemi domestique, il falloit recourir aux loix
et aux tribunaux , si cette voie pouvoit être
ouverte ; mais que, si la violence arrêtoit et
anéantissoit les tribunaux même , il falloit réprimer l'audace par le courage , la fureur par la
fermeté , la témérité par la prudence , les armes
par les armes, la force par la force : il dénonça
donc d'abord Clodius pour crime de violence.
Mais lorsqu'il vit que le même homme avoit
détruit les tribunaux , il prit des mesures pour
l'empêcher de réussir par la violence selon ses
desirs : il fit voir qu'il étoit besoin de beaucoup d'intrépidité , de grandes forces et de puis-
santes troupes, pour que les maisons des hom-

(1) C'est le même Milon pour lequel Cicéron a fait
un excellent plaidoyer.

Q 3

mes , les temples des dieux , le forum , le sénat, fussent garantis d'un brigandage intestin.
Il fut le premier, après mon départ, qui ôta
toute espérance aux audacieux, qui délivra les
citoyens honnêtes de la crainte , cet ordre de
ses frayeurs , Rome de la servitude. Marchant
sur les traces de Milon , imitant son courage,
sa fermeté et son zèle , jaloux de me rappeller
dans ma patrie , de défendre vos décisions et
la constitution de Rome, Sextius (1) s'est exposé à tous les genres d'inimitiés, de violences.,
d'insultes , de risques pour ses jours. La conduite du sénat étoit violemment attaquée dans
des harangues séditieuses ; il l'a fait tellement
approuver de la multitude par son travail et
par ses soins , que rien n'étoit plus agréable
au Peuple que votre nom , rien plus cher à
tout le monde que votre autorité. Il m'a
procuré tous les secours que je pouvois attendre d'un tribun , rendu tous les bons offices que j'aurois pu exiger d'un frère ; il m'a
aidé de ses cliens, de ses affranchis, de ses
esclaves , de lettres de recommandation , de

(1) Sextius , tribun du Peuple , pour lequel l'orateur a composé le long plaidoyer intitulé , *pro Sextio.*

tout ce qui étoit nécessaire pour ma subsistance,
en sorte qu'il ne paroissoit point seulement
adoucir ma disgrace, mais encore la partager.
Vous avez vu l'empressement des autres à me
servir : vous avez vu combien Sextilius étoit
porté pour moi, combien zélé pour vous,
combien ferme dans le parti qu'il défendoit.
Que dirai-je de Cispius ? Je sens tout ce que
je lui dois à lui, à son père et à son frère. Je
leur avois été contraire dans un procès particulier, mais ils ont oublié une offense personnelle pour ne se ressouvenir que de mes
services publics. Curtius dont le père m'a eu
pour questeur (1) , Fadius qui a été le mien,

(1) Cicéron avoit été questeur en Sicile de Sextus
Péducæus ; il faut donc croire que Péducéus avoit
adopté pour fils Curtius, ou Curius, comme d'autres
le nomment. A moins qu'on ne dise que Cicéron a pu
être questeur de deux préteurs de cette manière. Les
questeurs ne quittoient pas la province avec le préteur.
Après le départ de Péducéus , il a pu rester encore
quelques mois sous Curtius, successeur de Péducéus.
Il est vrai qu'il ne parle pas de ce Curtius dans ses
Verrines , et qu'il semble supposer au contraire que
Sacerdos a succédé à Péducéus. Mais il dit dans son
Brutus , que, quand il se chargea de la cause des
Siciliens, il y avoit près de cinq ans qu'il plaidoit au

répondirent tous deux à la liaison formée entre nous , par leur zèle et leur attachement affec- tueux. Messinius parla beaucoup de mon affaire, en faveur de l'amitié et de la République ; dès le commencement, il proposa seul une loi pour mon retour. Si , malgré les armes et la vio- lence , Fabricius avoit pu exécuter ce qu'il avoit résolu de faire pour moi , dès le mois de janvier je recouvrois mon exis- tence civile. Sa propre ardeur l'avoit porté à s'occuper de mon rappel ; la violence l'arrêta, votre autorité le ranima. Vous avez pu juger combien les préteurs étoient disposés pour moi favorablement. Comme particulier, Cécilius (1) s'empressa de me fournir tous les secours qui étoient en son pouvoir ; comme magistrat , il proposa mon rétablissement de concert avec presque tous ses collègues ; il refusa de donner

barreau de grandes causes : or l'année de Curtius , celle de Sacerdos , et les trois de Verrès , feroient pré- cisément les cinq années. Quant à Fadius, il étoit , sans doute, questeur de Cicéron pour la province que celui-ci abdiqua, aimant mieux rester à Rome.

(1) Cécilius, préteur de la ville. Tous les préteurs, excepté Appius, frère de Clodius , se joignirent à lui en faveur de Cicéron.

action aux ravisseurs de mes biens. Calidius
ne fut pas plutôt désigné , qu'il déclara par
son avis combien il avoit à cœur mon retour.
Septimius , Valérius , Crassus , Quintilius , Cor-
nutus , nous ont rendu à la République et à
moi les plus signalés services.

C'est avec plaisir que je rappelle ces services ;
c'est sans peine que je supprime une foule
d'indignes procédés. Ce n'est pas ici le tems de
me souvenir des injures ; et quand je pourrois
m'en venger , j'aimerois encore mieux les oublier. Un autre soin doit remplir tout le cours
de ma vie , c'est de témoigner ma reconnoissance à ceux qui m'ont servi avec zèle , de
conserver les amis que j'ai éprouvés dans
l'adversité , de faire la guerre à mes ennemis
connus , de pardonner à des amis foibles , de
taire les noms de ceux qui m'ont trahi , de me
consoler de la douleur de mon départ par la
gloire de mon retour (1): Quand je n'aurois
dans toute ma vie d'autre devoir à remplir que
de me montrer assez reconnoissant envers les

(1) J'ai lu comme dans quelques éditions , *prodi-
tores meos non indicem , dolorem profectionis meae
reditûs dignitate consoler.*

principaux auteurs de mon rappel, le tems qui me reste à vivre seroit trop court, je ne dis pas pour reconnoître, mais pour publier tout ce que je leur dois.

Pourrons-nous jamais moi et les miens nous acquitter envers Lentulus et ses enfans ? Quelle marque de gratitude, quel effort d'éloquence, quels témoignages de vénération pourront jamais égaler tous ses bienfaits ? J'étois abattu et renversé, il est le premier qui m'ait tendu la main, qui m'ait offert sa protection consulaire ; il est le premier qui m'ait relevé de ma chûte, qui m'ait rappellé de la mort à la vie, du désespoir à l'espérance, du néant à l'existence. Telle a été son affection pour ma personne, et son zèle pour la République, qu'il a cherché comment il pourroit, non-seulement mettre fin à ma disgrace, mais encore la tourner à ma gloire. Que pouvoit-on, en effet, m'accorder de plus beau et de plus magnifique que ce décret rendu par vous sur sa demande ; décret en vertu duquel, dans toute l'Italie, ceux qui voudroient le salut de la République devoient venir pour défendre et pour rétablir un homme seul, un homme abattu et presque sans ressource ? Oui, cette parole qu'après

Romulus (1) un seul consul depuis la fondation de Rome avoit employée pour le salut de
toute la République , et seulement auprès de
ceux qui pouvoient entendre sa voix , le sénat
l'employoit pour exciter à venir consommer
le rappel d'un seul homme , les citoyens
Romains et l'Italie entière , dans toutes
les campagnes , dans tous les bourgs , dans
toutes les villes. Pouvois-je rien laisser à
mes descendans de plus glorieux qu'une
décision du sénat, d'après laquelle tout citoyen
qui n'auroit pas pris ma défense , seroit censé
n'avoir pas voulu le salut de la République ?
Aussi l'autorité imposante de votre décision et
la dignité éminente du consul produisirent ce
grand effet, qu'on auroit cru se déshonorer,
se dégrader , si on se fût dispensé de venir. Et

(1) J'ai traduit suivant l'ancienne leçon , *ut quâ
voce à te, Romule, post Romam...* Cicéron, pour
relever la gloire de son rappel , compare le sénatus-
consulte rendu en sa faveur, à la parole que Romulus
avoit prononcée le premier contre les Sabins , et après
lui Publius Valérius Poplicola contre les exilés qui ,
ayant à leur tête Hordéonius , s'étoient emparés du
Capitole. La préposition *à* dans le sens de *post.* Ainsi
primus , secundus ab aliquo , c'est-à-dire , *post ali-
quem.*

ensuite , lorsqu'une multitude incroyable ét presque toute l'Italie se fut rendue à Rome , le même consul vous assembla en grand nombre dans le Capitole. Vous comprites alors tout ce que pouvoit un excellent naturel et la vraie noblesse. Métellus , parent proche (1) de mon ennemi et mon ennemi lui-même , instruit de vos intentions , oublia tout ressentiment personnel. Servilius , citoyen aussi illustre que vertueux , mon ami intime , joignit à l'ascendant de sa vertu la force merveilleuse et divine de ses discours , pour le rappeller aux actions et aux vertus d'une famille qui leur étoit commune (2). Il l'engagea à prendre conseil , et de son frère qui m'avoit secondé dans toutes les opérations de mon consulat , et de tous les Métellus , ces citoyens distingués , qu'il fit sortir , pour ainsi dire , de leurs tombeaux : de ce nombre étoit le Métellus Numidicus , à qui son départ de Rome a été aussi honorable

(1) Latin , *frater* , sans doute *patruelis* , cousin-germain.

(2) Publius Servilius Isauricus étoit fils d'une fille de Quintus Métellus Macédonicus. —— *De son frère*; de Quintus Métellus Céler, qui étoit préteur lorsque Cicéron étoit consul.

qu'il fut affligeant pour toute la ville. Ainsi donc celui qui, avant ce bienfait unique, étoit mon ennemi, sortit de l'assemblée disposé à solliciter mon rappel, et même à signer de son nom le décret qui me rétablissoit dans toutes mes distinctions. En ce jour où vous étiez assemblés au nombre de quatre cents dix-sept, où tous les magistrats étoient présens, un seul (1) fut d'avis contraire, celui qui, par sa loi, vouloit même qu'on fît revivre les conjurés. Et dans ce même jour où, sans épargner les paroles, vous aviez annoncé avec force que la République avoit été sauvée par mes soins, le même consul donna ordre que le lendemain les principaux sénateurs répétassent les mêmes paroles dans une assemblée du Peuple : il y plaida lui-même ma cause avec une éloquence peu commune, et il fit ensorte aux yeux de toute l'Italie qui l'écoutoit, qu'on n'entendît de la part d'aucun magistrat gagé ou pervers aucune parole dure et offensante pour les citoyens vertueux. A tous ces moyens qui devoient opérer mon rappel, à toutes ces marques de distinction, c'est vous qui ajou-

(1) *Un seul*, Clodius.

tâtes encore la défense de s'opposer à mon retour sous aucun prétexte, vous déclarâtes que vous seriez fort mécontens de celui qui s'y opposeroit, qu'il agiroit contre la République, contre les interêts des gens de bien et l'union de toute la ville, qu'on vous en feroit aussitôt le rapport ; vous ordonnâtes que je reviendrois, dussent mes ennemis continuer leurs manœuvres pour m'empêcher de revenir. Ne décidâtes-vous (1) pas encore qu'on remercieroit ceux qui étoient venus des villes municipales, qu'on les prieroit de se rendre à Rome avec le même empressement, le jour où l'on reprendroit l'affaire de mon rappel ? ne décidâtes-vous pas enfin que, dans ce jour qui, grace à Lentulus, fut pour moi, pour mon frère, pour mes enfans, un jour de fête (2),

(1) Après *quid ?* sous-entendez *quòd decrevistis.* Je voudrois ensuite qu'on lût *ut iis agerentur*, en ajoutant *iis*, qui me paroît nécessaire, et qui est exprimé dans le plaidoyer pour Sextius, où se trouve un endroit à peu près semblable.

(2) Mot à mot, *un jour natal*, *un jour de la naissance* : on sait que les Romains célébroient dans leur famille le jour de leur naissance comme un jour de fête.

et qui le sera , non-seulement durant le cours
de notre âge , mais encore dans tous les siècles
à venir , ce jour où , pour me rendre à ma
patrie , il convoqua l'assemblée par centuries , cette assemblée la plus nombreuse et la
plus solemnelle qu'aient instituée nos ancêtres ,
ne décidâtes-vous pas , dis-je , que les mêmes
centuries qui m'avoient fait consul , approu-
veroient les actions de mon consulat ? Quel est
le citoyen , quel que fût son âge ou sa santé ,
qui , dans ce jour , crut devoir se dispenser de
donner son suffrage pour mon rétablissement ?
Aviez-vous jamais vu une aussi grande multitude dans le Champ-de-Mars , une aussi brillante assemblée de toute l'Italie et de tous les
ordres , des hommes d'une aussi grande distinction , chargés de distribuer , de recueillir et
de compter (1) les marques des suffrages ? Aussi,

(1) *Rogatores* étoient proprement ceux qui demandoient les voix avant qu'on les recueillît par scrutin.
Ce furent ensuite ceux qui faisoient donner aux
centuries les urnes ou boîtes dans lesquelles ils devoient mettre les marques de leurs suffrages. *Diri-*
bitores étoient ceux qui distribuoient à chaque citoyen les marques de ces suffrages. *Custodes* étoient
ceux qui veilloient à ce qu'il ne se commît aucune

grace au bienfait merveilleux et divin de Lentulus, je n'ai pas été rappellé dans ma patrie comme quelques citoyens illustres, j'y ai été ramené en triomphe sur un char magnifique.

Puis-je me montrer assez reconnoissant envers Pompée ? Ce grand homme a déclaré, non-seulement devant vous qui pensiez tous de même, mais encore devant toute la multitude du Peuple Romain, que j'avois sauvé la République, et que sa conservation étoit attachée à la mienne ; il a recommandé ma cause aux personnes éclairées, instruit celles qui ne l'étoient pas, réprimé par son autorité les méchans, en même tems qu'il excitoit les bons : il ne s'est pas contenté d'exhorter le Peuple Romain, il l'a supplié pour moi comme pour un frère ou pour un père : obligé de se renfermer dans sa maison, par la crainte d'en venir aux armes et de répandre le sang, il a prié les derniers tribuns de proposer et de porter une loi pour mon rappel : dans une colonie (1) nou-

fraude. Les principaux sénateurs, pour faire honneur à Cicéron, s'étoient chargés de ces fonctions diverses, que je n'ai pu exprimer littéralement dans ma traduction.

(1) Cicéron probablement veut parler de Capoue,
vellement

vellement établie , où il étoit souverain magistrat , où il n'y avoit point d'opposant payé , il
a fait décider que la loi de Clodius étoit l'ouvrage de la cruauté et de la violence, il l'a fait décider par les principaux habitans et consigner
dans les registres publics : enfin le premier de
tous il a cru devoir implorer pour mon rappel
le secours de l'Italie entière ; et n'ayant jamais
cessé d'être mon ami intime, il s'est employé
de toutes ses forces à me concilier l'affection de
ses amis.

Par quels bons offices reconnoîtrai-je les
bienfaits de Milon ? toutes ses actions , toutes
ses démarches , toutes ses pensées , n'ont eu
pour but que mon rétablissement ; il s'en est
occupé dans tout son tribunat avec une fermeté
inébranlable , avec un courage invincible. Que
dirai-je de Sextius ? il a témoigné tout son attachement pour moi et par l'affliction qu'il a
ressentie et par les blessures qu'il a reçues ?

Pour vous, P. C. , je vous ai déjà fait et je
vous ferai encore mes remercîmens à chacun

où César venoit d'établir une colonie , et où Pompée
étoit duumvir avec Pison. Je crois qu'après *autoritate
honestissimorum hominum* il manque un verbe ,
statuit , ou quelque autre.

en particulier ; je vous les ai faits au commencement de ce discours à tous en général autant
que j'ai pu, et non avec toute l'éloquence que
le sujet demande, ce qui m'est impossible.
Beaucoup, sans doute, m'ont rendu des services essentiels que je ne puis taire, mais la
circonstance où je me trouve et la crainte de
manquer à qui que ce soit, ne me permettent
pas de détailler tout ce dont je suis redevable
à chacun de mes bienfaiteurs. Il seroit difficile
de n'en pas oublier quelqu'un ; ce seroit un
crime d'en omettre un seul. Je dois, P. C.,
vous honorer tous à l'égal des immortels :
mais, vous le savez, on n'offre pas ses prières
et ses hommages toujours aux mêmes divi-
nités ; l'on s'adresse tantôt aux unes, tantôt
aux autres, suivant les conjonctures : ainsi, à
l'egard de ces hommes qui sont pour moi des
Dieux, résolu de consacrer toute ma vie à
publier leurs divins bienfaits et ma vive reconnoissance, j'ai cru devoir aujourd'hui remer-
cier nommément les magistrats, et parmi les
particuliers celui-là seul (1) qui pour mon rappel avoit parcouru les villes de l'Italie, conjuré

_____

(1) Pompée.

et supplié le Peuple Romain , ouvert un avis
que vous avez adopté , et d'après lequel vous
m'avez rendu à mon ancien rang. Oui , vous
me comblâtes toujours de distinctions dans les
jours de ma prospérité , et dans ceux de mes
persécutions , vous m'avez défendu autant que
vous le pouviez , en prenant des habits de
deuil et par toutes les marques de tristesse. De
notre tems , les sénateurs ne prenoient pas
d'habits de deuil, même dans leurs propres disgraces ; le sénat en a pris dans les miennes , et
les a gardés tant que le lui ont permis les ordonnances de ces hommes qui , dans ma situation
malheureuse, m'ont privé , non-seulement de
leur secours , mais encore de vos sollicitations.

D'après ces dispositions de nos premiers magistrats, voyant d'ailleurs que, simple particulier,
j'aurois à combattre contre cette même armée
que j'avois vaincue , quand j'étois consul,
non par les armes , mais par vos décrets, je
fis bien des réflexions. Un consul avoit dit en
pleine assemblée , qu'il feroit expier la rue du
Capitole (1) aux chevaliers romains ; les uns

_____

(1) Il est déjà parlé plus haut de cette rue du Capitole. — *D'autres bannis* ; par exemple, Lamia.—
L'entrée des temples , du temple de Castor. Ce sont

étoient durement apostrophés, les autres ajournés ; d'autres bannis ; on avoit fermé l'entrée des temples, et en plaçant des troupes de soldats et en faisant enlever les degrés. Un tribun du Peuple (1), pour engager les deux consuls, non-seulement à nous abandonner la République et moi, mais encore à nous livrer aux ennemis de l'état, les avoit liés par la promesse d'un honteux salaire. Aux portes de Rome étoit un général (2) avec un commandement pour plusieurs années et une armée formidable. Je sais qu'il a gardé le silence quand on le disoit mon ennemi, quoique je ne prétende pas qu'il le fût réellement. Il y avoit, disoit-on, deux partis dans la République à

des pluriers pour des singuliers. —— *Faisant enlever les degrés*, qui étoient de bois et point à demeure.

(1) La phrase latine ne présente aucun sens : j'ai traduit comme si on lisoit : *tribunus consules, ut me et rempublicam non modò desererent, sed etiam hostibus reipublicæ proderent, pactionibus suorum præmiorum obligârat.*

(2) *Un général*, latin, *alius* ; César, qui avoit obtenu pour cinq ans le gouvernement de l'une et l'autre Gaule, mais qui ne partit pour rejoindre son armée que quand il vit Cicéron banni de l'Italie.

mon sujet : les uns cherchoient à me perdre
par inimitié ; les autres, par crainte des massacres, me défendoient foiblement. Ceux qui,
disoit-on, cherchoient à me perdre, augmen-
toient encore cette crainte en représentant
comme mes ennemis des hommes qui, ne
désavouant pas ce qu'on disoit d'eux, ne dis-
sipoient point les allarmes et les inquiétudes.
Voyant donc que le sénat manquoit de chefs,
que parmi les magistrats les uns m'attaquoient,
d'autres me trahissoient, d'autres m'abandon-
noient, qu'on enrôloit des esclaves sous prétexte de former de nouvelles corporations, que
toutes les troupes de Catilina embrassoient
de nouveau et presque sous les mêmes chefs
l'espoir des meurtres et des incendies ; voyant
les chevaliers romains redouter une proscription, les villes d'Italie craindre le ravage, tous
appréhender les massacres ; je pouvois bien,
P. C., oui, je pouvois, d'après les conseils
de beaucoup d'hommes courageux, me défendre par la force et par les armes ; je ne man-
quois pas de ce courage qui vous est connu :
mais je ne le voyois que trop, si j'avois vaincu
l'adversaire que j'avois en tête, j'en aurois eu
beaucoup d'autres à vaincre ; si j'étois venu à

succomber, une infinité de gens de bien auroient péri pour moi, avec moi, et même
après moi ; il y avoit des hommes prêts à venger aussi-tôt le sang d'un tribun, au lieu que
la vengeance de ma mort devoit être renvoyée
à un jugement et à un avenir éloigné. Après
avoir défendu l'état étant consul sans tirer
l'épée, je n'ai pas voulu étant particulier me
défendre par les armes, et j'ai mieux aimé exposer les gens de bien à déplorer mon sort,
que de les jetter dans le désespoir. De plus,
quelle honte pour moi, si j'eusse péri seul !
quelle calamité pour la République, si j'eusse
été tué avec une foule d'autres ! Si j'avois pensé
que ma disgrace dût n'avoir aucun terme, je me
serois arraché à la vie plutôt que de me condamner à une douleur éternelle. Mais comme je
voyois que je ne serois pas absent de cette ville
plus long-tems que la République elle-même,
je n'ai pas cru devoir rester lorsqu'elle étoit
bannie ; et elle m'a ramené avec elle dès qu'elle
s'est vue rappellée. Les loix, la justice, les
droits des magistrats, l'autorité du sénat, la
liberté des citoyens, la fertilité des campagnes,
tout ce qu'il y a de plus saint dans la religion,
tout ce qu'il y a de plus sacré pour les hom-

mes, a été banni avec moi. Si ces principes du
bonheur public avoient été éloignés sans retour, je pleurerois vos disgraces plus que je
ne regretterois mes pertes; mais je voyois que,
s'ils devoient revenir, je reviendrois avec eux.
Le même Plancius (1) qui a été le défenseur
de ma personne, est un témoin sûr que j'étois
animé de ces sentimens; Plancius, cet ami
fidèle qui, se dépouillant de toutes les marques
de sa place, et renonçant à ses propres intérêts, a employé tout l'ascendant que lui donnoit sa questure à me consoler et à me conserver. Si j'eusse été son général et lui mon
questeur, je l'aurois regardé comme mon fils;
je le regarderai maintenant comme mon père,
puisqu'à mon égard il a été le questeur, non
d'un magistrat suprême, mais d'un citoyen malheureux.

Ainsi, P. C., puisque j'ai été rétabli dans
la République avec la République; loin de
rien diminuer de mon ancienne intrépidité
pour la défendre, je redoublerai même de
courage: car si je la défendois lorsqu'elle me
devoit quelque chose, que ferai-je à présent

(1) C'est le même Plancius pour lequel nous avons
un discours de Cicéron. Il étoit questeur de Macédoine.

que je lui dois tout ? Qui pourroit abattre ou
affoiblir le courage d'un homme dont la disgrace même est une preuve et de son innocence
et des services insignes qu'il a rendus à la
République ? car on me l'a fait essuyer cette
disgrace, parce que j'avois défendu l'état, et
je l'ai subie volontairement pour qu'une République sauvée par moi ne fût pas jetée par
moi dans les derniers périls.

On n'a pas vu des fils dans la fleur de la jeunesse, ni une foule de parens distingués, solliciter le Peuple Romain pour mon retour
comme pour celui de Popilius (1), homme
de la plus haute naissance. On n'a pas vu un
fils dans la force de l'âge et déja connu, on
n'a pas vu Lucius et Caïus Métellus, anciens
consuls et leurs enfans, Métellus Népos qui
demandoit alors le consulat, les Lucullus, les
Servilius, les Scipions, fils des Métella, supplier le Peuple Romain pour mon rappel.

(1) Voyez plus haut ce que nous avons dit de
Popilius et de Métellus Numidicus. ——J'ai lu un peu
plus bas *Metellarum* au lieu de *Metellorum*. Lucullus étoit fils d'une sœur de Métellus Numidicus.
Publius Servilius et Publius Scipio étoient fils de deux
filles de Métellus Macédonicus.

les larmes aux yeux et en habits de deuil,
comme pour celui de Quintus Métellus, ce
grand homme, cet illustre personnage : mon
frère, qui par sa tendresse s'est montré mon
fils, par ses démarches mon père, par son
amour mon frère comme il l'étoit en effet,
mon frère est le seul dont les larmes, dont la
douleur profonde, dont les supplications continuelles, aient fait regretter mon nom et rappeller le souvenir de mes services. Bien décidé,
s'il ne m'eût pas recouvré par votre moyen, à
subir le même sort que moi, jaloux de partager la même demeure, et pendant la vie et
après la mort, ni la difficulté de l'entreprise,
ni son dénuement total, ni la violence et les
armes de mes ennemis, ne purent jamais l'in-
timider. Un autre défenseur que j'ai eu dans
mon infortune, non moins ardent et non moins
assidu, c'est Pison mon gendre, dont la tendresse égale le courage. Son zèle pour mes intérêts lui a fait braver les menaces de mes ennemis, l'inimitié d'un consul mon allié et son
parent, lui a fait négliger de se rendre dans
le Pont et dans la Bithynie dont il étoit questeur. Le sénat n'a jamais rien statué au sujet
de Popilius ; on n'a fait dans cet ordre nulle

mention de Métellus. Tous deux ont été rappellés , sur la demande d'un tribun , après la
mort de leurs ennemis (1) , sans aucune décision des sénateurs , quoique l'un eût été contraint de partir , parce qu'il avoit agi selon les
vues du sénat , et l'autre, parce qu'il avoit voulu
éviter les meurtres et la violence. Quant à
Marius , le troisième consulaire avant moi qui
de nos jours a été jetté hors de sa patrie par
les flots d'une guerre civile ; loin d'avoir été
rappellé par le sénat , le sénat s'est même vu à
la veille d'être anéanti par son retour. Les magistrats ne se sont pas réunis pour ces grands
hommes , le Peuple Romain n'a pas été convoqué comme pour la défense de la République,
l'Italie ne s'est donné aucun mouvement , les
villes municipales et les colonies n'ont point
porté de décrets.

Ainsi donc , rétabli par vos décisions ,
rappellé par le Peuple Romain , redemandé
par la République , rapporté presque entre les
bras de toute l'Italie , ayant recouvré ce qui ne

(1) De Caïus Gracchus , ennemi de Popilius ; de
Saturninus , ennemi de Métellus. —— *Le troisième
consulaire.* Popilius et Métellus étoient les deux
premiers.

dépendoit pas de moi, je ferai ensorte, P. C., de ne point me désister de ce qui est en mon pouvoir, sur-tout puisque j'ai retrouvé tout ce que j'avois perdu, et que je n'ai jamais perdu le zèle et le courage.

DISCOURS DE CICÉRON,

POUR SA MAISON,

DEVANT LES PONTIFES.

Sommaire.

CLODIUS étant tribun du Peuple, avoit fait exiler Cicéron. Non content de l'avoir obligé de partir, il s'étoit jetté sur sa maison du mont Palatin, y avoit fait mettre le feu, s'étoit emparé d'une partie de l'emplacement, avoit consacré l'autre en y faisant bâtir un temple et placer une statue de la Liberté. A son retour, Cicéron, jaloux de recouvrer tout cet emplacement, plaide sa cause devant le tribunal des pontifes; il attaque la consécration comme irrégulière et nulle.

On peut regarder ce plaidoyer comme divisé en sept parties principales, que l'orateur parcourt successivement après un exorde où il montre l'importance de sa cause.

1°. Clodius lui avoit reproché d'être venu au sénat : d'avoir fait donner à Pompée l'intendance générale des blés, de l'avoir muni au mépris des loix d'un pouvoir extraordinaire. Cicéron réfute ces reproches d'une manière fort étendue, avec beaucoup de force et d'éloquence. C'est une partie considérable du discours, dans laquelle l'orateur cherche à disposer favorablement des juges que Clodius avoit voulu indisposer par de semblables reproches.

2°. Il attaque par le fondement tous les actes de Clodius en attaquant son adoption, en vertu de laquelle il étoit devenu tribun du Peuple et avoit exercé tous ses actes de violence.

3°. Il démontre la nullité de la loi de son exil ; elle est nulle en elle-même, elle est nulle par la manière dont elle a été rédigée, elle est nulle n'étant l'ouvrage que de la violence, enfin elle a été regardée comme nulle par tous les grands personnages auteurs de son rappel.

4°. Clodius l'avoit traité d'exilé. L'exil, répond Cicéron, est la punition d'un crime ou l'effet d'une sentence : or on ne peut dire que je sois coupable d'un crime, ni qu'on ait rendu contre moi de jugement en règle.

5°. Le même Clodius lui reprochoit de parler

trop avantageusement de lui-même, il se justifie, et montre comment on le contraignoit de
se glorifier. Par exemple, dit-il, on me fait un
crime de mon départ ; comment dois-je répondre
à ce reproche? il le fait voir, et à cette occasion il explique les motifs qui l'ont engagé
à sortir de Rome et à céder à la violence.

6°. La consécration de ma maison est nulle,
ce qu'il prouve par beaucoup de raisons et
d'exemples.

7°. La peroraison est du ton le plus sublime
et le plus magnifique. Il s'adresse aux pontifes,
il s'adresse aux dieux, il les supplie les uns
et les autres de la manière la plus propre à obtenir ce qu'il demande.

Ce discours a été prononcé l'an de Rome 696,
de Cicéron 50. On voit par une de ses lettres
à Atticus qu'il a obtenu tout ce qu'il demandoit.
Dans une autre lettre au même Atticus, il marque
tout le cas qu'il fait lui-même de ce discours :
Si jamais, dit-il, nous avons été éloquent,
ou même si nous ne l'avons jamais été,
certainement alors le dépit et la douleur
nous ont inspiré quelque éloquence. Croyons-
en ce grand orateur ; ou si nous refusons de
le croire, lisons son discours, dont la diction

noble et superbe, abondante à la fois et ra-
pide, ne manquera pas de nous frapper et
de nous entraîner.

DISCOURS DE CICÉRON,

POUR SA MAISON,

DEVANT LES PONTIFES.

DANS ce grand nombre de sages institutions
que nous ont laissées nos ancêtres, il n'en est
point, vénérables pontifes, qui fasse autant
admirer leur haute intelligence que cet antique
usage de choisir dans les principaux adminis-
trateurs de l'état les principaux ministres
de la religion; ensorte que, tantôt comme
citoyen réglant avec prudence les grands intérêts de l'état, tantôt comme pontife expli-
quant avec sagesse les formes sacrées de la
religion, le même personnage travaille au
maintien et à la prospérité de la République.
Que si jamais cause portée au tribunal des
prêtres du Peuple Romain, mérita toute leur
attention, c'est assurément celle qui nous
occupe aujourd'hui; cette cause où nous
pouvons dire que toute la dignité de la

République, la sûreté de tous les citoyens, leur vie, leur liberté, leurs autels, leurs foyers, leurs Dieux Pénates, leurs biens, leur état, leurs domiciles reposent dans les mains de votre sagesse, de votre pouvoir et de votre justice. Oui, vous allez décider en ce jour si vous dépouillerez des magistrats furieux du secours de citoyens pervers qui les secondent, ou si vous armerez même leur rage du glaive sacré de la religion. Car si le perturbateur et le fléau de la République parvient à défendre par les loix divines son pernicieux et fatal tribunat qu'il ne peut soutenir par les loix humaines, il nous faudra chercher d'autres cérémonies, d'autres pontifes des dieux immortels, d'autres interprètes de leur culte : si au contraire, grace à votre autorité et à votre sagesse, les actes de violence que la fureur des méchans a consommés dans la République opprimée par les uns, abandonnée ou trahie par les autres, se trouvent anéantis, nous aurons un juste motif de louer cette prudence de nos ancêtres, qui leur a fait choisir les personnages les plus distingués pour remplir les plus augustes sacerdoces.

Mais puisque l'insensé Clodius a cru trouver

un moyen de se faire écouter (1) de vous en
attaquant l'avis que j'ai ouvert dernièrement
dans le sénat, il faut qu'avant de traiter le
fond de la cause comme je me le proposois,
je réponde, non pas au discours de ce forcené,
(un discours suivi pourroit-il sortir de sa
bouche?) mais à ses invectives, genre dans
lequel une pétulance odieuse, et sur-tout une
longue impunité, n'ont que trop exercé,
que trop fortifié son audace.

Et d'abord, Clodius, je vous le demande
à vous-même, à vous dont la folie et l'extravagance sont connues, quel si grand remords de vos crimes et de vos infamies vous

(1) *Se faire écouter de vous.* Clodius croyoit
que beaucoup de sénateurs, et par conséquent de
pontifes, étoient ennemis de Pompée, ou jaloux de
sa gloire. — *L'avis que j'ai ouvert* ; l'avis de mettre
Pompée à la tête des approvisionnemens de Rome, où l'on
éprouvoit une disette de blés. — *Avant de traiter...*
J'ai lu *omittam* sans *non*. La leçon *non omittam*
pourroit offrir un assez bon sens : *je n'abandonnerai
pas ma méthode ordinaire* ; je commencerai suivant
ma coutume, par réfuter ce qui pourroit nuire à
ma cause en laissant dans l'esprit de mes juges de
mauvaises impressions. Cette leçon n'est donc pas à
rejetter, mais l'autre est préférable.

tourmente,

tourmente, pour croire que des hommes aussi respectables, qui, par leurs conseils et par la seule majesté de leurs personnes, soutiennent la dignité de la République, pour croire que de tels hommes me feront un crime d'avoir lié dans mon avis la gloire de Pompée au salut des citoyens, et que, dans une cause qui embrasse les plus grands intérêts de la religion, ils jugeront autrement qu'ils n'ont fait en mon absence?

Vous avez eu, dit Clodius, un premier avantage auprès des pontifes (1) ; mais à présent que vous êtes passé dans le parti du Peuple, vous succomberez infailliblement. Quoi donc? Le vice qu'on reproche le plus à une ignorante et grossière multitude, la légèreté, le caprice, une variation aussi fré-

(1) Nous voyons par ce passage, et par d'autres de ce même discours et de la harangue sur les réponses des aruspices, que les pontifes prononcèrent deux fois sur la maison de Cicéron. Il faut donc croire qu'ils avoient déja prononcé sur sa maison avant qu'il fût de retour; mais on ignore quel étoit l'objet du jugement et quelle fut la décision. —— *Mais à présent que vous êtes passé dans le parti du Peuple*, en opinant pour Pompée, qui alors étoit plus ami du Peuple que du sénat.

quente dans les avis que dans les tempéra-
tures de l'air, vous l'attribuerez à des hommes
que la gravité du caractère garantit de toute
inconstance ; que les principes invariables de
la religion, l'antiquité des exemples,
l'autorité des livres et des monumens, mettent
à l'abri de tout caprice aveugle. Vous dites,
Clodius, en parlant de moi : est-ce donc là
ce citoyen dont le sénat n'a pu se passer,
que les gens de bien ont pleuré, que la
République a regretté, qui par son seul retour
devoit rétablir l'autorité du sénat, de ce sénat
dont il a trahi le vœu à son arrivée ? Je ne
dis rien encore de mon avis ; je vais d'abord
confondre votre impudence.

Vous en convenez donc, ruine et fleau de
la République, ce même citoyen que le fer
et vos armes, qu'une armée (1) dont vous
nous faisiez peur, que des esclaves nouvellement enrôlés, que la perversité des consuls, les menaces des hommes les plus audacieux, que les temples assiégés, le forum

____

(1) *Une armée*, l'armée de César, qui étoit aux
portes de Rome, et dont Clodius faisoit peur aux
bons citoyens. —— Des consuls, de Pison et de
Gabinius.

envahi, le sénat opprimé, que toutes vos violences, en un mot, ont forcé de quitter sa maison et de s'arracher à sa patrie pour ne pas voir les bons aux prises avec les méchans ; vous en convenez vous-même, le sénat en corps, les gens de bien, l'Italie, tous pour le salut de la République, l'ont regretté, redemandé, rappellé.

Mais, dites-vous, je n'aurois pas dû venir au sénat, entrer au Capitole, dans un jour d'orage et de trouble. Je n'y suis pas venu non plus, et je me suis renfermé chez moi tant que l'orage a duré, tant qu'il étoit certain que vos esclaves, prêts à tout piller, à massacrer les citoyens honnêtes, vous avoient suivi en armes au Capitole, avec votre troupe de déterminés scélérats. Oui, lorsqu'on m'apprenoit vos violences, je restai dans ma maison, je ne vous fournis ni à vous ni à vos gladiateurs un prétexte pour renouveller le carnage : mais quand on m'eut annoncé que le défaut de subsistances et la crainte de la famine avoient rassemblé le Peuple Romain au Capitole (1), que, dans

_____

(1) *Au Capitole*, où le sénat étoit assemblé.

leurs frayeurs, les ministres de vos crimes, ayant jetté leurs armes ou se les voyant arracher, avoient pris la fuite, je me rendis au sénat sans troupes et sans escorte, accompagné seulement de quelques amis. Quoi! tandis que le consul Lentulus, qui avoit si-bien mérité de la République et de moi, tandis que Métellus qui, quoique mon en-nemi et votre parent (1) proche, avoit sous-crit à mon rappel et à mon rétablissement, malgré nos démêlés et vos sollicitations, tandis que tous les deux m'invitoient à me rendre au sénat, et qu'une immense multitude de citoyens me pressoient, en m'appellant par mon nom, de venir leur payer ce prix d'un bienfait tout récent, j'aurois balancé de paroître, sur-tout étant bien assuré que vous et votre troupe d'esclaves aviez disparu! Moi, le défenseur et le vengeur du Capitole et de tous les temples, avez-vous bien osé me traiter d'ennemi du Capitole, parce que je n'avois pas craint de m'y rendre lorsque deux consuls y présidoient le sénat assemblé?

(1) *Votre parent proche*; latin, *frater tuus*, sans doute, *patruelis*, en françois, *cousin-germain*.

Est-il une circonstance où l'on doive rougir d'être venu au sénat ? ou bien l'affaire alors en délibération étoit-elle de nature à me la faire rejetter ? et devois-je condamner par mon absence (1) les citoyens qui s'en occupoient?

Je dis d'abord qu'il est du devoir d'un bon sénateur d'être assidu au sénat , et je ne suis point de l'avis de ceux qui prennent le parti de s'en absenter dans des tems moins favorables ; ils ne voient pas que cette résolution de leur part fait grand plaisir à ceux même qu'ils vouloient mortifier. Mais plusieurs se sont absentés du sénat, parce qu'ils craignoient de ne pouvoir y être sûrement. Je ne les blâme pas , et je ne demande point s'il y avoit quelque chose à craindre. Chacun , je pense , peut avoir ses raisons pour prendre l'allarme. Vous me demandez pourquoi je n'ai pas craint. C'est que je vous savois éloigné. Pourquoi, lorsque des gens de bien croyoient ne pouvoir être en sûreté dans le sénat , je n'ai point pensé comme eux ; pourquoi , lorsque je me défiois

(1) J'ai ajouté ces mots *par mon absence* , qui étoient dans l'esprit de Cicéron , et que j'ai cru devoir exprimer en françois.

de trouver aucune sûreté dans la ville, d'autres ne pensoient point comme (1) moi. Est-il donc permis aux autres, comme il est juste, de ne rien craindre pour eux, quand je crains pour moi ? et faudra-t-il que, seul, je tremble et pour moi et pour les autres ?

Me fera-t-on un crime de n'avoir pas condamné par mon avis l'avis des deux consuls ? Devois-je donc, moi principalement, condamner ceux même qui, par leur ordonnance, ont empêché que, pour prix de mes services et sans avoir été condamné, je subisse la peine de ceux qui ont essuyé une condamnation ? Des hommes dont nous devrions, tous les gens de bien et moi, souffrir même les fautes à cause de l'empressement qu'ils ont témoigné pour mon rappel, devois-je rejetter par mon avis leur avis utile, moi sur-tout qui me voyois rétabli par eux dans mon ancien rang ? Mais quel avis ai-je donné ? d'abord celui que nous avoit déjà dicté la voix publique (2) ; ensuite celui qui avoit été discuté

(1) Au lieu de *illuc non irem*, j'ai lu avec Paul Manuce d'après un manuscrit, *illi non item.*

(2) *La voix publique*, la voix du Peuple, qui

dans le sénat les jours précédens ; enfin celui qu'ont adopté ce grand nombre de sénateurs qui ont embrassé mon opinion. Je n'ai donc rien proposé de nouveau, rien d'imprévu ; et s'il y a quelque chose à blâmer dans mon avis, on ne doit pas plus l'imputer à celui qui l'a donné qu'à ceux qui l'ont approuvé.

Mais, dit-on, le sénat n'étoit point libre, la crainte l'enchaînoit. Si vous soupçonnez de la frayeur dans ceux qui se sont retirés, convenez qu'il n'y en avoit point dans ceux qui sont restés. Que si on ne pouvoit rien décider librement sans les sénateurs qui étoient absens pour lors, ils étoient tous présens lorsqu'on proposa d'annuller le sénatus-consulte ; et tout le sénat s'est récrié.

Mais puisque c'est moi qui ai ouvert l'avis, puisque j'en suis l'auteur, je demande ce qu'on y blâme. N'y avoit-il pas une raison pour prendre un parti extraordinaire ? n'étoit-ce pas à moi principalement à l'indiquer ? devois-je en indiquer un autre ?

Je vous le demande, Clodius, pouvoit-il

_____

craignoit une disette totale, et qui jugeoit Pompée plus en état que personne de la prévenir.

y avoir une raison plus forte que la famine,
que la sédition, que la disposition où vous
étiez, vous et vos satellites, de vous autoriser
de la cherté des grains pour soulever une multitude ignorante, pour renouveller vos funestes
brigandages ? Les provinces chargées de nous
fournir des blés, où n'en avoient pas, ou les
avoient fait passer ailleurs pour en tirer sans
doute un plus grand prix (1), ou le tenoient
renfermé dans leurs magasins, afin qu'il fût
reçu avec plus de satisfaction, lorsqu'au milieu de la famine, il seroit jetté tout-à-coup
dans les marchés. Ce n'étoit pas une spécula-
tion douteuse ; le péril étoit certain et sous nos
yeux ; de simples conjectures ne nous le
faisoient pas voir dans l'éloignement ; l'expérience nous le faisoit déjà éprouver. Car le
prix du blé augmentant tous les jours au point
que l'on craignoit, non la cherté, mais une
disette entière et la famine, on accourut en
foule au temple de la Concorde où le consul
Métellus assembloit le sénat. Si le Peuple
souffroit de la faim, et si c'étoit là ce qui le

_____

(1) *Pour en tirer..... Mot à mot, à cause de
la variété du prix des blés vendus.*

faisoit accourir , assurément les consuls pouvoient s'occuper de cette affaire , le sénat
pouvoit prendre quelque résolution. Mais si la
cherté des grains n'étoit que le prétexte de la
sédition (1) dont vous étiez l'auteur et l'unique
instigateur , ne devions-nous pas tous nous
réunir pour ôter tout aliment à votre furie ?
Que si c'étoit l'un et l'autre , si la faim excitoit
le Peuple en même tems que vous étiez dans
la plaie pour l'envenimer , ne falloit-il pas
employer un remède d'autant plus efficace ,
pour guérir et le mal occasionné par les circonstances et celui qui provenoit de votre perversité ? La cherté se faisoit donc déjà sentir , et
on étoit menacé de la famine. Ce n'est pas
tout ; il y a eu des pierres de jettées. Si le
Peuple s'est porté à cette violence parce qu'il
souffroit , et sans être poussé par personne ,
c'étoit un grand mal : s'il étoit animé par
Clodius, c'étoit un crime ordinaire dans ce
scélérat. Si c'étoit l'un et l'autre , si la chose
étoit de nature à exciter la multitude , et s'il

___

(1) Je voudrois qu'on lût ici, *sin causa fuit
annona , seditionis autem instimulator*..... Des livres
portent *in causâ*.

y avoit des chefs tout prêts , tout armés pour
la sédition , ne vous semble-t-il pas que c'est
la République elle-même qui a imploré le
secours du consul et la protection du sénat ?
Mais il est manifeste que c'étoit l'un et l'autre.
Le blé étoit fort cher , et la disette si grande ,
que l'on craignoit, non plus une longue cherté , mais une famine totale ; personne ne le nie,

Or , que l'ennemi de la tranquillité et de la
paix auroit saisi cette occasion pour brûler ,
pour tuer , pour piller , je ne veux pas ,
respectables pontifes , que vous le présumiez
simplement , si vous ne le voyez avec évidence.
Quels sont ceux , Clodius , que le consul Métellus , votre parent proche , a nommés publiquement dans le sénat , par lesquels il a dit
avoir été poursuivi à coups de pierres , et même
frappé ? Il a nommé Sergius et Lollius. Quel
est ce Lollius ? n'est-ce pas celui qui même à
présent est à vos côtés avec un poignard ?
Pendant votre tribunat (je ne parle pas de ce
qui me regarde) , il a demandé la commission
d'assassiner Pompée. Quel est Sergius ? l'écuyer
de Catilina, votre garde assidu , le porte-
étendart de la sédition , le boute-feu de
la populace , un homme condamné juri-

diquement pour des violences , un assassin qui emploie tour-à-tour les pierres et le fer , ennemi du sénat, ennemi du forum , assiégeant l'un , ravageant l'autre. Soutenu de ces chefs et d'autres pareils , sous prétexte de secourir la multitude ignorante et pauvre , vous vous disposiez , dans la cherté des grains , à vous jetter sur les consuls, sur le sénat , sur les biens et les fortunes des riches ; il ne pouvoit y avoir pour vous de salut dans le repos ; vous leviez des armées de citoyens pervers , vous les rangiez par compagnies , vous leur donniez des chefs déterminés à tout: et la vigilance du sénat n'auroit point prévenu l'incendie que ce flambeau de nos discordes vouloit allumer !

Il y avoit donc une raison pour prendre un parti extraordinaire. Voyez maintenant , si c'étoit à moi principalement à l'indiquer. Quel étoit celui que nommoient votre Sergius, votre Lollius et vos autres satellites , lorsque les pierres voloient de toutes parts ? Quel étoit celui qui devoit, disoient-ils , répondre de la cherté ? n'étoit-ce pas moi ? Et ces enfans qui couroient pendant la nuit , n'étoient-ils pas ameutés par vous-même ? Ils me demandoient du pain. Comme si j'eusse été intendant des vivres, ou que j'eusse tenu du grain en réserve, ou que j'eusse eu dans cette partie quelque administration et quelque pouvoir? Mais Clodius qui ne cherchoit qu'un prétexte à ses violences, m'avoit désigné à sa troupe de misérables artisans, il avoit jetté mon nom à une multitude mal instruite comme un signal de massacre. Lorsque, dans le temple de Jupiter, les sénateurs assemblés en grand nombre eurent rendu, au sujet de mon rappel, un décret qui ne fut contredit que par Clodius, ce jour-là même, contre toute attente, le blé qui étoit fort cher, baissa tout-à-coup de prix. Quelques-uns disoient, et je suis bien de leur avis, que les dieux immortels, par cette marque de protection, avoient approuvé mon retour. Voici de quelle manière d'autres raisonnoient. Comme on avoit fondé, disoient-ils, sur mon retour l'espoir de la tranquillité et de la concorde; comme à mon départ on avoit appréhendé de continuelles séditions; toute crainte de guerre intestine étant dissipée presqu'entiérement, le prix du blé avoit diminué. Mais comme, depuis mon arrivée, il avoit haussé de nouveau; c'étoit à moi qu'on demandoit des vivres, parce que les gens de bien avoient publié que je ramenerois avec moi l'abondance.

Enfin, non-seulement mon nom étoit prononcé par les artisans qu'avoit ameutés Clodius ; mais après que ses troupes eurent été repoussées et dissipées, tout le Peuple Romain, qui alors s'étoit rendu au Capitole, m'invitoit nommément à venir au sénat, quoique ce jour-là même ma santé fût mauvaise. J'étois attendu ; j'arrivai donc. Après plusieurs avis donnés, on me demanda le mien. J'en donnai un aussi avantageux pour la République qu'indispensable pour celui qui le donnoit. On me demandoit l'abondance du blé, la diminution du prix ; pouvois-je procurer cet avantage ? c'est ce qu'on n'examinoit pas (1). Les gens de bien me pressoient par leurs instances ; je ne pouvois soutenir les clameurs des méchans : je mis donc à ma place un ami plus en état que moi de répondre à tout, non pour me décharger de ce fardeau sur un homme à qui j'avois tant d'obligation, j'y aurois plutôt

(1) Latin, *non habebatur*, ou, suivant d'autres livres, *ratio non habebatur :* j'ai tiré de ce texte embarrassé le sens qui m'a paru le plus probable.

succombé moi-même ; mais je voyois avec
tout le monde que tout ce que je promettrois
de Pompée , son zèle , sa prudence , l'ascendant de son nom , son courage , enfin son
bonheur , l'exécuteroient facilement. **Ainsi**
donc, soit que les dieux , après avoir marqué
mon éloignement de Rome par les plus tristes
effets , par la disette des blés , la famine , le
ravage , le massacre , les incendies , les rapines , l'impunité des crimes , la fuite , la
frayeur et la discorde , aient voulu accompagner
mou retour des fruits les plus heureux , et
ramener avec moi la fertilité des campagnes ,
l'abondance des blés , l'espérance du repos ,
la tranquillité des esprits , l'activité des tribunaux et des loix , le concert du Peuple ,
l'autorité du sénat ; soit que moi-même à mon
arrivée j'aie dû , par mes soins et par mes
conseils , fournir au Peuple Romain une solide assurance pour reconnoître son bienfait
insigne , oui , je l'assure , je le promets , je
le garantis ; je m'en tiens à cela (1) , c'est assez
pour le moment : je réponds que la République,

(1) *Je m'en tiens à cela* ; c'est-à-dire , je ne
parle pas des autres biens que nous procurera
Pompée.

sous prétexte de cherté des grains , ne tom-
bera point dans le péril dont elle étoit menacée.
En quoi donc blâme-t-on l'avis que j'ai ouvert
dans une conjoncture où c'étoit à moi principalement à indiquer une ressource ? Je vous ai
sauvés de la famine dont nous courions les
plus grands risques ; et non-seulement de la
famine , mais encore du massacre , des incendies , de la désolation : nul ne peut en discon-
venir , puisqu'à la cherté des grains se joignoit
encore cet homme qui épie les misères publiques , qui. allume aux maux de l'état les
flambeaux de sa fureur.

Il prétend qu'on ne devoit pas , au mépris
de la règle , décerner à un particulier une
commission extraordinaire. Ici , Clodius , je
ne vous répondrai pas comme aux autres ; je
ne vous dirai pas que , contre la règle , on a
chargé Pompée de bien des guerres aussi dan-
gereuses qu'importantes sur terre et sur mer ,
et que si on s'en repentoit , il faudroit se repentir des victoires du Peuple Romain. Je ne
raisonne pas ainsi avec vous. Je puis employer ce langage avec ceux qui disent que ,
s'il faut déférer quelque pouvoir à un seul ,
c'est sur-tout à Pompée qu'ils le déféreront ,

mais qu'ils n'accordent à qui que ce soit des pouvoirs extraordinaires ; que cependant, eu égard au mérite de la personne, ils se faisoient une loi d'applaudir et de soutenir les distinctions qu'on lui a décernées. Ce qui m'empêche d'approuver leur opinion, ce sont les triomphes de Pompée, ces triomphes par lesquels, chargé extraordinairement de défendre la patrie, il a illustré le nom romain et agrandi notre empire : je les loue toutefois d'avoir été fidèles à leurs principes, comme j'ai dû l'être aux miens, moi dont l'avis a fait confier extraordinairement à Pompée la guerre (1) contre Tigrane et Mithridate.

Après tout, je puis raisonner avec eux : mais vous, Clodius, quelle est votre impudence d'oser dire qu'on ne doit accorder à qui que ce soit des commissions extraordinaires ! vous qui, après avoir, par une loi atroce, condamné sans l'entendre, Ptolémée, roi de Cypre, frère du roi d'Alexandrie, qui régnoit par le même droit que son frère ; après avoir

____

(1) Cicéron avoit soutenu par un discours le tribun Manilius, auteur de la loi Manilia, d'après laquelle Pompée fut chargé de cette guerre.

confisqué

confisqué son royaume (1) et rendu le Peuple
Romain complice de votre crime ; après avoir,
au nom de cet empire, exercé votre brigandage
sur les états, sur les biens, sur l'existence d'un
prince dont le père, l'aïeul et les ancêtres,
avoient été nos amis et nos alliés ; avez chargé
Caton de transporter ici ses richesses, et de
faire la guerre à quiconque défendroit (2) ses
propres droits ? Quel homme que Caton, direz-vous ! le plus respectable des hommes, le
plus prudent, le plus ferme, le plus zélé pour
la République, d'un courage, d'une sagesse,
d'une régularité aussi louable que rare. Mais
qu'importe pour vous qui prétendez qu'on ne
doit charger qui que ce soit extraordinairement
d'aucune fonction publique ? Ici je me borne à
attaquer votre inconséquence. Ce Caton lui-
même, que vous aviez, non pas employé par

(1) Clodius avoit prétendu que le Peuple Romain,
avoit des droits sur l'isle de Cypre : en conséquence
il porta une loi pour réduire ce royaume en province Romaine, et il chargea Caton de l'exécution
de cette loi.

(2) *A quiconque*, c'est-à-dire à Ptolémée, s'il
défendoit le royaume dont il étoit en possession.
Au lieu de *si quis*, Paul Manuce propose de lire *si is*,

considération pour sa vertu, mais plutôt écarté pour l'intérêt de votre scéleratesse ; que vous aviez abandonné à vos Sergius, à vos Lollius, à vos Titius, et aux autres chefs du massacre et des incendies ; que vous aviez représenté comme le bourreau des citoyens (1), le premier auteur d'un avis barbare, le principal artisan de la mort de malheureux exécutés sans avoir été jugés : vous l'avez choisi ce Caton pour lui déférer nommément par votre loi un honneur et un commandement extraordinaires ; et telle a été l'intempérance de votre langue, que vous n'avez pu même cacher votre odieuse manœuvre. Vous avez lu en pleine assemblée une lettre que vous disiez vous avoir été écrite par César. (2) *César à Pulcher.* Selon vous, ce début de la lettre étoit une marque de son amitié, parce qu'il n'avoit mis

---

(1) *Le bourreau des citoyens,* sans doute, des conjurés que Caton avoit conseillé de mettre à mort.

(2) César avoit écrit à Clodius de la Gaule, s'il lui avoit écrit. —— *Pulcher* étoit le surnom de Clodius. —— Le latin *proconsule* se disoit pour tous les cas de *proconsul, proconsulis.* Des éditions portent *proconsuli.*

que les noms sans ajouter les titres de proconsul ou de tribun. Vous disiez ensuite qu'il
vous félicitoit, et d'avoir éloigné Caton pour
tout le cours de votre tribunat, et de lui avoir
ravi la liberté d'attaquer à l'avenir les pouvoirs extraordinaires. Mais, ou César ne vous
a jamais écrit cette lettre ; ou, s'il vous l'a
écrite, il ne vouloit pas qu'elle fût lue en
pleine assemblée ; enfin, soit qu'il vous l'ait
écrite, soit que vous l'ayez supposée, vous
avez certainement, en la faisant lire, vous avez
montré quel étoit votre dessein dans l'honneur
que vous avez fait décerner à Caton.

Mais je ne parle pas de Caton, dont la rare
vertu, dont la dignité personnelle, dont le
zele et le désintéressement dans l'affaire même
qui lui a été confiée, semblent couvrir l'injustice de votre loi et tout l'odieux de votre
opération. Mais qui est-ce qui a gratifié de la
riche et fertile Syrie, l'homme le plus vil (1),
le plus scélérat, le plus infame qui fut jamais ?

(1) Gabinius. —— *Arraché par force* ..... J'ai traduit en lisant *ereptam vi Caesaris rebus*, *quis* .....
Les leçons varient beaucoup dans cet endroit. Au
reste, de quel argent s'agit-il ici ? c'est ce qu'on
ne sait pas et ce qu'il n'est pas facile de savoir.

T 2

Qui est-ce qui lui a donné le droit de faire la
guerre aux nations les plus pacifiques? Qui
est-ce qui lui a remis l'argent destiné à acheter
des terres et arraché par force à César auquel
il devoit revenir? qui est-ce qui lui a conféré
un commandement sans bornes? Après lui
avoir accordé d'abord la Cilicie, changeant les
articles de votre traité, et transportant contre
toute règle la Cilicie au préteur, vous avez
abandonné nommément la Syrie à Gabinius
pour augmenter son salaire (1). N'est-ce pas
encore au personnage le plus affreux, le plus
cruel, le plus fourbe, le plus souillé de crimes
et d'infamies, à Pison enfin, que vous avez
livré nommément liés et enchaînés, des peuples
libres dont plusieurs décrets du sénat et une
loi toute nouvelle de son gendre (2) avoient
ratifié la liberté? Quoiqu'il vous eût payé
de mon sang votre bienfait et votre province,
n'avez-vous pas néanmoins partagé avec lui
le trésor? Comment? des provinces consulaires

(1) Pour le payer amplement d'avoir abandonné
Cicéron.

(2) *De son gendre*, de César, qui avoit épousé
la fille de Pison. J'ai adopté la leçon *generi* et rejetté celle de *soceri*.

que Caïus Gracchus, l'homme le plus dévoué au Peuple, n'a pas enlevées au sénat, qu'il a même abandonnées à cet ordre par une loi expresse pour qu'il en disposât tous les ans, vous les avez changées lorsque le sénat les avoit décernées en vertu de la loi (1) Sempronia! vous les avez données contre toute règle, nommément, sans les faire tirer au sort, non à des consuls, mais à des fléaux de la République! et nous, parce que, dans la plus importante et la plus critique des conjonctures, nous avons eu recours à un grand-homme, choisi plus d'une fois dans les périls extrêmes de la patrie, parce que nous l'avons préposé nommément à une opération essentielle, nous essuierons vos reproches!

Mais, je vous le demande, si ce qu'au milieu de la confusion et du désordre, au milieu des tempêtes et des orages, dans un tems où vous aviez arraché le gouvernail au sénat, où vous aviez jetté le Peuple hors du navire, où vous même, chef de pirates, resté seul avec votre troupe infâme de brigands,

_____

(1) *Loi. Sempronia*, loi de Caïus Sempronius Gracchus.

vous voguiez à pleines voiles, si, dis-je, ce
que vous avez proposé, établi, promis, vendu
dans ces tems malheureux, vous eussiez pû
le faire adopter, en quel pays du monde
n'eût-on pas vu des pouvoirs et des commandemens extraordinaires conférés par Clodius ? Mais enfin se réveilla l'indignation de
Pompée ; car je dirai devant lui ce que j'ai
pensé et ce que je pense encore, dans quelque disposition d'esprit qu'il m'écoute ; elle
se réveilla, dis-je, cette indignation trop
long-temps assoupie, trop long-tems renfermée
au fond de son ame : ce grand homme se
présenta tout-à-coup pour secourir la République, pour relever Rome abattue par la
crainte, muette, consternée, affoiblie et dé-
couragée par ses maux, pour lui rendre
quelque espoir de recouvrer la liberté et sa
première splendeur. Et un tel homme ne
devoit pas être chargé extraordinairement de
l'intendance des blés ! Mais vous-même, vous
avez livré à un vil esclave de son ventre,
au ministre infâme de vos plaisirs, à un
homme perdu de misère et noirci de crimes,
à un Sextus Clodius, à ce nouvel allié de
votre famille qui, par ses abominables caresses,

vous a ravi même votre sœur (1), vous lui
avez livré par votre loi tout le blé des villes
et des particuliers, toutes les provinces chargées d'en fournir, tous les fermiers de nos
domaines, toutes les clés des magasins,
d'où est provenue d'abord la cherté, ensuite
la disette : on appréhendoit la famine, les
incendies, le massacre, le pillage : votre
fureur menaçoit tous les biens et toutes
les fortunes. Et ce fléau cruel se plaint encore
qu'on ait ôté l'intendance des blés à Sextus
Clodius, qu'on les ait arrachés, pour ainsi
dire, de sa bouche impure, et que la République, dans ses périls extrêmes, ait imploré
le secours d'un homme auquel plus d'une
fois elle avoit dû sa conservation et son
agrandissement ?

Clodius n'est pas d'avis qu'on accorde rien
par une loi contre les règles. Eh quoi ?

_____

(1) Clodius étoit violemment soupçonné d'avoir
un commerce incestueux avec sa propre sœur :
Sextus Clodius, suivant Cicéron, avoit avec cette
même sœur des habitudes criminelles. Il portoit le
nom de Clodius sans être de la même famille. Absolument dévoué à Clodius, il le servoit dans ses
crimes et dans ses plaisirs.

T 4

assassin de votre père, de votre mère, de votre
sœur (1), cette loi que vous dites avoir portée
à mon sujet, ne l'avez-vous pas portée contre
les règles ? Vous avez pu, pour perdre un
citoyen qui, au jugement de tous les dieux
et de tous les hommes, a sauvé la République,
et qui, de votre propre aveu, n'a pas été
condamné, n'a pas même été accusé, vous
avez pu porter, non pas une loi, mais un
décret (2) inique et illégal, malgré le deuil
du sénat, malgré l'affliction de tous les gens
de bien, malgré le concours de toute l'Italie
dont vous avez rejetté les prières, au milieu
de l'oppression et de la servitude où vous
teniez la République : et je n'aurois pu moi,
pour le salut du Peuple Romain, donner
un avis que réclamoit le Peuple Romain,
que demandoit le sénat, qu'exigeoient les
circonstances ! En donnant cet avis, si j'ai
consulté la gloire de Pompée qui se trouvoit

____

(1) *Assassin de votre père* ..... C'est-à-dire,
vous qui vous êtes conduit si indignement à l'égard
de votre père, de votre mère, de votre sœur.

(2) *Privilegium* ou *priva lex*, loi portée contre un
citoyen en particulier, ce qui étoit odieux.

liée à l'utilité générale, on doit me louer,
sans doute, d'avoir contribué par mon suffrage à la gloire d'un homme qui a contribué
si efficacement à mon rappel.

Qu'on cesse, qu'on cesse de croire que les
mêmes manœuvres qui m'ont renversé dans
les tems de ma plus grande force, pourront
m'ébranler après mon rétablissement. Y eut-il
jamais dans cette ville deux consulaires
plus unis que nous l'avons été Pompée et
moi ? Qui jamais parla de son rare mérite
plus magnifiquement (1) devant le Peuple et
plus souvent dans le sénat ! Quels travaux,
quels démêlés, quelles inimitiés n'ai-je point
bravés pour l'intérêt de sa gloire ? Et lui
quelle marque d'estime ne m'a-t-il pas donnée ?
Quelle occasion de faire mon éloge, de me
témoigner sa tendre reconnoissance, a-t-il laissé
échapper ? Tous ces liens d'une amitié étroite
qui nous unissoit, ce parfait concert dans le
gouvernement de la République, ce doux
commerce d'une société agréable et de bons
offices réciproques, ont été rompus par les

_____

(1) Tous les livres portent *industrius* : Paul
Manuce a changé heureusement ce mot en *illustrius*.

faux rapports de certains hommes, et par
leurs imputations calomnieuses. D'un côté,
ils avertissoient Pompée de me craindre, de
se défier de moi; de l'autre, ils venoient
me dire que c'étoit mon plus grand ennemi:
ensorte que je ne pouvois lui demander assez
hardiment les services dont j'avois besoin,
et que lui, aigri par les suggestions odieuses
de ces perfides, ne me promettoit pas assez
ouvertement les secours qu'exigeoit alors ma
situation. J'ai été bien puni de mon erreur,
respectables pontifes; non-seulement j'ai eu
lieu de me repentir de ma folie, j'en rougis
même. Lié avec un illustre et courageux
personnage, non par quelque circonstance
critique où je me fusse trouvé, mais par un
système (1) suivi de loin qui m'offroit des
travaux et des peines dans l'avenir, j'ai laissé
rompre une telle liaison, et je n'ai pas compris quels étoient les ennemis déclarés que
je devois attaquer en face, quels étoient les
perfides amis que je devois refuser de croire.

(1) Par le système de rester attaché aux gens de
bien, sans me détacher de leur parti pour aucune
raison; par le système de tendre à la gloire et aux
honneurs par les travaux et les peines.

Qu'ils cessent donc enfin de m'animer toujours par ces paroles : que prétend Cicéron ?
Peut-il ignorer quel est son pouvoir, ce qu'il
a fait pour l'état, avec quels honneurs on l'a
rétabli ? Pourquoi prodigue-t-il les distinctions
à un homme par lequel il a été abandonné ?
Pour moi, je pense que je fus alors, non
seulement abandonné, mais presque sacrifié ;
et je ne crois pas nécessaire de dévoiler les
manœuvres dirigées contre moi dans le bouleversement de la République, ni quels ressorts
on a fait jouer, ni quels instrumens on a employés. S'il fut avantageux pour la République
que les plus affreuses disgraces s'épuisassent sur
moi seul, ajoutons-y encore ce nouvel avantage
de cacher et de taire les noms de ceux dont
les crimes ont formé l'orage. Mais il y auroit
de l'ingratitude à céler ce que je me ferai
toujours une loi de publier : oui, Pompée
a témoigné son zèle, a donné ses avis, ce
qui lui est commun avec chacun de vous,
et, ce qui lui est particulier, il a épuisé son
crédit, ses efforts, ses prières, il a même
exposé sa vie pour obtenir enfin mon rétablissement. En effet, Lentulus, lorsque nuit
et jour vous n'étiez occupé que de mon rappel,

Pompée assistoit à toutes vos déliberations. C'est lui qui vous pressa fortement pour entreprendre cette affaire, qui vous servit assidûment pour la conduire, qui vous seconda courageusement pour la terminer : c'est lui qui visita les colonies et les villes municipales ; c'est lui qui implora l'assistance de toute cette Italie impatiente de mon retour ; c'est lui qui donna le premier son avis dans le senat, et qui, non content de cette démarche, supplia même en ma faveur le Peuple Romain. Ainsi, Clodius, ne dites plus, comme vous vous êtes permis de le dire, que les pontifes sont changés à mon égard depuis l'avis que j'ai ouvert au sujet des subsistances : comme si nos juges pensoient de Pompée autrement que moi ; ou comme s'ils ignoroient ce que j'avois dû faire pour répondre à l'attente du Peuple, pour reconnoître les services de Pompée, pour me prêter au besoin de la circonstance, ou enfin comme si, en supposant même que mon avis (ce que je ne crois pas) eût déplu à quelque pontife, il devoit prononcer sur les usages des pontifes ou sur les intérêts de la République autrement que ne le demandent les rites de la religion ou le salut de l'état.

Je conçois, respectables pontifes, que je me suis éloigné de la cause plus que je ne pensois ou que je ne me proposois ; mais outre que j'avois fort à cœur de me justifier auprès de vous, votre bienveillance et l'attention dont vous m'avez honoré m'ont fait encore prolonger cette justification préliminaire. Mais aussi je vais traiter plus succinctement le fond même de l'affaire présente. Elle se divise en deux parties, les loix de la religion et celles de la République : je supprimerai la partie de la religion qui demanderoit la discussion la plus longue, et je ne vous entretiendrai que des loix de la République. En effet, n'y auroit-il pas de la présomption à vouloir instruire le collège des pontifes sur les rites religieux, sur les cérémonies saintes, sur les loix des sacrifices, en un mot sur les objets du culte ? N'y auroit-il pas de la folie à vous exposer ce qu'on a trouvé dans vos livres ; ou même de l'indiscrétion à prétendre savoir des choses sur lesquelles nos ancêtres ont voulu que vous fussiez seuls instruits et consultés ?

Je soutiens qu'en vertu du droit public,
en vertu des loix par lesquelles cette ville
se gouverne, nul citoyen ne pouvoit essuyer
une disgrace pareille à la mienne sans un
jugement préalable ; que cette jurisprudence
subsistoit dans Rome, même du tems des
rois, qu'elle nous a été transmise par nos
ancêtres ; qu'enfin il est essentiel que, dans
un état libre, on ne puisse donner atteinte,
ni à la vie, ni à l'honneur, ni à l'état d'un
citoyen, sans un jugement du sénat ou du
Peuple, ou de ceux qui sont constitués juges
pour chaque espece d'affaire. Et voyez-
vous (1), Clodius ? Je ne sappe pas toutes

(1) Cicéron entreprend ici de prouver deux choses :
1°. que Clodius n'a pas été tribun, son adoption
ayant été irréguliere, et que par conséquent la loi
qu'il a portée contre lui est radicalement nulle ;
2°. que quand même il eût été tribun, sa loi n'auroit également aucun effet, ayant été portée contre
toutes les regles. Mais comme des personnages de la
premiere distinction prétendoient que Clodius avoit
été réguliérement tribun du Peuple, l'orateur ne
traite la premiere partie que comme en passant. —
Que vous n'étiez pas tribun .... Le latin porte,
non fuisse tribunum plebis ? hec dico fuisse par-
ricidium : dico apud pontifices ..... J'ai traduit

vos opérations par le fondement, je ne
soutiens pas, ce qui est clair, que vous n'avez
rien fait avec droit, que vous n'étiez pas
tribun du Peuple, que vous n'avez pas
cessé d'être patricien. Mais je parle devant
des pontifes, devant des augures, je ne dois
omettre aucune partie du droit public.

Quelles sont, vénérables pontifes, les loix
des adoptions? Sans doute, on ne peut adopter
que quand on ne peut plus avoir d'enfans, et
qu'on a épousé une femme lorsqu'on n'en pouvoit avoir. Ensuite le collège des pontifes est dans
l'usage de demander quelle raison on a d'adopter, si on a égard aux familles, à leur splendeur,
à leurs sacrifices. A-t-on fait aucune de ces demandes dans l'adoption de Clodius ? Un jeune
homme de vingt ans, qui même ne les a pas encore,
adopte un sénateur. Est-ce pour se procurer un
fils adoptif? mais il peut en avoir par lui-même;

comme si on lisoit, *non fuisse tribunum plebis, semper
essa patricium ? Verùm dico apud pontifices* .....
J'ai un peu commenté *versor in medio jure publico*,
de manière qu'il y ait dans les idées une suite
que je ne trouvois pas. —— *Devant des augures*,
non pas comme juges, mais comme simplement
présens à la cause.

il a une femme, il en a même eu des enfans.
Le père déshéritera donc son propre fils pour
un fils adoptif ? Et les sacrifices de la famille (1)
Clodia, ne sont-ils pas abolis autant qu'il est
en vous ? Le collège des pontifes devoit interroger sur tous ces points lorsqu'on vous adoptoit. A moins peut-être qu'on ne vous ait demandé si vous vouliez troubler la République
par des séditions, et en conséquence vous
faire adopter, non pour être fils de Fontéius,
mais pour devenir tribun du Peuple et consommer la ruine de l'état. Vous répondites, sans
doute, que vous le vouliez bien. La raison
parut bonne aux pontifes, ils l'approuvèrent ; ils
ne demandèrent pas l'âge de celui qui adoptoit,
comme ils firent de nos jours pour Aufidius et
pour Pupius, qui, dans une extrême vieillesse,
adoptèrent tous deux, l'un, Oreste, l'autre
Pison (2). Ces adoptions, comme une infinité
d'autres, ont entraîné l'héritage du nom, celui
des biens et des sacrifices. Vous, Clodius,

(1) Chaque famille avoit ses sacrifices, et on
changeoit de sacrifices en passant dans une autre
famille.

(2) Marcus Pupius Piso, dont il est parlé dans
la harangue contre Pison.

vous

vous ne portez pas le nom de Fontéius, comme vous devriez ; vous n'êtes pas héritier de votre père adoptif ; et en abandonnant vos sacrifices paternels, vous n'avez point pris ceux de votre adoption. Ainsi bouleversant les sacrifices, confondant les familles, et celle que vous avez quittée, et celle que vous avez souillée en y entrant, renonçant au droit légitime des successions et des tutelles, droit commun à tous les Romains (1), vous êtes devenu, contre toutes les règles, le fils de celui dont par la nature vous pouviez être le père.

C'est aux pontifes que je parle : je prétends, Clodius, que votre adoption n'étoit pas conforme aux loix des pontifes : d'abord, celui qui vous a adopté pour vous tenir lieu de père, auroit pu, par son âge, être pour vous un fils, ou ce qu'il a été réellement (2). Ensuite, c'est l'usage de demander les raisons qu'on a d'adopter, afin qu'on n'adopte que pour acquérir par les loix et par le droit pontifical

(1) Car vous avez perdu tout droit des Romains, en abandonnant une famille, et en souillant l'autre.

(2) *Ou ce qu'il a été réellement*, c'est-à-dire servir à vos passions infâmes.

ce qu'on ne peut plus obtenir par la nature,
et qu'en adoptant on ne donne atteinte ni à
la dignité des familles, ni à la sainteté des sacrifices. Mais sur-tout on ne doit pas se jouer
des loix, on ne doit employer aucune fraude,
aucune supercherie ; il faut que l'acquisition
simulée d'un fils imite le plus qu'il est possible
la vraie et naturelle paternité. Or, peut-on se
jouer plus des loix que de présenter un jeune
homme, dans la première fleur de l'âge, bien
portant et marié , qui vient, dit-il, adopter
pour fils un sénateur du Peuple Romain ; et
cela lorsque tout le monde sait et voit que ce
n'est pas pour devenir son fils, mais pour
sortir de l'ordre des patriciens, et pouvoir être
élu tribun du Peuple, que ce sénateur est
adopté ? Et ils n'ont point caché leur manœuvre : l'adopté est émancipé sur le champ
pour n'être pas fils de celui qui l'adopte. Pourquoi donc se fait-il adopter ? Autorisez, respectables pontifes , ce genre d'adoption, et
bientôt disparaîtront tous les sacrifices de famille dont vous devez être les protecteurs ; il
ne restera plus de patriciens. Qui ne voudra
pas , en effet, pouvoir devenir tribun du
Peuple ? qui ne voudra pas avoir plus de fa-

cilité pour parvenir au consulat (1) , pour obtenir certains sacerdoces interdits aux patriciens ? Suivant les conjonctures , et lorsqu'on
le trouvera commode , on se fera adopter en
cette même forme. Ainsi en peu de tems le
Peuple Romain n'aura , ni roi des sacrifices ,
ni Flamines, ni Saliens, enfin il perdra une
moitié de ses prêtres : les comices par centuries et par curies n'auront personne pour y
présider : on verra nécessairement (2) , si on
ne crée plus de magistrats patriciens , les aus-

(1) Le Peuple avoit enfin obtenu que parmi les
deux consuls il y auroit toujours un plébéien, qu'il
pourroit même y en avoir deux, et non deux patriciens. Cicéron rapporte ensuite les sacerdoces et
magistratures qui ne pouvoient être occupés, les
fonctions qui ne pouvoient être remplies, que par
des patriciens. —— *Une moitié de ses prêtres.* La
moitié des prêtres étoient patriciens.

(2) C'étoit aux premiers magistrats à prendre les
auspices , c'étoit sous leurs auspices que tout se
faisoit: en supposant que les premiers magistrats
viennent à manquer et qu'il n'y ait plus de patriciens, il n'y aura pas d'interroi qui remplace les
consuls, et qui tienne les comices pour l'élection
des consuls nouveaux; la République se trouvera
donc sans premiers magistrats et sans auspices.

pices du Peuple Romain s'interrompre, puisqu'il ne pourra y avoir d'interroi, l'interroi
devant être patricien et nommé par des patriciens. Je l'ai dit, m'adressant aux pontifes,
votre adoption, Clodius, n'a été confirmée
par aucun décret de leur collège, elle a été
faite contre tout le droit pontifical, elle doit
être regardée comme nulle ; or, sans l'adoption, que devient votre tribunat ?

Je m'adresse maintenant aux augures (1). Je
n'irai pas fouiller dans leurs livres qu'on voudroit ténir cachés ; je n'ai pas l'indiscret desir
de scruter leurs loix et leurs mystères. Ce que
j'en ai appris avec le Peuple, ce qu'ils ont
souvent répondu eux-mêmes dans les assemblées, voilà ce que j'en sais. Suivant eux, il
n'est pas permis de traiter d'affaires avec le
Peuple lorsqu'on a annoncé des auspices peu
favorables. Osez-vous nier, Clodius, qu'on
ait annoncé des auspices peu favorables, le
jour où vous dites qu'a été portée une loi (2)

(1) Il faut se rappeller ce que nous avons déja
dit, que Cicéron s'adresse aux Augures, non comme
juges, mais comme faisant partie de l'auditoire
extérieur.

(2) *Une loi* par laquelle Clodius pouvoit devenir

à votre sujet dans des comices. par curies ?
Bibulus, homme d'une vertu, d'une constance, d'une fermeté rares, est ici présent. Je
soutiens qu'étant consul il a annoncé ce jour-là
même des auspices peu favorables. A votre
avis, dit-il, les actes (1) de César, cet illustre
personnage, sont donc nuls ? Je ne dis pas
cela. Je ne m'embarrasse plus que les actes de
César soient nuls ou non, après avoir reçu le
coup qui m'a été porté à l'occasion de ces actes.
Moi je n'ai dit que quelques mots des auspices ;
vous, Clodius, vous les avez attaqués par
votre conduite. Votre tribunat tirant vers sa
fin, avoit perdu tout son nerf et toute sa vigueur ; vous vous êtes déclaré tout-à-coup protecteur des auspices. Vous avez fait paroître

tribun du Peuple. Observons pour tout cet endroit,
que l'expression latine *de coelo servatum est*, vouloit
dire ordinairement on a pris les auspices, et ils ne
sont pas favorables.

(1) César étant consul, avoit porté plusieurs loix
et fait plusieurs réglemens ; il craignoit que l'année
d'après les actes de son consulat ne fussent annul-
lés : il favorisa donc l'adoption de Clodius, afin
qu'il pût devenir tribun du Peuple, et défendre
ses actes, si on les attaquoit.

Bibulus dans une assemblée, vous y avez fait paroître les Augures. Interrogés par vous, ceux-ci ont répondu qu'il n'étoit pas permis de traiter d'affaires avec le Peuple lorsque les auspices n'étoient point favorables. Sur les questions que vous fîtes à Bibulus, il vous répondit qu'il avoit annoncé des auspices peu favorables. Il dit encore dans une assemblée où il étoit présenté par Appius (1) votre frère, que vous n'étiez pas tribun du Peuple, puisque vous aviez été adopté contre les auspices. Enfin toutes vos démarches dans les derniers mois, tendoient à faire annuller par le sénat (2)

(1) Appius, frère de Clodius, étoit préteur l'année d'après que celui-ci avoit été tribun du Peuple. On sait qu'un particulier ne pouvoit paroître devant le Peuple, à moins qu'il ne fût présenté par un magistrat. Au reste, on voit que dans le tems dont parle Cicéron, Clodius s'étoit brouillé avec César, avec lequel il paroît qu'il s'étoit ensuite réconcilié.

(2) Le sénat avoit vu avec beaucoup de peine l'exil de Cicéron, et il désiroit ardemment son retour. Eh bien ! disoit Clodius, si le sénat annulle les actes de César ; moi-même qui ai fait exiler Cicéron, je le rapporterai à Rome entre mes bras. —— *Son tribunat...* Avant *ubi* il faut sous-entendre *acta Caesaris impu-*

tous les actes de César comme contraires aux auspices. Si on le faisoit, vous-mêmes, disiez-vous, me rapporteriez à Rome entre vos bras, comme le défenseur de Rome. Voyez un peu l'extravagance du personnage ; son tribunat étoit essentiellement lié aux actes de César qu'il vouloit détruire.

Si les pontifes par les loix des sacrifices, et les augures par la sainteté des auspices, renversent entièrement votre tribunat, que voulez-vous davantage? L'attaquerons-nous encore par ces loix qui sont et plus générales et plus connues? On étoit environ à la moitié du jour; je plaidois pour Caïus Antonius (1) mon collègue ; j'avois fait dans le tribunal quelques plaintes sur l'état de la République, qui me paroissoient tenir à la cause de cet infortuné : des méchans rapportèrent à des personnes de marque ce que j'avois dit, et bien autrement que je ne l'avois dit. Trois heures après, cé

gnabat, il attaquoit les actes de César, tandis que son tribunat...

(1) Il fut accusé par Marcus Cœlius de crime de lèze-majesté, et ayant été condamné, il se retira en exil. Le *fortasse* qui précède est ici pour *circiter*.

V 4

jour-là même, vous étiez adopté. Si, lorsqu'il faut trois marchés (1) consécutifs pour les autres loix, il suffit de trois heures pour une adoption, je n'ai rien à dire. Mais s'il faut observer les mêmes règles dans tous les cas; si le sénat a décidé que les loix de Drusus portées contre la loi Cécilia Didia (2), n'obligeoient point le Peuple, vous voyez que, d'après toutes les loix, celles des sacrifices, celles des auspices, et celles même qui regardent tout le Peuple, vous n'étiez pas tribun.

Cependant j'ai des raisons pour laisser tout cet article; je vois que plusieurs citoyens des plus illustres et des premiers de Rome, ont décidé, en quelques occasions, que vous aviez

(1) *Trinům nundinům* est pour *trinarum nundinarum*; il faut sous-entendre *spatium.* On dit *trinum nundinum* sans circonflexe, ou *trinundinum*, trois jours de marché.

(2) La loi Cécilia Didia ordonnoit qu'on ne pourroit porter de loix qu'en les proposant dans trois marchés consécutifs. Marcus Drusus, tribun du Peuple, avoit porté des loix qui annulloient ce réglement; mais il fut statué par le sénat que les loix de Drusus avoient été portées contre les auspices, et que par conséquent, elles n'obligeoient pas le Peuple.

pu suivant les règles traiter d'affaires avec le Peuple. Ils disoient même, par rapport à moi, en convenant que votre loi étoit comme les funérailles de la République, que ces funérailles, quoique tristes et déplorables, avoient pourtant été faites suivant tous les rites (1) : qu'ainsi en publiant une loi contre un citoyen, et contre un citoyen dont la République avoit reçu de si grands services, vous aviez comme proclamé les obsèques de la République ; mais qu'ayant proposé votre loi sans violer les auspices, vous aviez agi suivant toutes les formes. Je pourrai donc, je pense, défendre ma cause sans infirmer les actes sur lesquels plusieurs trouvent votre tribunat solidement établi. A la bonne heure, que vous ayez été tribun du Peuple aussi régulièrement, aussi légalement que Rullus (2) lui-même qui est un de nos

___

(1) Latin, *jure indictum. Funus indicere,* expression propre aux funérailles, c'est-à-dire, *homines per praeconem ad funus convocare.*

(2) C'est le même Publius Servilius Rullus, que Cicéron traite si mal dans ses harangues contre la loi agraire. Il s'étoit probablement réconcilié avec lui, et il en parle maintenant avec de grands égards. On ne sait pas si Rullus étoit un des pontifes, ou s'il assistoit

juges, ce personnage si recommandable et si distingué à tous égards; en vertu de quelle règle et de quel usage, d'après quel exemple, avez-vous proposé nommément une loi contre un citoyen qui n'a pas subi de condamnation?

Il est défendu par les loix sacrées (1), il est défendu par les douze tables, de porter une loi contre des particuliers : car c'est ce qu'on appelle *privilegium*. Personne n'en porta jamais. Il n'est rien de plus cruel, rien de plus pernicieux, rien que cette ville puisse moins tolérer. Pourquoi ce nom sinistre de proscription, et toutes les rigueurs exercées du tems de Sylla, laissent-ils dans les esprits une impression si profonde de cruauté? c'est, sans doute, qu'on y voit des peines établies nommément contre des citoyens Romains, sans jugement préalable? Donnerez-vous donc, pou-

---

simplement à la cause. Dans ce qui précède, j'ai traduit comme si on lisoit : *tàm jure, tàm lege*. La force du sens paroît demander cette leçon.

(1) *Loix sacrées*, loi portée sur le Mont-Sacré, où s'étoit retiré le Peuple mécontent. — *Les douze tables*, code de loix, rédigé par les décemvirs. —— *Privilegium* ou *privalex*, comme nous l'avons déjà observé, étoit toujours odieux.

tifes, par vos avis et par vos décisions, donnerez-vous à un tribun du Peuple le pouvoir
de proscrire ceux qu'il voudra? Eh! je vous le
demande, n'est-ce pas une vraie proscription
que cette loi? Voulez-vous, ordonnez-vous que
Marcus Tullius soit banni de Rome, et que ses
biens me soient adjugés? Telle est la loi de
Clodius, quoiqu'elle soit conçue en d'autres
termes. Est-ce là une ordonnance du Peuple?
est-ce là une loi? pouvez-vous souffrir, pontifes, cette ville peut-elle permettre que chaque
citoyen soit banni par une seule ligne d'écri-
ture? Pour moi j'ai reçu le coup que je pouvois recevoir. Je ne redoute plus aucune violence . aucune attaque. Mes malheurs ont
satisfait la jalousie de mes envieux, appaisé la
haine des méchans , assouvi même la perfidie
et la noirceur des traîtres; enfin ma cause,
contre laquelle les citoyens pervers étoient dé-
chaînés, a été jugée favorablement par toutes
les villes , par toutes les compagnies , par tous
les Dieux et par tous les hommes. C'est à votre
propre sûreté, respectables pontifes, à celle de
vos enfans et des autres citoyens, que vous devez pourvoir de toute votre autorité et avec
toute votre sagesse. Rappellons-nous les prin-

cipes de nos ancêtres ; ils ont voulu qu'il y eût
beaucoup de modération dans les jugemens (1)
du Peuple ; et d'abord que la peine afflictive
ne soit jamais jointe à l'amende pécuniaire ;
ensuite, qu'on ne puisse être accusé sans avoir
été ajourné ; que le magistrat accuse trois fois,

(1) Tout cet article des jugemens du Peuple , demande quelques explications pour être bien entendu.
D'abord il n'y avoit que les grands magistrats ; lesquels
seuls avoient droit de monter à la tribune , qui pussent
accuser un citoyen devant le Peuple. Le magistrat
accusateur commençoit par ajourner l'accusé , c'est-
à-dire , par lui marquer le jour où il paroîtroit devant
le Peuple pour entendre l'accusation. L'accusation se
répétoit quatre fois ; trois fois depuis le jour marqué
pour l'ajournement , en laissant un jour d'intervalle
entre chacune. Dans la troisième accusation , le magistrat concluoit à la peine. Il laissoit alors passer
trois marchés pour la quatrième accusation, qui n'avoit
lieu qu'après ce tems écoulé. Dans cette dernière accusation , il fixoit le jour où le jugement devoit être
rendu. —— *Avant de conclure à la peine*. Je n'ai pas
rendu *aut judicet* , parce que je pense que ce n'étoit
qu'une expression différente pour dire la même chose ,
et qu'on disoit *mulctam irrogare* ou *judicare* , conclure
à une peine. —— *Après trois marchés*. Je crois qu'il
faut sous-entendre *post* devant *trinum nundinum* ,
que je lis sans circonflexe.

en mettant un jour d'intervalle, avant de conclure à la peine ; que la quatrième accusation
se fasse après trois marchés, et qu'alors on fixe
le jour auquel le jugement doit être rendu :
outre ces dispositions sages, on a fourni aux
accusés beaucoup de moyens d'adoucir les
juges et d'exciter leur compassion ; d'ailleurs
le Peuple est facile à fléchir, on en obtient aisément sa grace ; enfin si quelque circonstance,
ou les auspices, ou une excuse (1) légitime,
empêchent de prononcer ce jour-là, toute la
cause est renvoyée, et il faut recommencer tout
de nouveau. D'après cela, je le demande, où
est ici l'accusation ? où est l'accusateur ? où
sont les témoins ? Quoi de plus indigne ? un
citoyen n'a été, ni cité, ni ajourné, ni accusé ; et l'on fait prononcer sur sa personne,
sur ses enfans, sur son état civil, des mercenaires, des assassins, des indigens, des scélérats ; et ce qu'ils ont prononcé est respecté
comme une loi ? Mais si Clodius a pu agir de
la sorte, contre un homme que les honneurs,
le rang, la justice de sa cause, que la Répu-

(1) *Une excuse légitime*, sans doute, de la part
de l'accusé qui n'a pu se trouver au jugement.

blique même défendoit , contre un homme
dont les richesses n'étoient pas enviées, qui
n'avoit contre lui que les révolutions de l'état
et le malheur des conjonctures : qu'arrivera-t-il
à ceux qui vivent éloignés des honneurs publics , peu jaloux du crédit éclatant qui les
accompagne, mais dont les biens sont assez
considérables pour exciter l'envie d'une foule
de nobles indigens et fastueux ? Accordez cette
licence à un tribun du Peuple, et considérez
un moment nos jeunes Romains , principalement ceux qui portent déjà leurs desirs sur la
puissance tribunitienne ; si cette jurisprudence
est confirmée , on trouvera, sans doute , des
compagnies entières de tribuns qui se ligue-
ront pour envahir les biens des riches, sur-tout
quand ce sera une proie qu'ils rendront agréable
au Peuple par l'appât de quelques largesses.

Mais voyons la loi de ce savant et subtil
jurisconsulte. Que dit-elle ? *Voulez-vous , ordon-*
nez-vous que l'eau et le feu soient interdits à Marcus
Tullius ? Une telle loi , portée sans un jugement préalable , seroit cruelle, affreuse , insou-
tenable , même à l'égard du plus scélérat des
citoyens. Mais elle ne dit pas que l'eau et le
feu soient interdits ; que dit-elle donc ? Qu'ils

aient été interdits. Ame de boue, monstre
de scélératesse, est-ce Sextus Clodius (1) qui
vous a rédigé une loi plus impure que sa
langue, cette loi qui ordonne que l'eau et
le feu aient été interdits au citoyen à qui ils
n'ont pas été interdits? Mon cher Sextus, vous
vous piquez de logique, vous avez ce goût et
bien d'autres ; permettez-moi de vous le demander, proposer au Peuple que ce qui n'a pas
été fait ait été fait, cela peut-il être établi
par aucune formule ou confirmé par des suffrages? C'est donc avec ce jurisconsulte, avec
ce conseiller, avec ce ministre, le plus infâme
de tous les hommes, la plus immonde de
toutes les brutes, que vous avez perdu la
République. Non, vous n'étiez point assez
insensé, assez extravagant, pour ignorer que
Sextus ne savoit que violer les loix, que
d'autres étoient exercés à les rédiger. Mais
vous n'avez pu disposer d'aucun d'eux, ni
de personne qui eût une ombre de sagesse;
vous n'avez pu vous servir des mêmes juris-

(1) Sextus Clodius, dont il est déjà parlé plus haut,
étoit greffier; homme dévoué à Clodius, ministre de
tous ses crimes et de toutes ses infamies.

consultes ni des mêmes entrepreneurs que les
autres , vous n'avez pu employer un pontife
à votre gré: dans le partage même du butin,
vous n'avez pu prendre aucun adjudicataire ,
aucun homme qui voulût le partager avec vous ,
si ce n'est parmi vos gladiateurs ; enfin vous
n'avez trouvé pour donner les suffrages dans
votre proscription que des brigands et des assassins. Aussi, même dans les jours de votre crédit
et de votre puissance , lorsque vous parcou-
riez (1) Rome au milieu de vos satellites ; vos
bons amis qui fiers et satisfaits de votre amitié,
s'étoient abandonnés au Peuple , essuyoient
des refus , n'obtenoient pas même les suffrages
de votre tribu palatine. Ceux qui se présen-
toient en justice, ou comme accusateurs ou
comme accusés, étoient condamnés quand

(1) J'ai suivi la leçon, *per medium cohortis popu-*
laris volitares. D'autres lisent, *per medium forum*
popularis volitares : d'autres , *per medium forum*
scortum populare volitares. Ensuite, *vos bons amis....*
L'orateur parle , sans doute , ici de Vatinius , ami
intime de Clodius , qui avoit essuyé un refus pour
l'édilité. —— *De votre tribu palatine* : de cette tribu
composée d'ouvriers et de citoyens indigens , dont
Clodius se servoit pour exciter des séditions.

vous

vous sollicitiez pour eux. Enfin , ce Ligur de
nouvelle date (1) , le fauteur et l'approbateur
vénal de vos crimes , avoit reçu de Papirius ,
son parent proche , l'affront de n'être pas
nommé dans son testament : il témoigna
néanmoins le desir de venger sa mort , et dénonça Propertius ; mais il n'osa poursuivre
l'accusation , dans la crainte d'être condamné comme calomniateur , lui qui avoit
trempé dans la condamnation criminelle d'un
citoyen innocent. Ainsi nous parlons d'une
loi qui semble avoir été portée suivant les
formes ; et cependant quiconque y a eu

(1) Quintus Aelius Ligur, ou Ligus, tribun du
Peuple , en l'absence de Cicéron, s'étoit vendu à
Clodius pour défendre sa loi, et pour s'opposer au
rappel de notre orateur. Celui-ci ne l'épargne pas dans
plusieurs de ses harangues. Suivant lui , il s'étoit
enté dans la noble famille des Ligur. *Novitius Ligur,*
Ligur de nouvelle date, comme je l'ai traduit, ou
nouvellement arrivé de Ligurie, qui étoit sa patrie.—
Son parent proche ; latin, *sui fratris ,* sans doute ,
patruelis , son cousin-germain : car , s'il eût été son
frère, pourquoi auroit-il porté un nom différent ? —
Lui qui avoit trempé.... J'ai lu avec de savans critiques
socius au lieu de *socios.* —— *D'un citoyen innocent,*
de Cicéron lui-même.

Tome VII.   X

quelque part, soit en la rédigeant, soit en
l'approuvant, soit en partageant le butin,
soit en donnant son suffrage, s'est vu rejetté
et condamné par-tout où il s'est présenté.

Que sera-ce encore, Clodius, si votre proscription est conçue en des termes qui la
détruisent ? Voici ce que dit votre loi : *parce
que Marcus Tullius a rapporté un faux sénatus-
consulte.* Si donc il a rapporté un faux sénatus-
consulte, votre loi est valide ; sinon, elle
est nulle.

*Cicéron, sans doute, faisoit lire ici le sénatus-
consulte, après quoi il reprenoit :*

A votre avis, le sénat a-t-il assez déclaré
que, loin d'avoir supposé une décision de sa
part, je suis un de ceux qui, depuis la fondation de Rome, ont obéi à ses ordres avec
le plus d'exactitude.

En combien de manières ne prouvé-je pas
que ce que vous appelez une loi n'en est pas
une ? Mais si, dans un seul (1) rapport, vous

_____

(1) Latin, *uno sortitu*, c'est-à-dire, dans une
seule et même assemblée. Les tribuns donnoient leurs
suffrages dans le rang qui leur étoit assigné par le sort,
et c'étoit un magistrat qui présidoit à ce sort. *Vous
avez proposé plusieurs objets en même tems, ce*

avez proposé plusieurs objets en même tems, croyez-vous néanmoins pouvoir obtenir avec les Décimus et les Clodius, ces hommes coupables de tous les crimes et de toutes les infamies, ce que n'ont obtenu pour la plupart de leurs loix, ni Drusus, ni Scaurus si recommandable par sa vertu, ni Crassus, personnage consulaire ?

Vous avez défendu par votre loi que personne ne me reçût dans sa maison ; mais vous ne m'avez pas ordonné de sortir d'une ville où vous-même ne pouviez dire qu'il ne me fût pas permis de rester. En effet, qu'auriez-vous dit ? Que j'étois condamné ? Non, certes je ne l'étois pas. Que j'avois été banni ? Pouvoit-on me bannir ? Mais enfin il ne m'est pas même ordonné par votre loi de sortir de la ville. On a menacé d'une peine quiconque me recevroit : nul n'a tenu compte de la menace. Où est-il parlé de bannissement ? Mais je veux qu'il en soit parlé ; et la cons-

qui étoit défendu. L'orateur développera bientôt ce moyen de nullité. —— *Les Décimus, les Clodius,* pluriels pour singuliers. Sextus Clodius et un nommé Décimus, deux hommes dévoués à Clodius.

truction d'un monument public (1) sur le sol de ma demeure , et l'inscription de votre nom , appellez-vous cela une loi , plutôt que le pillage de mes biens? Ajoutez qu'il vous étoit défendu par la loi Licinia de vous faire donner l'exécution de votre loi. Et ce que vous soutenez maintenant devant les pontifes , sans doute que vous avez consacré ma maison , que vous y avez érigé un monument , que vous avez dédié une statue dans mon domicile , que vous avez consommé ces actes en vertu (2) de la loi même qui m'exile ; cela vous paroît-il faire une seule et même chose avec ce que vous avez proposé nommé-

(1) Clodius avoit fait abattre la maison de Cicéron, et construire sur le sol un temple de la Liberté auquel il avoit mis son nom. Il avoit donné la construction de ce temple à un entrepreneur qui devoit lui en rendre compte. Voilà ce que l'orateur appelle *operum publicorum exactio.* La loi Licinia défendoit de donner l'exécution d'une loi aux collègues et aux proches de l'auteur de la loi ; Clodius s'étoit fait donner l'exécution de la sienne. Au reste, l'orateur accumule ici les raisons qui rendoient la loi de Clodius illégale et nulle.

(2) Le latin dit , *en vertu d'une seule loi,* c'est-à-dire d'une loi qui étoit la même que la loi de l'exil.

ment contre ma personne ? Ce n'est pas plus,
sans doute, une seule et même chose que ce
que vous avez encore proposé dans une seule
loi, je veux dire, que le roi de Cypre, dont
les ancêtres furent toujours amis et alliés de
cet empire, seroit vendu à l'encan avec tous
ses biens, et que les exilés de Byzance seroient
rappellés. Vous avez chargé, direz-vous, la
même personne de ces deux commissions.
Quoi donc ? si vous aviez chargé le même
homme (1) de lever de l'argent en Asie,
et d'aller de-là en Espagne ; si vous lui aviez
permis de demander le consulat, après être
sorti de Rome, d'obtenir la province de
Syrie, après avoir été nommé consul ; tout
cela, parce que vous l'auriez proposé pour
un seul homme, seroit-il une seule et même
chose ? Si vous n'aviez pas tout fait par le
ministère d'esclaves et de brigands, si le vrai
Peuple Romain eût été consulté sur le roi

(1) *Le même homme.* C'est de Gabinius que parle
Cicéron, *de lever de l'argent, ut cistophorum flagi-
taret. Cistophorus*, pièce de monnoie qui avoit cours
en Asie. Au reste, Clodius n'avoit point porté en
faveur de Gabinius une loi qui lui procurât tous
ces avantages, c'est une supposition de l'orateur.

de Cypre et sur les exilés de Byzance, ne pouvoit-il pas arriver qu'il approuvât un des deux
articles, et qu'il rejettât l'autre ? Quel est le
vrai sens, quel est l'esprit de la loi Cécilia Didia (1), sinon que le Peuple, si on
lui propose ensemble plusieurs articles, ne
soit pas obligé de recevoir ce qu'il ne voudroit pas, ou de rejetter ce qu'il voudroit ?

Mais, si vous avez porté votre loi par la
violence, sera-t-elle toujours regardée comme
une loi ? Peut-on regarder comme fait, suivant les règles, ce qui certainement est l'ouvrage de la violence ? Si, dans le moment
même que vous portiez votre loi au milieu de
Rome captive, on n'a pas jetté des pierres (2),
si on n'en est pas venu aux mains, en

_____

(1) La loi Cécilia Didia ordonnoit de ne porter
une loi qu'après l'avoir proposée dans trois marchés
consécutifs ; sans doute, afin que le Peuple eût le
tems de l'examiner. L'esprit de cette même loi étoit
donc de ne point proposer plusieurs choses à la fois au
Peuple, afin qu'il pût examiner mûrement ce qu'on
lui proposoit.

(2) Je voudrois qu'on lût *lapides non jacti* : si
l'on n'exprime pas le *non*, il faut du moins le sous-
entendre. — *Tribunal Aurélius*, partie de la place

est - il moins certain que vous n'avez pu ,
sans une violence extrême , parvenir à consommer ce qui est l'opprobre et le déshonneur de la ville ? Lorsque , devant le tribunal
Aurélius , vous enrôliez publiquement des
hommes libres et même des esclaves, ramassés
dans tous les quartiers , non , sans doute ,
vous ne songiez pas alors à employer la violence. Lorsque vous ordonniez de fermer les
boutiques, vous ne cherchiez pas à exciter à
la violence une aveugle multitude , mais à
rassembler d'honnêtes citoyens pour profiter
de leur sagesse et de leurs lumières. Quand
vous faisiez transporter des armes dans le
temple de Castor (1), vous n'aviez d'autre
projet que d'empêcher que rien ne se fît par
la violence. Et quand vous avez arraché et
enlevé les dégrés du même temple , vous vouliez apparemment en éloigner les audacieux ,

publique, où les séditieux rassembloient le Peuple
qu'ils vouloient ameuter.

(1) C'est dans ce temple que Clodius porta sa
loi pour l'exil de Cicéron. Clodius en avoit fait
enlever les dégrés , qui n'étoient pas à demeure ,
pour qu'on ne vînt pas l'empêcher de porter sa loi
en annonçant des auspices contraires.

pour qu'il vous fût permis d'opérer tranquillement. Lorsque vous fites comparoître ceux
qui, dans une assemblée de bons citoyens,
avoient parlé de mon rappel, lorsque, avec
des pierres et des épées, vous dissipâtes la
troupe de leurs amis, certes, vous fites voir
alors que la violence vous déplaisoit souverainement. Après tout, le courage et la multitude des citoyens honnêtes pouvoient, sans
peine dompter et réprimer ces fureurs d'un
tribun forcené : mais, lorsque vous donniez
la Syrie à Gabinius et la Macédoine à Pison,
lorsque vous leur donniez à tous deux un
pouvoir illimité et des sommes immenses,
pour les engager à vous livrer tout, à vous
seconder, à vous prêter main-forte, à tenir
à vos ordres leurs troupes, leurs centurions,
de l'argent et un grand nombre d'esclaves, à
vous appuyer de leurs criminelles harangues,
à braver l'autorité du sénat, à menacer les
chevaliers Romains de la mort et de la proscription, à m'effrayer par leurs menaces, à
m'annoncer des combats et des massacres, à
se servir de leurs amis pour jetter l'allarme
dans ma maison remplie de citoyens honnêtes,
à éloigner de moi par la crainte de la pros-

cription le nombreux cortège des gens de bien ,
à me priver de leur secours , enfin à empêcher le sénat (1) , cet ordre respectable , de
combattre pour moi , et même de supplier le
Peuple en habits de deuil ; n'y avoit-il pas
même alors de violence ? Pourquoi donc me
suis-je retiré ? ou quel étoit le sujet de crainte ?
Ne parlons pas de moi ; je suis naturellement timide , à la bonne heure : mais tous
ces milliers d'hommes courageux , mais ces
chevaliers Romains qui me sont dévoués ,
mais le sénat , mais tous les gens de bien ,
que craignoient-ils , s'il n'y avoit aucune violence ? Pourquoi m'ont-ils accompagné , les
larmes aux yeux , plutôt que de me retenir
en me faisant des reproches , ou de m'abandonner , irrités de ma foiblesse ? Si on m'eût
attaqué suivant les usages et les formes établies par nos ancêtres , devois- je craindre de
ne pouvoir résister en personne ? Si on m'eût
ajourné , avois-je à redouter un jugement ,
ou une loi privée sans jugement ? Un jugement

(1) Je voudrois que dans le latin *amplissimum*
ordinem se trouvât immédiatement après *senatum.*
Peut-être faudroit il supprimer *senatum* comme une
scholie introduite dans le texte.

dans une cause si odieuse (1) ! Oui , sans doute , j'étois homme à ne pouvoir développer une cause , même qui n'eût pas été suffisamment connue. Ne pouvois-je faire valoir une cause si bonne qu'elle s'est défendue toute seule, que même elle m'a défendu en mon absence ? Le sénat, tous les ordres , tous les citoyens , accourus de toute l'Italie pour solliciter mon rappel , eussent-ils été moins empressés , si j'avois été présent , à me retenir dans Rome , moi que le fléau de la patrie a vu avec tant de peine , et il s'en plaint maintenant lui-même, rappellé par le vœu général , et rétabli dans mon ancien rang ? Si je n'ai pas redouté un jugement, ai-je appréhendé une loi privée ? Craignois-je , si on m'infligeoit une peine , moi présent, que personne n'entreprît de s'y opposer ? Etois-je assez dépourvu d'amis , et la République assez destituée de magistrats ? Si on eût convoqué les tribus, auroient-elles approuvé la proscription exercée, je ne dirai pas envers un citoyen tel que moi, qui a veillé avec tant de zèle à leur conserva-

___

(1) *Un jugement dans une cause si odieuse !* on sent que ces mots sont ironiques.

tion , mais envers un citoyen quel qu'il fût ?
Je n'ai donc cédé qu'à la violence (1).

Eh ! je vous le demande , Clodius ; si j'eusse
été présent , les vieilles troupes des conjurés ,
vos soldats indigens et pervers , les nouvelles
bandes au service des consuls scélérats , auroient-elles épargné ma personne ? J'avois cédé
à leur odieuse cruauté , j'étois absent; et toutefois , mon affliction n'a pu assouvir leur haine.
Quel mal vous avoit fait mon épouse infortunée , que vous avez vexée , tourmentée , per-
sécutée avec la dernière barbarie ? Quel mal
vous avoit fait ma fille , dont les pleurs continuels et l'extérieur misérable étoient à vos yeux
un spectacle si doux , tandis qu'ils attendris-
soient tous les regards et tous les cœurs ? Quel
mal vous avoit fait mon jeune fils , qu'on vit
toujours en mon absence baigné de larmes et
abattu par la tristesse ? Que vous avoit-il fait ,
pour avoir voulu tant de fois le prendre , et
l'égorger dans vos pièges ? Et mon frère ? Quelque tems après mon départ , il étoit revenu

(1) *Je n'ai donc cédé qu'à la violence.* J'ai
ajouté de moi cette petite phrase , qui m'a paru
nécessaire pour conclure , et pour lier les idées.

de sa province (1), et ne croyoit pouvoir vivre,
si je n'étois rétabli ; tout le monde étoit sensible à sa douleur profonde et aux marques
extraordinaires de son affliction : combien de
fois ne s'est-il pas dérobé à vos épées et à vos
mains cruelles ! Mais , pourquoi parler de vos
cruautés envers moi et envers les miens, après
la guerre affreuse., horrible , pleine d'animosité , que vous avez déclarée aux murs , aux
toîts , aux colonnes, aux poteaux de ma maison ? Car , je ne pense pas , Clodius , que vous,
dont l'avide cupidité, depuis mon départ , avoit
dévoré en espérance les fortunes de tous les
riches , les revenus de toutes les provinces , les
domaines des princes et des monarques, vous
ayez été ébloui par l'éclat de. mes vases d'argent et de mes meubles ; je ne vois pas que
ce consul Campanien (2), avec le danseur,
son collègue , sur-tout lorsque vous aviez abandonné à l'un toute l'Achaïe , la Thessalie , la

(1) De l'Asie où il avoit été propréteur pendant
trois ans.

(2) Pison , qui étoit duumvir à Capoue l'année
même où il étoit consul à Rome. *Avec le danseur
son collègue*, Gabinius. *A l'un* , à Pison ; *à l'autre* ,
à Gabinius.

Béotie, la Grèce, la Macédoine, tous les peuples barbares, les fortunes des citoyens Romains ;
lorsque vous aviez livré à l'autre la Syrie, la
ville de Babylone, les Perses, les nations les
plus pacifiques, les plus à l'abri de nos armes :
je ne crois pas, dis-je, que tous deux aient
été fort jaloux des poutres et des portes de
ma maison. Les vieilles troupes de Catilina
n'ont pas cru apparemment pouvoir assouvir
leur faim avec le ciment et les tuiles de mes
murs et de mes toîts. Mais (1), sans doute,
vous avez signalé envers moi l'animosité que
nous montrons quelquefois envers les ennemis
de notre empire, je dis les ennemis avec qui
nous avons eu une guerre sanglante. Nous
détruisons leurs villes, non pour le butin,
mais par haine, parce que les maisons même
et les domiciles de ceux dont les cruautés ont
enflammé notre courroux, semblent recéler
un germe et un principe de guerre.

(1) Dans le latin, il y a un premier membre
de comparaison, et le second manque. J'avois cru
d'abord devoir suppléer ce second membre ; mais
ensuite j'ai jugé plus à propos de m'arranger de
façon à pouvoir m'en passer, sans qu'il paroisse
rien manquer dans le texte.

On n'avoit pas encore (1) porté de loi pour
me bannir ; on ne m'avoit ni appellé ni ajourné ;
je m'étois retiré de moi-même ; j'étois encore,
selon vous, citoyen jouissant de tous ses
droits : cependant on voyoit ma maison du
Palatium et celle de Tusculum, passer chacune
chez un des consuls, qui tous deux faisoient
taire le sénat (2) ; mes colonnes de marbre
étoient transportées chez la belle-mère de l'un
sous les yeux du Peuple Romain ; les terres de
l'autre, voisines de ma maison de campagne,
en recevoient les ustensiles, les ornemens, et
même les arbres ; tandis que la haine et la
cruauté, et non le desir du pillage, car qu'y
avoit-il à piller ? renversoient la maison même
de fond en comble. Ma maison du Palatium
étoit en feu ; et cet incendie n'étoit pas l'ouvrage du hasard, mais celui de mes ennemis :

(1) La loi de l'exil de Cicéron ne fut portée
que lorsqu'il se fut retiré, comme il le dit lui-
même, pour empêcher le massacre des citoyens.

(2) J'ai traduit d'après la leçon *senatum consules
vetabant*, que j'ai préférée à celle *senatus consulta
volabant*. Je voudrois que la phrase fût tout-à-fait
supprimée. *De l'un*, de Pison ; *de l'autre*, de Gabinius.

les consuls faisoient des festins de joie au milieu des félicitations de tout ce qui restoit de
conjurés. L'un (1) se vantoit d'avoir été les
délices de Catilina, l'autre d'être proche parent de Céthégus. Cette violence, cette barbarie, cette fureur, je les ai détournées, respectables pontifes, de dessus la tête des gens
de bien en présentant la mienne. Tout l'effort
des dissentions civiles, tous les coups de la
haine des méchans, de cette haine invétérée,
qui, long-tems étouffée et cachée, éclatoit
enfin enhardie par des chefs audacieux; je les
ai reçus dans ma personne. C'est sur moi seul
que les torches allumées par des consuls ont
été lancées par la main d'un tribun, c'est sur
moi seul que tous les traits funestes d'une affreuse conjuration, dont j'avois émoussé la
pointe, se sont réunis. Que si, pour me prêter
aux desirs de plus d'un homme courageux,
j'avois voulu opposer la force à la force, ou
la victoire que j'aurois remportée auroit entraîné le massacre d'un grand nombre de mauvais citoyens, mais citoyens cependant; ou
tous les gens de bien étant égorgés, ce que

(1) *L'un*, Gabinius ; *l'autre*, Pison.

desiroient sur-tout mes ennemis, j'aurois péri
avec la République. Je voyois que, tant qu'il
y auroit un sénat et un Peuple de Rome, je ne
pouvois tarder à revenir comblé de gloire ; et
je n'imaginois point pouvoir être éloigné long-
tems d'une ville que j'avois sauvée. Quand je
n'aurois eu aucun espoir de retour, ne savois-je
pas, n'avois-je pas lu, que d'illustres citoyens
avoient cherché au milieu des ennemis une
mort certaine pour le salut de leur armée ?
Aurois-je donc (1) balancé à me dévouer pour
le salut de toute la République, plus heureux
en cela que les deux Décius ? ils n'ont pu voir
de leur tombeau les honneurs accordés à leur
généreux dévouement, et moi dans mon exil
j'aurois pu entendre les louanges prodiguées
de toutes parts à la générosité de mon sacrifice.

Aussi, Clodius, votre fureur assouvie et
rallentie ne faisoit-elle plus que d'inutiles efforts.
Indignement renversé, j'avois épuisé sur ma
personne la violence de tous les scélérats.

(1) Je crois qu'après *dubitarem* il faut ajouter
un verbe, *mori* ou quelque autre. Après *conditione*,
des éditions ajoutent *esse* ; j'ai suivi les éditions
qui le suppriment. — *Que les deux Décius.* On
connoît le dévouement des Décius père et fils.

Après

Après une vexation aussi énorme, après de tels désastres, la cruauté étoit à bout. Caton restoit encore (1). Vous ne saviez comment vous en délivrer : vous sentiez qu'il falloit associer à ma disgrace celui qui m'avoit guidé dans toutes mes entreprises. Pouviez-vous le bannir? non. Que pouviez-vous donc? le faire partir pour aller (2) recueillir les trésors de Cypre ? Ce sera un butin de perdu. — On en retrouvera un autre : éloignons seulement Caton. Ainsi, sous prétexte de lui accorder une faveur, on relègue à Cypre un odieux et incommode personnage. Deux citoyens, dont les méchans ne pouvoient souffrir la vue , sont

(1) Mot à mot, *Caton étoit le plus proche*, c'étoit celui après moi que vous haïssiez le plus , et dont vous vouliez vous défaire. Ensuite j'ai traduit tout l'endroit d'après la leçon : *Quid ageres non erat , nisi ut qui mihi dux in omnibus meis rebus fuerat , socius idem esset injuriae. Quid? ejicere posses ? non : quid ergo ? extrudere ad Cypriam pecuniam ? praeda perierit. Alia non deerit : hic modò amandatus sit.*

(2) Pour vendre les biens de Ptolémée, roi de Cypre, et en rapporter le produit à Rome. Voyez plus haut.

Tome VII.   Y

jettés hors de Rome, l'un par un honneur dif-
famant, l'autre par une disgrace honorable.
Mais pour vous apprendre que Clodius a toujours été l'ennemi, non des personnes, mais
des vertus ; après mon expulsion, après l'éloignement de Caton, il se tourna contre celui-
là même (1) qui, si l'on en veut croire ce qu'il
disoit dans ses harangues au Peuple, l'avoit
aidé de ses conseils et de son secours dans tout
ce qu'il avoit fait et ce qu'il faisoit encore. Il
ne pensoit pas que Pompée, regardé généralement comme le premier des citoyens, dût
souffrir plus long-tems les excès de sa fureur ;
sur-tout depuis que, par surprise, il avoit tiré
de ses mains un ennemi prisonnier, le fils
d'un roi (2) notre ami, et que, par cette injure,
il avoit irrité le plus courageux des hommes :
il espéra pouvoir le combattre avec les mêmes
troupes, contre lesquelles j'avois refusé de me
mesurer pour ne pas exposer les gens de bien.
Les deux consuls le soutinrent d'abord ; puis
Gabinius rompit l'alliance, mais Pison y resta

(1) Contre Pompée.
(2) Le fils de Tigrane, que Pompée avoit fait
prisonnier, et qu'il avoit remis à la garde du préteur
Flavius : Clodius trouva moyen de le faire sauver.

fidèle. Que de meurtres commis alors ! que de
pierres lancées ! que de citoyens mis en fuite !
Quoique abandonné du plus ferme appui de
ses troupes, avec quelle facilité Clodius vint
à bout, par la violence des armes, et en for-
mant tous les jours des desseins contre sa vie,
d'éloigner Pompée du forum et du sénat, de
le renfermer dans sa maison ! Vous en avez été
témoins, respectables pontifes, et de-là vous
avez pu juger quelles étoient ses forces dans
les commencemens et quand elles étoient
réunies, puisque déjà divisées et presque dé-
truites, elles causèrent encore de la frayeur à
Pompée.

Il a jugé des choses comme il devoit, cet
homme si sage, aussi dévoué à la République
et à ma personne qu'à la vérité, Lucius Cotta,
qui, donnant son avis le premier jour de janvier, ne crut pas nécessaire qu'on portât une
loi pour mon rappel. Sa raison étoit que,
pour le bien de la République, j'avois cédé à
l'orage, que je vous étois plus attaché à vous
et aux autres citoyens qu'à moi-même et à mes
proches ; que j'avois été chassé par la violence,
par les armes, par les séditions et les meurtres,
par un acte de tyrannie sans exemple ; qu'on

n'avoit pu porter de loi pour me bannir, que
rien ne s'étoit fait légalement (1) et ne pouvoit
avoir de force, que tout s'étoit passé contre
les loix et les coutumes antiques, sans cause
légitime, sans règle, au milieu du trouble,
avec violence et avec fureur ; qu'il n'étoit pas
permis aux consuls, si la loi de Clodius étoit
valide, de faire leur rapport au sénat, ni à
lui-même de donner son avis, que, l'un et
l'autre ayant lieu, on ne devoit point décider
qu'on porteroit une loi pour mon rappel, de
peur qu'une loi qui étoit nulle ne fût jugée
valide. Non, sans doute, on ne pouvoit ouvrir un avis plus ferme, plus vrai, plus solide,
plus utile à la République : car en marquant de
cette flétrissure la perversité et la fureur de
Clodius, on garantissoit pour toujours la République d'un pareil opprobre. Cette réflexion
n'a échappé, ni à Pompée qui a voté pour moi
en termes si honorables, ni à vous, pontifes,
qui m'avez défendu par vos avis et par vos décisions. Vous-mêmes avez vu que la loi de Clodius n'étoit pas une loi, que c'étoit plutôt un

(1) Au lieu d'*inscriptum*, j'ai lu avec Paul Manuce
jure scitum.

feu rallumé sous les cendres de la conjuration,
une sentence prononcée par le crime, la voix
et le cri de la fureur. Mais vous avez appréhendé
que la haine du Peuple ne retombât un jour
sur vous, si l'on me voyoit rappellé sans un
jugement du Peuple. C'est dans cette même vue
que le sénat se rangea de l'avis de Bibulus,
homme d'un rare mérite, et qu'il ordonna que
vous prononceriez sur ma maison. Non qu'il
doutât que Clodius eût agi en tout contre les
formes, contre les usages religieux ; mais il
craignoit que, dans une si grande foule de méchans, il ne s'en tiouvât un jour quelqu'un
qui prétendît que ma maison étoit frappée de
quelque anathême (1). Pour ce qui est de la loi de
Clodius, toutes les fois que le sénat a délibéré
sur mon rappel, il a jugé qu'elle étoit nulle,
puisque cette même loi lui interdisoit toute
délibération. C'est ce qu'ont aussi reconnu

(1) J'ai hasardé le mot d'*anathême*; ou plutôt
j'ai rappellé ce mot à sa véritable et primordiale
signification : car *anathême* signifie proprement une
chose consacrée aux dieux, de telle sorte qu'elle
ne peut plus servir à des usages profanes. Au sujet
d'un premier jugement rendu sur la maison de Cicéron, voyez plus haut.

ces deux compagnons si dignes l'un de l'autre,
Pison et Gabinius. Lorsque le sénat, assemblé
en grand nombre, les pressoit tous les jours de
proposer mon affaire, ces hommes scrupuleux, pleins de respect pour les loix et les jugemens, ne désapprouvoient pas la chose,
disoient-ils, mais ils étoient empêchés par la loi
de Clodius. Oui, ils étoient empêchés, mais
par cette loi du même Clodius qui leur aban-
donnoit la Syrie et la Macédoine. Vous, Lentulus, ni avant, ni durant votre consulat,
vous n'avez jamais regardé la loi de Clodius
comme une loi. Quand des tribuns du Peuple
proposoient mon retour, vous avez plus d'une
fois donné votre avis en qualité de consul désigné. Depuis les calendes de janvier jusqu'à
la fin de cette affaire, vous n'avez cessé de
parler de mon rétablissement, vous avez proposé et porté une loi. Or, rien de cela ne vous
eût été permis, si l'acte de Clodius avoit eu
force de loi. Métellus, votre illustre collègue,
n'a point pensé autrement. Une loi que Gabinius et Pison, tous deux si étrangers à la famille de Clodius, ont jugée valide, le proche
parent (1) de Clodius l'a jugée nulle, lors-

_____

(1) Nous avons déja remarqué qu'au mot latin

qu'en plein sénat il proposa mon rappel de concert avec vous. Mais ces hommes qui craignoient de violer les loix de Clodius, on sait comment ils ont observé toutes les autres. Au reste, cette auguste compagnie dont le jugement est d'un si grand poids pour la validité des loix, le sénat, toutes les fois qu'on a délibéré sur mon retour, a jugé que la loi de Clodius étoit nulle. Vous avez reconnu la même chose, Lentulus, dans la loi que vous avez portée en ma faveur : votre loi ne disoit pas qu'il me seroit permis de revenir à Rome, mais que j'y reviendrois. Vous n'avez point voulu proposer au Peuple de me permettre ce qui m'étoit permis, mais me replacer dans la République de manière que je parusse plutôt un homme absent revenu par ordre du Peuple Romain, qu'un banni rappellé pour reprendre part au gouvernement.

Et vous avez encore osé, monstre de scélératesse, me traiter d'exilé, vous, souillé de crimes si atroces, que tous les lieux où vous passiez devenoient pour vous de vrais lieux

frater il falloit sous-entendre *patruelis*, cousin germain.

d'exil (1). Car enfin qu'est-ce qu'un exilé ? ce nom par lui-même est celui d'une disgrace, et non d'un déshonneur. Quand donc est-il déshonorant ? Il l'est dans la réalité quand c'est la punition d'un crime, et dans l'opinion des hommes quand c'est l'effet d'une sentence. Est-ce donc à cause d'un crime ou d'une sentence que je recevrois le nom d'exilé ? à cause d'un crime ? vous n'osez plus le dire, ni vous que vos satellites appellent l'heureux Catilina, ni aucun de ceux qui le disoient ordinairement. Il n'est plus personne assez peu instruit pour traiter de crimes les actes de mon consulat ; il n'est même personne assez ennemi de la patrie pour ne pas reconnoître que la patrie a dû son salut à ma vigilance.

Est-il sur la terre une compagnie, quelle qu'elle puisse être, qui n'ait porté sur mon administration le jugement le plus flatteur pour moi et le plus désirable ? Le sénat est le conseil suprême du Peuple Romain et des autres Peuples, de tous les empires et de tous les

(1) *Devenoient pour vous de vrais lieux d'exil*, parce que, sans doute, par-tout on vous abhorroit généralement, on s'éloignoit de votre personne.

monarques : il a arrêté que tous ceux qui
vouloient le salut de la République, vien-
droient à Rome pour s'occuper uniquement
de mon rappel ; il a annoncé que la République ne pouvoit subsister , si je n'étois
rétabli , et qu'il n'y en auroit plus , si je ne
revenois. Le premier ordre , après le sénat ,
est l'ordre équestre. Toutes les compagnies des
fermiers publics ont prononcé sur mon consulat et sur ma conduite dans le gouvernement
en termes honorables et distingués. Les gref-
fiers , qui de concert avec les sénateurs s'occu-
pent des comptes et des registres publics, ont
voulu manifester leurs sentimens et publier
leurs décisions sur les services que j'ai rendus
à la patrie. Il n'est point de corps dans la ville,
point d'habitant des (1) bourgs ou des collines,
(car nos ancêtres ont voulu que le Peuple
de la ville eût ses assemblées particulières)
il n'en est point qui n'ait fait des arrêtés hono-

(1) *Des bourgs*, situés hors de Rome, dans le
territoire de Rome ; les habitans de ces bourgs
faisoient partie du Peuple de la ville. Des citoyens
un peu plus aisés, faisant partie du même Peuple,
habitoient les collines ou hauteurs dans le même
territoire.

rables , non-seulement pour me rappeller à
Rome , mais encore pour me rétablir dans
toutes mes distinctions. Citerai-je ces décisions divines et immortelles des villes municipales , des colonies , de l'Italie entière , par
lesquelles , comme par autant de degrés , je
me suis vu rapproché de ma patrie , ou
plutôt élevé jusqu'aux demeures des Dieux ? Et
quel fut ce jour , Lentulus , où le Peuple
vous vit porter une loi en ma faveur , et sentit
ce que vous étiez , quel étoit votre rare mérite ! Il est constant que , dans nuls comices ,
le Champ-de-Mars n'offrit jamais un aussi grand
concours , une aussi brillante assemblée de
Romains de tous les états, de tous les âges,
de tous les ordres. Je ne parle pas du jugement et de l'accord unanime des villes , des
nations , des provinces , des monarques ,
enfin de tout l'univers , sur les services que
j'ai rendus à tous les Peuples. Quelle fut mon
arrivée et mon entrée dans Rome ? La patrie
m'a-t-elle reçu comme elle devoit recevoir sa
joie et son sauveur qu'on lui avoit ravis, ou
comme un tyran cruel , nom que vous me
donniez ordinairement , vils associés de Catilina ? Ainsi , ce jour unique pour moi , où le

Peuple Romain m'accompagna des portes de Rome au Capitole et du Capitole à ma maison, où il m'honora par un nombreux cortège et par les plus éclatans témoignages d'allégresse ; ce jour m'a été si doux et si délicieux que, loin de repousser, j'aurois dû, ce me semble, payer l'indigne violence de Clodius. Ma disgrace, si on doit l'appeller de ce nom, a donc fermé la bouche à la calomnie : il n'est plus personne qui ose blâmer mon consulat après tant d'illustres témoignages, d'autorités respectables et de jugemens glorieux qui en ont approuvé les opérations. Que si en me traitant d'exilé, loin de faire rejaillir sur moi aucune honte, vous ajoutez, Clodius, un nouveau lustre à ma gloire, peut-il y avoir ou peut-on imaginer quelqu'un plus insensé que vous ? Oui, par une seule injure, vous convenez que j'ai sauvé deux fois la patrie : la première fois, lorsque j'ai rendu ce service (1) que tout le monde avoue être digne, s'il est possible, de l'immortalité, et que vous seul avez jugé digne de l'exil : la seconde fois,

_____

(1) Lorsque j'ai délivré Rome et tout l'empire de la conjuration de Catilina.

lorsque les traits de votre fureur et de celle de beaucoup d'autres que vous aviez animés contre tous les gens de bien, je les ai épuisés seul, pour ne pas jetter dans le péril, en prenant les armes, une ville que j'avois sauvée sans armes.

Il est donc prouvé que le nom d'exilé n'étoit pas pour moi la punition d'un crime. Mais peut-être étoit-il l'effet d'une sentence. De quelle sentence ? Qui jamais m'a interrogé légalement ? qui m'a accusé ? qui m'a ajourné ? Peut-on subir la peine d'une condamnation, lorsqu'on n'a pas été condamné ? Est-ce là agir en tribun ? Cette conduite est-elle populaire ? Toutefois quand pouvez-vous dire que vous ayez été populaire, sinon lorsque vous avez sacrifié pour le (1) Peuple ? Oui, votre procédé étoit populaire, après que nos ancêtres ont réglé que nul Citoyen Romain ne pourroit perdre sa liberté ou son droit de cité, s'il n'y consentoit lui-même. C'est une vérité

(1) On se rappelle que Clodius s'introduisit dans la maison de César, où l'on célébroit les sacrés mystères, où l'on sacrifioit pour le Peuple : c'est à cela que l'orateur fait ici allusion. *Facere pro populo*, sous-entendu *sacra*, sacrifier pour le Peuple.

dont vous avez pu vous convaincre dans votre
adoption. Car, sans doute, malgré l'irrégularité de cette adoption, on vous a demandé
si vous consentiez que Publius Fontéius eût
sur vous droit de vie et de mort (1) comme
sur son fils. Si vous eussiez dit que non, ou
si vous n'eussiez rien dit, je vous le demande,
quand même les trente curies l'auroient ordonné, l'ordonnance seroit-elle valide ? Non,
assurément. Pourquoi ? c'est que nos ancêtres,
qui n'étoient pas populaires de nom et par
feinte, mais réellement et avec sagesse, ont
établi qu'un citoyen ne pourroit perdre malgré
lui sa liberté. Je dis plus, si les décemvirs (2)
avoient prononcé qu'un homme, revendiqué
comme esclave, n'étoit pas libre, nos an-

(1) On sait que chez les Romains les pères avoient
droit de vie et de mort sur leurs enfans.

(2) Décemvirs, juges tirés des centumvirs, devant
lesquels on jugeoit certaines causes, entre autres
celles pour liberté. Apparemment qu'on ne pouvoit
pas appeller du jugement des décemvirs, excepté
lorsqu'il s'agissoit de liberté. *Sacramentum* étoit la
somme que déposoient en justice les deux conten-
dans : celui qui perdoit la cause, perdoit en même
tems la somme qu'il avoit déposée.

cêtres ont voulu que, dans ce seul cas, on
fût le maître de faire juger la chose de nouveau.
Quant au droit de cité, jamais personne ne
le perdra malgré soi sur une ordonnance du
Peuple. Les Citoyens Romains qui partoient
pour les colonies Latines, ne pouvoient devenir Latins, s'ils n'y avoient donné un consentement formel en faisant inscrire leur nom.
Ceux qui avoient été condamnés pour crime
capital, ne perdoient le droit de cité qu'après
avoir été reçus dans la ville où ils se retiroient
en exil. Et pour exiler un citoyen, on ne
lui ôtoit pas le droit de cité, on lui interdisoit
le couvert, l'eau et le feu. Le Peuple Romain,
sur la réquisition du dictateur Sylla, dans une
assemblée par centuries, priva du droit de
cité des villes municipales, il les priva aussi
de leur territoire. La confiscation du territoire tint toujours ; le Peuple avoit pu l'or-
donner : pour le droit de cité, l'ordonnance
n'eut pas même force aussi long-tems que
Sylla fit sentir le pouvoir de ses armes. Quoi(1)

(1) J'ai traduit comme si on lisoit, *an verò
Volaterranis* ..... Et alors il faut mettre après *ci-
vitate* deux points, au lieu d'un.

donc ? Sylla vainqueur, après le rétablissement de la République, n'a pû, dans une
assemblée par centuries, priver du droit de
cité Romaine les habitans de Volaterres, dans
le tems même où ils étoient encore armés ;
ces habitans qui aujourd'hui, en qualité de
citoyens, et même d'excellens citoyens,
jouissent avec nous du droit de cité Romaine !
et Clodius aura pu, au milieu du renversement de la République, priver du droit de
cité un consulaire dans une assemblée composée d'ouvriers indigens, et même d'esclaves,
présidée par un Sédulius (1), lequel assure
n'avoir pas été à Rome ce jour-là ! S'il n'y
étoit pas, il falloit être bien muni d'audace
pour prendre au hasard son nom : il falloit
être bien dénué de ressources, en prenant un
personnage supposé, pour ne pouvoir offrir
un nom plus respectable. Si Sédulius a donné
le premier son suffrage, ce qui lui étoit
d'autant plus facile, que n'ayant où se loger,
il passoit la nuit sur la place, pourquoi n'af-
firmeroit-il pas qu'il étoit à Cadix, puisque

(1) *Présidée par un Sédulius*, c'est-à-dire, où
un Sédulius donnoit le premier son suffrage.

vous avez fait croire que vous étiez à (1) Intéramne ? Vous, Clodius, grand partisan du
Peuple, pensez-vous donc que notre droit de
cité et de liberté ne tienne qu'à une simple
formule, et que, si sur cette proposition d'un
tribun, *Voulez-vous, Romains, ordonnez-vous ?*
une centaine de Sédulius disent qu'ils veulent
et qu'ils ordonnent, chacun de nous puisse
perdre ce droit ? Nos ancêtres n'étoient donc
pas amis du Peuple, eux qui, pour les droits
de cité et de liberté, ont établi des loix aux-
quelles, ni la violence des tems, ni le pouvoir
des magistrats, ni les décisions des tribunaux,
ni enfin la puissance du Peuple Romain en
corps, si souveraine dans tout le reste, n'ont
pu donner atteinte. Mais vous, Clodius, qui
privez les citoyens du droit de cité, vous avez
même porté une loi pour venger des injures
faites par un homme public à un certain Ménula, citoyen d'Anagnie. Celui-ci, par reconnoissance, vous a érigé une statue sur le sol

----

(1) Lorsque Clodius fut accusé d'avoir violé les
mystères de la bonne déesse, il produisit de faux
témoins, qui déposèrent qu'il étoit à Intéramne le
jour où on l'accusoit de s'être introduit dans la
maison de César.

de ma maison , afin que le lieu même qui at-
testoit l'injure atroce que vous m'aviez faite ,
condamnât et la loi de mon exil et l'inscription de la statue (1). Votre loi a beaucoup plus
affligé les braves et vertueux Anagniens, que
les forfaits commis à Anagnie par un infâme
gladiateur.

Mais il n'est pas même marqué dans la loi
pour laquelle Sédulius nie avoir donné son
suffrage , tandis que vous , Clodius, vous em-
ployez son nom pour honorer les actes de
votre illustre tribunat par la dignité d'un
tel homme : mais enfin (2) si vous n'avez
rien proposé à mon sujet , qui m'empêchât
d'être , non seulement du nombre des citoyens,
mais encore dans le rang où les honneurs
du Peuple Romain m'ont placé , outragerez-
vous toujours par vos paroles celui que vous
voyez, malgré la perfidie atroce des précédens

(1) L'inscription de la statue , qui annonçoit des
injures faites par un homme public, vengées par
Clodius, qui étant homme public, avoit fait une
injure atroce à un homme innocent. Ménula , inconnu d'ailleurs. D'après Cicéron, c'étoit un mauvais sujet, détesté même de ses compatriotes.

(2) J'ai suivi la leçon , *sed tamen si.*

consuls, avoir eu pour lui tant de décisions
honorables du sénat, du Peuple Romain,
de toute l'Italie, celui à qui même, pendant
son absence, vous ne pouviez, d'après votre
loi, refuser le titre de sénateur ? En effet,
quand aviez-vous proposé qu'on m'interdît
l'eau et le feu, comme Gracchus avoit fait
dans l'affaire de Popilius (1), et Saturninus
dans celle de Métellus ? Ces hommes séditieux,
en voulant exiler les meilleurs et les plus
braves citoyens, n'ont pas proposé, ce qui
eût été absurde, que l'eau et le feu leur eussent été interdits, mais qu'ils leur fussent interdits. Quand avez-vous ordonné que le
censeur passeroit mon nom dans la liste des
sénateurs, ce qui est prescrit dans les loix portées pour l'exil de tout citoyen à qui on a in-
terdit l'eau et le feu même après une (2) condamnation ? Demandez-le à Sextus, votre secrétaire pour la rédaction des loix : ordonnez-lui

(1) Popilius exilé par Gracchus, et Métellus
par Saturninus. Voyez les harangues *sur son retour* au
sénat et au Peuple.

(2) Et moi je n'ai pas été condamné. Tous les
livres portent *quibusdam damnatis*. J'ai lu *quibus
damnatis*, en supprimant le *dam*, comme le veulent
plusieurs savans et la chose même.

de paroître ; il se cache bien ; mais si vous le
faites chercher, vous le trouverez chez votre
sœur baissant la tête et appréhendant d'être
reconnu. Mais si votre père, ce citoyen,
certes, si distingué et si différent de vous,
ne fut jamais traité d'exilé par aucun homme
sensé, quoiqu'un tribun du Peuple eût publié
une loi contre lui, et que n'ayant pas voulu
comparoître à cause du malheur des tems, on
lui eût ôté l'armée qu'il commandoit (1) ; si,
dis-je, à cause de la violence des troubles,
une peine légale n'a pas été déshonorante pour
ce citoyen courageux ; a t-on pu me faire subir
à moi qui n'ai jamais été ajourné, qui n'ai
pas été accusé, qui n'ai jamais été cité par
un tribun du Peuple, a-t-on pu me faire
subir la peine d'un homme condamné, et
sur-tout une peine qui n'est pas même spécifiée
dans la loi de Clodius ?

Mais voyez quelle différence entre le sort

_____

(1) Appius, père de Clodius, après avoir été préteur, commandoit une armée : un tribun du Peuple,
partisan de Marius, fit exiler cet ardent défenseur
de la noblesse, et lui fit ôter l'armée qu'il commandoit. — *A cause de la violence des troubles*, du
tems de Cinna, *Cinnani temporis.*

malheureux de votre père et ma destinée actuelle. Votre père, citoyen vertueux, fils d'un homme illustre, qui, sévère comme il étoit, ne vous auroit pas laissé vivre s'il eût vécu, n'a pas été nommé dans la liste des sénateurs par le censeur Philippus (1) dont il étoit l'oncle ; car celui-ci n'avoit pas de raison pour trouver non valide ce qui s'étoit fait dans une République où malgré les troubles, il avoit demandé la censure. Cotta qui avoit possédé cette charge, protesta avec serment en plein sénat, que, s'il eût été censeur lorsque j'étois absent, il m'auroit nommé à mon rang dans la liste des sénateurs. J'étois du nombre des juges ; a t-on nommé quelqu'un à ma (2) place ? Qui de mes amis a fait son testament en mon absence, sans avoir eu pour moi les mêmes égards que si j'eusse été présent ? Est-il un citoyen, est-il un allié, qui ait hésité à

(1) Philippus, orateur célèbre, père du Philippus beau-père du jeune Octave.

(2) Il y avoit plusieurs décuries ou classes de juges ; Cicéron étoit de celle des sénateurs. — *A fait son testament*..... On ne pouvoit pas nommer dans son testament un exilé.

me recueillir, et à me fournir des secours, malgré votre loi? Enfin tout le sénat, bien avant qu'on eût porté une loi pour me rappeller, a décidé qu'on feroit des remercimens aux villes qui avoient recueilli.... S'est-il contenté de dire Marcus Tullius? Non, mais un citoyen qui avoit rendu les plus signalés services à la République. Et vous, citoyen pernicieux, vous refusez le titre de citoyen, après son rappel, à un homme que, dans le tems même de sa disgrace, le corps entier du sénat regarda toujours comme un citoyen distingué! S'il en faut croire les annales du Peuple Romain et nos anciennes histoires, Cæso Quintius (1), Furius Camillus, Servilius Ahala, qui avoient rendu à la République les plus signalés services, ont essuyé la violence et les emportemens du Peuple animé par les tribuns; condamnés dans une assemblée par centuries, ils s'étoient retirés en exil : le même Peuple s'étant adouci, les rétablit dans leur ancien rang. Que si leur disgrace, même après une

_____

(1) *Cæso Quintius*.....Consultez l'histoire de Tite-Live pour l'exil de ces trois hommes et pour la cause de leur exil.

condamnation, loin de diminuer leur gloire, la rendit encore plus éclatante : car bien qu'on désire de terminer le cours de sa vie sans éprouver aucune affliction, aucune injustice, il est pourtant vrai qu'il est beaucoup plus glorieux d'avoir obtenu les regrets de ses concitoyens que de n'avoir jamais souffert de leur ingratitude : si, dis-je l'exil, des grands-hommes dont je parle n'a fait qu'accroître leur gloire, moi qu'aucun jugement du Peuple n'a obligé de partir, moi qu'ont rétabli les décisions honorables de tous les citoyens, me reprochera-t-on ma disgrace, m'en fera-t-on (1) un crime? Popilius fut toujours un citoyen ferme, toujours attaché au parti le meilleur ; rien néanmoins, dans toute sa vie, ne l'a plus illustre que sa disgrace même. Eh ! qui se souviendroit des services qu'il a rendus à la République, s'il n'eût été chassé par les méchans et rétabli par les bons ? Métellus s'étoit signalé à la tête des armées, il s'étoit distingué dans sa censure, toute sa vie étoit un modèle de vertu ; ce ne sont toutefois que ses malheurs qui ont consacré sa mémoire à

(1) *Obtinebit* en latin, sans doute *mea calamitas.*

l'immortalité. Or, si l'on doit dire de ces, hommes qui ont été chassés injustement, mais enfin légalement ; qui ont été rappellés après la mort de leurs ennemis sur la réquisition d'un tribun, non par des arrêtés du sénat, ni par une assemblée des centuries, ni par les décrets de l'Italie, ni par les vœux de toute la ville ; si l'on doit dire que l'injustice de leurs ennemis ne leur a causé aucun déshonneur, moi qui suis parti sans avoir été condamné, qui ai disparu avec la République, qui suis revenu comblé de gloire, vous vivant, un des consuls, votre parent proche, me rappellant, un préteur, votre propre frère, ne s'opposant pas à mon retour (1), croyez-vous que votre crime doive opérer ma honte ? Si le Peuple Romain, dans un mouvement de colère ou dans un sentiment de prévention, m'eût banni de la ville, et qu'ensuite, se rappellant mes services et revenu à lui-même,

---

(1) J'ai lu avec Paul Manuce *patiente* au lieu de *petente*. Le premier *altero* se joint avec *fratre tuo*, on sous-entend *fratre tuo* au second *altero* ; et alors le *fratre tuo* exprimé est *fratre patrueli*, cousin-germain ; le *fratre tuo* sous-entendu est *fratre germano*, propre frère.

Z 4

il eût, par mon rétablissement, condamné sa
précipitation et réparé son injustice, y auroit-il
un seul homme assez insensé pour croire
qu'un tel jugement du Peuple ne dût pas être
plus glorieux que déshonorant? Mais, puisqu'il
est vrai que je n'ai jamais été cité devant le
Peuple par qui que ce soit ; que je n'ai pu être
condamné n'ayant pas été accusé ; que j'ai
été chassé, mais de telle sorte que j'aurois
pu avoir l'avantage si j'avois résisté ; qu'enfin
j'ai toujours été défendu, honoré, illustré par
le Peuple Romain ; quelqu'un pourroit-il
prétendre être plus en faveur que moi auprès
du Peuple ? Prenez-vous donc, Clodius, pour
le Peuple Romain ce ramas de gens soudoyés,
qu'on pousse à insulter les magistrats, à in-
vestir le sénat, à ne desirer journellement que
meurtres, incendies, rapines? Ce vil peuple
que vous ne pouviez même rassembler qu'en
faisant fermer les boutiques ; ce peuple à qui
vous aviez donné pour chefs les Lentidius (1),
les Plaguléius, les Lollius, les Sergius? O que
cette grandeur, cette majesté du Peuple Romain,

(1) Lentidius, Plaguléius, etc. tous misérables
dévoués à Clodius.

faites pour imprimer le respect et la crainte
aux rois , aux nations étrangères, aux Peuples
les plus éloignés, étoient représentées dignement par une multitude d'esclaves, de mercenaires, d'indigens, de scélérats! Mais c'étoit
vraiment le Peuple Romain dans toute sa
beauté , dans toute sa pompe , celui que vous
vîtes au Champ-de-Mars; assemblée imposante,
où cependant il vous étoit libre de parler
même contre les décisions et le vœu du sénat
et de toute l'Italie. C'étoit, citoyen pervers,
oui , c'étoit vraiment ce Peuple arbitre des
monarques, vainqueur et maître de toutes les
nations, celui que vous vîtes dans ce jour
mémorable, où tous les premiers de la ville,
tous les hommes de tout ordre et de tout âge,
étoient persuadés qu'ils donnoient leurs suffrages
pour le rétablissement, non d'un seul citoyen,
mais de la République entière; dans ce jour
où , pour se rendre au Champ-de-Mars, on
ferma , non les boutiques de Rome , mais les
villes de l'Italie.

Avec un tel Peuple, s'il y eût eu alors des
consuls dans la République, ou s'il n'y en
eût pas eu , j'aurois résisté sans peine à vos
emportemens furieux, aux excès de votre scélé-

ratesse. Mais je n'ai pas voulu, sans le secours
du Peuple (1), défendre la cause publique
contre la violence armée. Non que je désap-
prouvasse le coup de force que fit de son
chef et n'étant revêtu d'aucune magistrature,
l'intrépide Nasica ; mais le consul Mucius,
à qui on reprochoit de la mollesse dans les
périls de la République., fit rendre plusieurs sénatus-consultes., non-seulement pour
légitimer, mais encore pour honorer l'action
hardie qui l'avoit sauvée. Pour moi, Clodius,
si vous eussiez été tué, j'aurois eu à combattre contre les consuls ; ou si vous fussiez
resté en vie, il m'auroit fallu prendre les
armes contre vous et contre eux. Il y avoit
encore, dans ces temps d'orage, bien d'autres
choses à craindre. On auroit certainement
armé les esclaves ; tant la haine contre les
gens de bien, profondément enracinée dans

---

(1) Secours dont l'avoient privé Clodius et les
consuls. —— *Que fit de son chef*. Latin, *vis intima*,
c'est-à-dire, *vis quae ex ipso homine*, *non ex
magistratûs autoritate*, *veniebat*. On sait que
Publius Scipio Nasica, étant simple particulier,
tua de sa propre main Tibérius Gracchus qui excitoit
une sédition.

des cœurs coupables, animoit (1) toujours
les restes criminels d'une odieuse conjuration !

M'empêcherez-vous encore ici de me glorifier ?
Direz-vous qu'on ne peut supporter les éloges
que je me donne sans cesse ? Homme d'une
humeur plaisante, vous me prêtez un propos
très-fin et très-agréable : vous me faites dire
que je suis Jupiter, et que Minerve est ma
sœur. Je ne suis ni assez arrogant pour dire
que je suis Jupiter, ni assez (2) ignorant pour
croire que Minerve est sœur de ce dieu.
Mais enfin celle que je prends pour sœur et
vierge ; vous, Clodius, vous savez par vous-
même que votre sœur ne l'est pas. Mais le
nom de Jupiter que vous me donnez, ne
pourriez-vous point le prendre pour vous,

(1) *Retinebat*, c'est-à-dire, *tenebat semper à
bonis alienatos.*

(2) J'ai suivi la leçon *non tàm ineruditus.* La plupart des livres portent *quàm ineruditus.* Au sujet
de ce qui suit, personne n'ignore que Junon étoit en
même tems sœur et femme de Jupiter, *Jovis et so-
ror et conjux.* On sait aussi que Clodius étoit violemment soupçonné d'avoir un commerce criminel avec
sa sœur.

puisque vous pouvez appeller la même personne du nom de sœur et de femme ?

Vous m'accusez de parler toujours trop avantageusement de moi-même : eh ! peut-on dire que j'aie jamais parlé de moi sans y être contraint et sans nécessité ? Car si, en supposant (1) qu'on me reprochât de criminelles largesses, des vols, des débauches, je me contentois de répondre que j'ai sauvé la patrie par mes conseils, par mes travaux, au risque de mes jours, on devroit regarder cette réponse, moins comme un éloge de mon administration, que comme un moyen d'éloigner de faux reproches : je le demande, si avant ces derniers tems, ces tems si fâcheux pour la République, on ne m'a jamais rien reproché que de m'être montré cruel dans ces conjonctures critiques où j'ai sauvé la patrie de sa ruine, ai-je dû ne pas répondre, ou répondre foiblement ? Pour moi, j'ai toujours pensé qu'il étoit de l'intérêt de la République qu'une

(1) *En supposant....* supposition maligne, par laquelle l'orateur cite des reproches qu'on n'avoit jamais pensé à lui faire, mais qu'on faisoit, et avec bien de la raison, à Clodius son ennemi.

action si belle, faite d'après les décisions du sénat et de concert avec tous les gens de bien pour le salut de la patrie, conservât dans mes discours tout son lustre et toute sa dignité : sur-tout étant le seul dans cette République à qui on eût permis d'affirmer (1) avec serment, en présence du Peuple Romain, que Rome et l'état me devoient leur salut. Il n'est plus question du reproche de cruauté, quand on voit en moi, non un tyran cruel, mais un père tendre regretté, redemandé, rappellé par les vœux de tous les citoyens. On en fait naître un autre : on me fait un crime de mon départ même. Je ne puis réfuter ce reproche sans parler à ma louange. Car enfin, respectables pontifes, que dois-je dire? que je me suis exilé parce que je me sentois coupable d'un crime ? Mais ce qu'on me reprochoit, loin d'être un crime, étoit la plus belle action qu'on eût jamais vue parmi les hommes.

(1) Le dernier jour de son consulat, Cicéron vouloit prononcer devant le Peuple, un discours qu'il avoit préparé; en ayant été empêché par le tribun Quintus Métellus Népos, il se contenta de protester avec serment qu'il avoit sauvé la République : tout le Peuple applaudit à son serment d'une voix unanime.

Que j'ai redouté un jugement du Peuple ?
Mais on ne m'a jamais cité à son tribunal ; et
quand on m'y auroit cité, je n'en serois sorti
qu'avec un surcroît de gloire. Que le secours
des gens de bien m'a manqué ? rien de plus
faux. Que j'ai appréhendé la mort ? Ce seroit
une infamie. Je dois donc dire ce que je ne
dirois pas si je n'y étois contraint : car, je
le répète, je n'ai jamais parlé de moi avec
quelque fierté pour m'attirer des éloges plutôt
que pour éloigner des reproches. Je le dis
donc, et je le dis du ton de voix le plus
élevé : lorsque toute la troupe des conjurés
et des citoyens pervers, ameutée et conduite
par un tribun du Peuple, protégée par les
consuls, après avoir opprimé le sénat et
effrayé les chevaliers Romains, au milieu des
allarmes et des inquiétudes de toute la ville,
tomboit sur moi avec fureur, ou plutôt ne
m'attaquoit que pour écraser tous les citoyens
vertueux ; je le dis hautement ; j'ai vu que,
si j'étois vainqueur, il ne resteroit de la
République que de foibles débris, et que,
si j'étois vaincu, il n'en demeureroit aucunes
traces. Pénétré de ces réflexions, j'ai plaint
une épouse infortunée à laquelle je m'arrachois,

des enfans chéris que j'abandonnois ; j'ai
pleuré le sort d'un frère absent, que j'aimois
et dont j'étois tendrement aimé ; j'ai déploré
la ruine soudaine d'une famille si bien établie :
mais j'ai préféré à tout cela le salut de mes
concitoyens , et j'ai mieux aimé voir la
République (1) consternée du départ d'un
seul homme, que de voir tous les autres périr
avec elle d'une ruine commune. J'espérois ,
comme il est arrivé, que, dans ma chûte,
je pouvois être relevé par les citoyens fermes
qui échapperoient à la mort ; mais que si je
périssois avec les gens de bien, on ne pouvoit
plus me rendre à la lumière.

J'ai ressenti, respectables pontifes, la plus
vive et la plus profonde douleur, je ne le
nie pas, et je n'affecte point une philosophie
qu'auroient voulu trouver en moi certaines
personnes qui me reprochoient trop d'abattement et de foiblesse. Eh ! pouvois-je, en me
voyant arraché à tant d'objets divers, dont

(1) Le latin *concidere* veut dire *cadere cum dolore*,
luctu affligi. On voit que Cicéron joue sur les mots
concidere et *occidere* ; mais peut-être ce jeu étoit-il
trop recherché et point assez naturel. Des livres portent *concedere*, d'autres *condere*.

je supprime ici l'énumération, parce que je
ne saurois, même aujourd'hui, m'en rappeler
le souvenir sans verser des larmes, pouvois-je
oublier que j'étois homme, pouvois-je étouffer
les sentimens de la nature? Alors, sans doute,
j'aurois condamné la plus belle de mes actions,
j'aurois déclaré que je n'avois rendu aucun
service à la République, si je n'avois abandonné pour la République que des objets
dont je pouvois me priver sans peine : et
cette dureté de l'ame, semblable à celle d'un
corps qui ne sent point lorsqu'on le brûle,
seroit à mes yeux insensibilité plutôt que
vertu. Souffrir les plus rudes afflictions, éprouver seul, au milieu d'une ville encore sub-
sistante, le sort destiné à des vaincus dans
une ville prise et ruinée, se voir déjà arraché
des bras de ses proches, voir sa maison
renversée, sa fortune pillée et dispersée,
enfin, perdre sa patrie pour l'amour de sa
patrie, être dépouillé des plus magnifiques
bienfaits du Peuple Romain, précipité du
haut rang où l'avoient placé ces bienfaits,
voir ses ennemis revêtus des premières dignités,
et demandant avant sa mort le salaire de ses
funérailles ; subir toutes ces horreurs pour
                                        sauver

sauver ses concitoyens ; s'éloigner avec regret (1) sans être aussi philosophe que ces hommes indifférens à tout, mais ayant pour les siens et pour soi toute la sensibilité que comportent les sentimens ordinaires de la nature : c'est-là une vertu rare et presque divine. Car enfin abandonner tranquillement pour la République des objets auxquels jamais on n'attacha un grand prix et une grande douceur, ce n'est pas montrer une bien vive affection pour la République. Mais quitter pour la patrie des êtres chers auxquels on s'arrache avec une douleur extrême, c'est vraiment aimer la patrie, puisqu'on sacrifie au salut commun la tendresse pour sa famille. Je le dirai donc en dépit de ce furieux qui me provoque et qui m'y force : j'ai sauvé deux fois la patrie (2), et lorsqu'étant consul j'ai vaincu, sans prendre les armes, des citoyens

(1) Je préfère la leçon *atque ità ut dolenter absis*, parce qu'en admettant l'autre leçon, *atque ità ut, cùm dolenter absis*, il faudroit ajouter *habearis*, ou quelqu'autre verbe, après *non tàm sapiens*.

(2) J'ai traduit comme si on lisoit, *bis servavi patriam, et cùm consul togatus armatos vici, et cùm privatus consulibus armatis cessi.*

Tome VII.   A a

armés, et lorsque, simple particulier, j'ai cédé
à des consuls qui m'opposoient des armes.
J'ai recueilli les fruits les plus doux et de
mon départ et de mon retour : de mon
départ, lorsque j'ai vu , d'après un arrêté
du sénat, et le sénat et tous les gens de bien
prendre des habits de deuil pour empêcher
mon exil; de mon retour, lorsque le sénat,
le Peuple, et tous les hommes, soit en leur
propre nom , soit au nom des villes , ont
décidé que la République ne pouvoit subsister
sans mon rappel.

Mais mon retour , vénérables pontifes ,
dépend de vos décisions. Si vous me replacez
dans ma demeure, je le vois et je le sens, mon
rétablissement est complet; ce rétablissement
dont je suis redevable à vos arrêtés, à vos avis,
à la fermeté de vos résolutions , à l'ardeur du
zèle que vous avez signalé dans tout le cours
de cette affaire. Mais si on ne me rend pas
ma maison, si elle est pour mon ennemi le
monument de ma douleur, de son crime,
d'une calamité publique ; qui ne regardera
mon entrée dans Rome, moins comme un
retour que comme un long et éternel supplice ?
Je dis plus, respectables pontifes, ma maison

s'apperçoit de tous les quartiers de la ville;
et si on y laisse, je ne dis pas ce monument,
mais ce tombeau où est gravé le nom de
mon ennemi, je dois me retirer ailleurs
plutôt que d'habiter une ville où se présen-
teroient sans cesse à mes regards des trophées
érigés contre moi et contre la République.
Pourrois-je avoir un cœur et un front assez
endurcis à la honte, pour que, dans Rome
même, dont tout le sénat, d'un commun accord, m'a déclaré tant de fois le conservateur,
je pusse envisager ma maison renversée, non
par un ennemi particulier, mais par l'ennemi
commun, et reconstruite par le même homme
sous un autre nom, présentée aux yeux de
toute la ville, comme une source de larmes
intarissable pour tous les bons citoyens?

La maison de Spurius Mélius (1) qui aspiroit

_____

(1) Spurius Mélius fut tué par Marcus Servilius
Ahala. Cicéron donne au nom *AEquimelium* une
étymologie différente de celle qu'on lui donne commu-
nément. L'étymologie la plus commune est *aequata
Melii domus*. Au reste, j'ai traduit comme si on
lisoit, *judicavit nomine ipso AEquimelii, ac stultitia
poenâ comprobata est*. J'entends *poena* le nom même
d'*AEquimelium*, lequel diffamoit pour toujours le
coupable.

à la royauté, a été rasée. Est-ce là tout ? non ;
le Peuple Romain a jugé que la peine infligée
à Mélius étoit juste, par le nom même d'*AEqui-*
mélium donné au sol de la maison, lequel nom
atteste encore aujourd'hui la folie du coupable.
On a abattu pour un crime pareil la maison de
Spurius Cassius, et on a construit sur le sol
même le temple de Tellus. Dans *les prés de*
Vaccus (1) étoit la maison de celui dont ils portent le nom ; elle a été confisquée et détruite,
afin que le nom de la place rappellât le souvenir de son crime. Marcus Manlius, après
avoir précipité les Gaulois des hauteurs du
Capitole, ne se contenta point de la gloire d'un
si important service ; il fut convaincu d'aspirer
à la puissance royale. Aussi sa maison fut-elle
renveisée, et vous voyez les deux bois sacrés
dont elle a été couverte. Ainsi donc une peine,
la peine la plus grave que nos ancêtres aient
pu imaginer contre des citoyens pervers ; je la
subirai moi., et je passérai dans la postérité,
non pour le destructeur, mais pour l'auteur et
le chef de la plus horrible des conjurations.

(1) Marcus Vaccus se mit à la tête des habitans de
Fondi, et fit la guerre contre les Romains.

La majesté romaine, respectables pontifes, pourra-t-elle comporter une inconséquence aussi honteuse, aussi révoltante ? Quoi ! le sénat subsiste, vous êtes à la tête du conseil de l'empire ; et la maison de Marcus Tullius Cicéro sembleroit avoir été réunie à celle de Fulvius Flaccus (1) pour perpétuer le souvenir d'un châtiment public ! Fulvius, pour avoir conspiré contre l'état avec Caïus Gracchus, fut mis à mort en vertu d'un sénatus-consulte ; sa maison confisquée fut démolie, et quelque tems après Catulus y fit construire un portique avec le produit de la dépouille des Cimbres. Ce tison de discordes, ce fléau de l'état, Clodius maître de la ville qu'il avoit prise et envahie ayant à la tête de sa troupe Pison et Gabinius, détruisoit à la fois le monument d'un illustre mort, et réunissoit ma maison à celle de Flaccus, de sorte que la peine infligée par le sénat à l'ennemi de la patrie, Clodius après avoir opprimé le sénat, la faisoit subir à celui que les sénateurs en corps avoient déclaré le défenseur de la patrie.

(1) C'est le Fulvius Flaccus qui fut tué avec Caïus Gracchus par le consul Opimius.

Souffrirez-vous , pontifes , que , sur le mont Palatin , dans le plus beau quartier de Rome , ce portique reste comme un témoin éternel par qui les fureurs d'un tribun , la perversité des consuls , la barbarie des conjurés , la désolation de l'état et mon affliction , seront attestés sans cesse à tous les peuples. L'amour que vous avez , et que vous eûtes toujours pour la République , devroit vous faire desirer de renverser ce monument , non-seulement par vos suffrages, mais , s'il le falloit , de vos propres mains ; à moins , peut-être , que vous ne soyez retenus par une consécration solemnelle , ouvrage de ce prêtre si chaste (1). O conduite étrange , qui ne peut trop exciter les ris des hommes indifférens et légers , et sur laquelle les personnes graves et sévères ne sauroient trop gémir ! Celui qui a profané la maison du souverain pontife a donc consacré la mienne! Vous , qui présidez aux cérémonies et aux sacrifices , prenez - vous donc Clodius pour

(1) Allusion à la démarche sacrilège de Clodius ; comme s'il se fût introduit dans la maison de César , pour y célébrer avec des femmes les mystères de la bonne-déesse , et non pour corrompre la femme même du souverain pontife.

maître et pour interprète du culte public ?
Dieux immortels, je vous supplie de m'entendre : Publius Clodius s'embarrasse-t-il des
hommages qui vous sont rendus ? Redoute-t-il
votre puissance ? Croit-il que votre providence
gouverne toutes les choses humaines ? Ne se
joue-t-il pas de l'autorité de tous les illustres
personnages ici présens ? N'abuse-t-il pas, vénérables pontifes, de votre auguste caractère ?
Peut-il sortir, peut-il échapper une parole religieuse de sa bouche, de cette bouche impure,
dont vous avez (1), Clodius, outragé la religion de la manière la plus horrible, en calomniant le sénat, parce qu'il prononçoit
avec rigueur sur votre sacrilège ? Regardez,
pontifes, regardez d'un œil de bonté cet
homme trop scrupuleux ; et si vous le jugez
à propos, en pontifes sages, avertissez-le que
la piété a ses bornes, qu'il ne faut pas être
superstitieux. Qu'aviez-vous besoin, homme
simple et dévot à l'excès, de vouloir absolument assister à un sacrifice célébré dans

(1) *Cum tu*. Au lieu de *cum*, j'ai lu avec Lambin,
quam, qui a pu fort bien, dit-il, être changé en
quum, qui est la même chose que *cum*.

A a 4

une maison étrangère ? Quelle étoit votre foiblesse de croire que les dieux ne pouvoient
être suffisamment appaisés , si vous ne vous
ingériez dans des dévotions de femmes ? Avez-
vous jamais entendu dire qu'aucun de vos
ancêtres , de ces hommes qui se sont montrés
si fidèles aux sacrifices de leur famille , et
qui ont présidé aux sacerdoces de l'état, se
soit trouvé aux sacrifices de la bonne-déesse ?
aucun , sans doute ; pas même celui (1) qui
est devenu aveugle. D'où l'on peut juger qu'on
a dans la vie beaucoup de fausses opinions.
Celui qui n'avoit rien vu à dessein de ce
qu'il lui étoit défendu de voir, a perdu les
yeux ; et un homme qui a souillé des cérémonies saintes , non-seulement par ses regards,

(1) Cœcilius Métellus, aïeul maternel de Clodius.
Dans un incendie du temple de Vesta , ayant voulu
enlever le palladium du milieu des flammes, la violence du feu le rendit aveugle. Des personnes supers-
titieuses crurent qu'il avoit perdu les yeux, parce
qu'il avoit vu le palladium qu'il n'étoit pas permis à
un homme de voir. C'étoit aussi l'opinion commune,
qu'un homme qui verroit les mystères de la bonne-
déesse, seroit frappé d'aveuglement. La bonne-déesse,
suivant la plupart des interprètes, étoit la même que
Cybèle.

mais même par une action infâme , par un
adultère abominable , a vu toute sa punition
se convertir en un aveuglement d'esprit. Pouvez-vous , pontifes , n'être pas touchés de l'autorité d'un homme si chaste , si religieux, si intègre, si irreprochable, lorsqu'il dit avoir renversé
des mêmes mains , et avoir consacré la maison
d'un citoyen dévoué à la patrie?

Mais , quelle a été , Clodius , votre consécration ? J'avois porté une loi , dit-il , pour
qu'elle me fût permise. Mais n'aviez-vous pas
mis cette clause , que , si la loi étoit contraire
à quelque article du droit , elle seroit censée
nulle ? Etablirez-vous donc , respectables pontifes , comme article de droit , que les demeures , les autels , les foyers , les Dieux pénates
de chacun de vous , seront soumis au caprice
d'un tribun ? Que celui sur lequel un tribun
se sera jetté avec une troupe d'hommes ameutés , qu'il aura terrassé par un coup violent , il
pourra non-seulement abattre sa maison (ce
qui n'est l'effet que d'une fureur passagère ,
d'une soudaine tempête), mais encore la tenir
pour toujours sous l'anathême (1) d'une con-

(1) Voyez plus haut.

sécration irrévocable ? Pour moi, j'ai lu, j'ai
vu par-tout, que, dans les actes de religion,
l'essentiel étoit d'examiner quelle pouvoit être
la volonté des Dieux ; et il n'y a point de vraie
piété, si on n'attribue pas aux Dieux des sentimens justes et honnêtes, si l'on ne se persuade
pas qu'on ne doit rien leur demander de contraire à la justice et à l'honnêteté. Cet infâme,
lors même qu'il étoit maître absolu, n'a pu
trouver personne à qui adjuger, à qui livrer,
à qui donner ma maison. Non, quoiqu'il fût
avide du sol de ma demeure et de ma demeure
elle-même, et que, pour cette raison unique,
sur une simple réquisition, mais réquisition
juste, cet homme intègre eût voulu se rendre
maître de mes biens ; il n'osa pas, même dans
sa fureur, s'emparer de ma maison qu'il desi-
roit ardemment. Et vous croyez, pontifes, que
les Dieux immortels ont voulu aller s'établir
dans une maison renversée par le brigandage
affreux du plus scélérat des hommes, dans la
maison de celui dont les travaux et les conseils
leur ont conservé à eux-mêmes leurs temples ?
Parmi un si grand Peuple, est-il un seul citoyen
(j'excepte la troupe impure et cruelle de Clodius) qui ait touché à aucune partie de mes

biens , qui , dans ces tems d'orage , ne les ait
pas défendus comme les siens propres ? Tous
ceux qui se sont souillés , en prenant part
au butin , en achetant seuls ou avec d'autres,
n'ont pu éviter d'être diffamés par un jugement du Peuple (1) , ou par la sentence d'un
tribunal. Et lorsque personne n'a touché à
aucune partie de mes biens , sans passer généralement pour un scélérat, les Dieux immortels ont-ils pu être avides de ma maison ? Votre
adorable (2) Liberté a-t-elle chassé mes Dieux
pénates , mes Dieux domestiques , pour être
placée elle-même par vous comme dans une
demeure asservie ? Qu'y a-t-il de plus inviolable,
de plus sacré , à tous égards , que la maison
de chaque citoyen ? Là sont des autels , des
foyers , des Dieux pénates , les objets d'un

(1) *Par un jugement du Peuple* , qui leur faisoit
essuyer des refus quand ils demandoient les charges.

(2) *Votre liberté*, c'est-à-dire, votre statue de la
Liberté : il sera parlé tout-à-l'heure de cette statue ;
Cicéron expliquera quelle étoit son origine et quelle
fut ensuite sa destination. — J'ai préféré la leçon ,
ut à te ipsa tanquam in captivis sedibus collocaretur,
à celle *ut te ipsa tanquam in captivis sedibus collo-
caret.*

culte, des cérémonies religieuses : cet asyle
est si saint pour tous les hommes, que c'est une
impiété d'en arracher qui que ce soit ; et ce qui
doit sur-tout faire rejetter les discours furieux
de Clodius, c'est qu'il a attaqué, au mépris de la religion, qu'il a même détruit, sous
prétexte de religion, les asyles que nos ancêtres ont voulu, par tous les motifs de religion,
rendre saints et inviolables.

Mais quelle Déesse avez-vous consacrée ?
Il faut que ce soit la bonne-déesse, puisque
c'est vous qui en avez fait la consécration.
C'est la Liberté, dit-il. Vous avez donc placé
dans ma maison celle que vous avez bannie
de toute la ville ? Quoi! vous enchaîniez la
langue de vos collègues (1), revêtus, comme
vous, d'un pouvoir absolu ! vous ne laissiez
libre à personne l'entrée du temple de Castor !
en présence du Peuple Romain, vous faisiez
fouler aux pieds de vos satellites un citoyen
illustre, de la plus haute noblesse, décoré

(1) *Vos collègues*, dans le tribunat, que l'orateur
appelle ici un pouvoir absolu. —— *Lorsque vous fer-
miez....* pour porter votre loi sans trouver d'opposition. —— *Un citoyen illustre*. On croit que c'est de
Lucullus que Cicéron veut ici parler.

des plus grands bienfaits du Peuple, souverain pontife, personnage consulaire, doué d'une probité et d'une modestie rare (je m'etonne que vous osiez encore lever sur lui les yeux) ; en vertu d'ordonnances tyranniques, vous chassiez un citoyen (1) qui n'étoit pas condamné ; vous teniez renfermé dans sa maison le premier homme de l'univers ; vous vous étiez emparé du forum avec une armée de scélérats : et, au milieu de tous ces excès, vous placiez la statue de la Liberté dans une maison qui elle-même déposoit de votre odieux despotisme et de la servitude déplorable du Peuple Romain ! La Liberté devoit-elle chasser de sa maison celui principalement sans lequel toute la ville seroit tombée sous la puissance des esclaves ?

Mais, où a-t-on trouvé cette Liberté ? j'en ai fait une recherche exacte. On dit que c'étoit une courtisanne de Tanagre. Sa statue en marbre avoit été mise sur son tombeau, près de cette ville. Un noble (2), parent assez proche de

_____

(1) *Un citoyen*, Cicéron lui-même. — *Le premier homme de l'univers*, Pompée.

(2) *Un noble*, Appius, frère de Clodius.

ce vénérable prêtre de la Liberté , la transporta
pour en faire un des ornemens de son édilité :
car il avoit résolu de surpasser en magnificence tous les édiles ses prédécesseurs. Ainsi,
toutes les statues et tableaux , tout ce qu'il
y avoit d'ornemens superflus dans les temples
et dans les places publiques de toute la Grèce
et de toutes ses îles , il les transporta dans
sa maison avec une sage prévoyance , pour
faire honneur au Peuple Romain. Lorsqu'il
vit que , sans avoir été édile , il pouvoit être
nommé préteur par le consul Pison , pourvu
qu'il eût un concurrent dont le nom com-
mençât par la même lettre que le sien (1) ,
il plaça son édilité dans deux endroits, une
partie dans ses coffres , et l'autre dans ses
jardins. La statue enlevée du tombeau de la
courtisanne , il la donna à Clodius , pour
être le signe de leur licence , plutôt que de
la liberté publique. Osera-t-on déplacer cette

(1) On ne mettoit sur les tablettes des suffrages , dans
l'élection des magistrats , que les premières lettres du
nom des prétendans. Ainsi en supposant qu'Appius ,
frère de Clodius, eût pour compétiteur un Aulus Postumius, le consul Pison donnoit à Appius toutes les
tablettes marquées A. P.

Déesse, l'image d'une prostituée, l'ornement
d'un sépulcre, enlevée (1) par un voleur,
placée par un sacrilège? Une courtisanne de
Tanagre me chassera-t-elle de ma maison?
Pour venger sa ville ruinée, s'ornera-t-elle des
dépouilles de la République? Restera-t-elle dans
un temple nouveau, construit pour être un témoignage toujours subsistant de l'oppression
du sénat, un monument éternel d'opprobre?

O Catulus..... ! m'adresserai-je au père ou
au fils? La mémoire du fils est plus récente et
tient davantage aux opérations de mon consulat. Que vous avez été trompé, quand vous
pensiez que je recevrois dans la République
de brillantes récompenses, et que ces récompenses croîtroient de jour en jour! Il étoit impossible, disiez-vous, qu'il y eût dans Rome
deux consuls, ennemis de la République. Il s'en
est rencontré deux à la fois qui ont livré à
un tribun furieux le sénat enchaîné; qui, par
l'autorité de leur place et par leurs ordonnances, ont empêché les sénateurs de prier

(1) *Par un voleur*, Appius; *par un sacrilège*,
Clodius. —— *Pour venger sa ville ruinée*. Tanagre,
ville de Béotie, étoit passée avec toute la Grèce sous
la puissance des Romains.

pour moi , et de supplier le Peuple ; qui ont
souffert que, sous leurs yeux , ma maison fût
démolie et pillée ; qui enfin ont fait transporter dans leurs demeures les restes de ma
fortune échappés à l'incendie. Vous avez, Catulus , (c'est au père maintenant que je m'a-
dresse), vous avez converti en un monument
de vos victoires la maison de Fulvius (1) ,
parce qu'il avoit été beau-père de votre frère :
vous vouliez dérober aux regards des hommes
et effacer entièrement de leurs esprits le souvenir d'un citoyen qui avoit formé contre la
République de pernicieux complots. Si, lois-
que vous éleviez votre portique , on vous eût
dit qu'il viendroit un tems où un tribun du
Peuple , sans égard pour l'autorité du sénat
et pour l'opinion de tous les citoyens honnêtes , renverseroit , anéantiroit votre monument
sous les yeux et avec le secours des consuls ,
le joindroit à la maison d'un citoyen , qui ,

(1) Marcus Fulvius Flaccus , citoyen séditieux,
fut tué avec Caïus Gracchus. Sa maison fut démolie,
et il n'en resta que l'emplacement. Catulus , pour
effacer , autant qu'il seroit en lui, la mémoire du crime
de Fulvius , y fit construire du produit de la dépouille
des Cimbres , un portique superbe.

étant

étant consul , avoit défendu la République, de
concert avec le sénat ; n'auriez-vous pas répondu
qu'à moins que l'empire ne fût détruit, on
ne pourroit voir un pareil désordre ?

Mais, remarquez l'audace intolérable de Clodius , sa cupidité furieuse et effrénée. Il n'a
jamais pensé à ériger un monument , ou à
bâtir un temple en l'honneur des Dieux : il
vouloit avoir une vaste et magnifique demeure,
réunir deux grands et superbes édifices. Du
moment que mon départ lui ôta tout sujet
de commettre des massacres, il pressa Postumus (1) de lui vendre sa maison. Comme celui-
ci refusoit , il le menaça d'abord de lui bou-
cher ses vues. Postumus assuroit que , de son
vivant, sa maison ne seroit jamais à Clodius.
Il n'en fallut pas davantage pour faire sentir à
cet homme si fin le parti qu'il avoit à prendre.
Il fit périr ouvertement Postumus par le poison ; et ayant fatigué les enchérisseurs , il
acheta la maison , près de la moitié plus cher
qu'il ne l'estimoit. A quoi donc tend ce dis-

(1) Latin, *Quintus Séius,* c'est le même qui sera
appellé tout-à-l'heure de son surnom , *Postumus :*
d'autres lisent *Postumius.*

cours ? Presque tout l'emplacement (1) de ma
maison est libre ; la dixième partie à peine
a été jointe au portique de Catulus. Il vou-

(1) Pour entendre tout ce passage, établissons bien
les faits d'après ce que dit l'orateur. Clodius avoit sur
le mont Palatin, une maison qui touchoit à celle de
Cicéron, à celle de Postumus, et au portique de
Catulus. Il fait confisquer la maison de Cicéron, la
fait vendre à l'encan, et acheter pour lui par un
nommé Scaton. Probablement il y fit mettre le feu,
afin qu'elle fût plus promptement détruite. *Ma maison
du mont Palatin*, dit Cicéron ailleurs, *étoit en feu.*
Une partie basse, séparée du reste, fut apparemment
épargnée et abandonnée à quelques sujets indigens de
la famille Clodia. Quoi qu'il en soit, Clodius resta
maître de l'emplacement de presque toute la maison
de Cicéron, de celui de la maison de Postumus dont
il devint propriétaire, enfin de celui du portique de
Catulus dont il s'empara et qu'il fit abattre. Il consacra
l'emplacement du portique de Catulus et de la dixième
partie de la maison de Cicéron, y fit construire un
temple et placer une statue de la Liberté. Ainsi tout
le reste de l'emplacement de la maison n'étoit pas
consacré, étoit libre, et fut employé par le même
Clodius, avec l'emplacement de la maison de Postumus,
aux usages profanes dont il est parlé un peu plus bas.
Si on trouve une telle conduite bisarre, on a raison ;
mais un homme tel que Clodius ne devoit pas agir
avec plus de suite.

loit ajouter une promenade au temple où,
après avoir opprimé la liberté, il plaça sa
Liberté de Tanagre. Il avoit desiré d'avoir sur
le mont Palatin, dans le plus beau point de
vue, un portique pavé, qui eût trois cents
pieds, des logemens au-dessus, un ample péris-
tile, ét tout le reste à proportion; il étoit jaloux que son habitation surpassât de beaucoup
toutes les autres en grandeur et en magnificence.
Ce religieux consécrateur, qui achetoit à la fois
et vendoit ma maison, n'osa pas, malgré
tout le bouleversement d'alors, donner son
nom pour cette vente. Il emprunta celui dè
ce Scaton qui ne doit qu'à lui son indigence
extrême; ensorte qu'un homme qui, dans le
pays des Marses, où il est né, n'avoit pas
même un toît pour se mettre à couvert, prétendoit avoir acheté une très-belle maison sur
le mont Palatin. Il assigna la partie basse de
ma demeure, non à sa nouvelle famille,
mais à celle qu'il avoit abandonnée. Parmi
un si grand nombre de Clodius, il ne se présenta, pour avoir part à cette largesse, que
quelques misérables, perdus de dettes ou de
crimes. Une conduite si bisarre, si extraordinaire en tous points, où se trouvent réu-

nie: l'impudence, l'audace, la cupidité, aura-
t-elle votre approbation, respectables pontifes?

Un pontife, dit-il, assistoit à la cérémonie.
N'avez-vous pas honte, Clodius, dans une
affaire, plaidée devant des pontifes, de dire
qu'un seul pontife, et non tout le collège
des pontifes, assistoit à la cérémonie ? sur-tout
puisqu'en qualité de tribun, vous pouviez
leur signifier de venir, et même les contraindre.
Vous n'avez donc pas employé tout le collège
des pontifes. Mais qui d'entr'eux avez - vous
appellé ? Clodius faisoit résider dans un seul
l'autorité de tous ; mais enfin l'âge et la considération rehaussent la dignité du pontife. Il
falloit encore de la science. Aucun des pontifes
n'en manque, cependant les années et l'expérience augmentent les lumières. Qui donc assistoit à la cérémonie ? Mon beau-frère (1),
dit-il. Cherchons-nous l'autorité ; bien qu'il soit
d'un âge à n'en avoir pas encore, toutefois le
peu d'autorité qui se trouve dans un jeune
homme, doit être censée presque nulle, à

_____

(1) Mot à mot, *le frère de ma femme*, Lucius
Pinarius Natta. *De ma femme*, sans doute, d'une
Pinaria qu'il avoit épousée avant Fulvie.

cause d'une parenté si étroite. A-t-on cherché la science ? qui étoit moins habile qu'un pontife entré dans le collège depuis peu de jours ? D'ailleurs , Clodius , il vous avoit une obligation toute récente ; il voyoit que vous l'aviez préféré pour le pontificat à votre propre frère (1). Au reste , vous avez fait ensorte que votre frère ne pût pas se plaindre de vous. Vous appellez donc consécration une cérémonie , pour laquelle vous n'avez pu employer , ni le collège des pontifes , ni un pontife décoré des honneurs du Peuple Romain , ni enfin un autre jeune pontife, quoique vous eussiez dans le collège plusieurs de vos amis intimes. Vous avez pris , pour assister à la cérémonie , si toutefois il y a assisté (2) , celui qui a été gagné par vous , sollicité par sa sœur , contraint par sa mère.

(1) Appius , auquel Clodius avoit procuré tant d'autres avantages , qu'il ne pouvoit pas se plaindre que Natta lui eût été préféré par son frère pour le pontificat.

(2) Cicéron semble douter que le jeune Natta ait assisté réellement à la cérémonie ; à moins qu'il ne veuille dire qu'il y a assisté de corps et non d'esprit, qu'il n'y a apporté aucune attention.

B b 3

Voyez donc , pontifes , ce que , dans ma
cause , vous allez décider sur le sort de tous les
Romains. Croyez-vous donc qu'il suffise (1) ,
pour consacrer une maison , de toucher le
jambage d'une porte , et de prononcer quelques paroles ? Ces consécrations religieuses des
temples et des autels n'ont-elles pas été établies
par nos ancêtres , pour rendre hommage aux
Dieux , sans porter préjudice aux citoyens ? Il
s'est pourtant rencontré un tribun du Peuple
qui, soutenu des forces consulaires, s'est jetté, de
toute l'impétuosité de sa fureur, sur un citoyen
que la République elle-même de ses propres
mains devoit relever de sa chûte. Quoi ! si quelque nouveau Clodius (et il ne manquera point
désormais d'imitateurs) , vient à opprimer par
la violence quelque citoyen autre que moi , à
qui la République soit moins redevable, s'il
consacre sa maison par le ministère d'un pontife , vous , personnages d'un si grand poids,
déciderez-vous qu'une pareille consécration est
valide ? Vous me direz , trouvera-t-il un pon-

(1) Au lieu de *si is*, je voudrois avec Paul Manuce
lire *si quis*. Du reste , j'ai suivi la leçon, *ergo ne*,
pontifices, *putatis*. D'autres lisent , *verbo ne*, *pontifices*, *putatis*.

tife à ses ordres ? Mais ne peut-on pas en même tems être tribun et pontife ? Drusus, cet illustre tribun, étoit aussi pontife. Si donc il eût touché la porte de la maison de Cépion (1) son ennemi, s'il eût prononcé quelques paroles, cela eût-il suffi pour que la maison de Cépion fût consacrée ?

Je ne parle pas du droit pontifical, ni des formules de la consécration même, ni de la religion et de ses cérémonies : je ne dissimule pas là-dessus mon ignorance ; et quand même je serois instruit, je voudrois paroître ignorer ce que je sais, dans la crainte d'être trouvé ennuyeux par les autres et par vous trop curieux. Cependant bien des secrets de votre science s'échappent, et parviennent souvent jusqu'à nos oreilles. Il me semble avoir entendu dire que, dans une consécration, il faut toucher le jambage de la porte du temple. Or, le jambage de la porte est où est l'entrée du temple, où sont les battans. Qui jamais, en consacrant, toucha la colonne d'un portique qui sert de promenade ?

_____

(1) Pline attribue la cause des inimitiés de Drusus et de Cépion, à un anneau d'or acheté dans un encan.

Si Clodius n'a consacré que la statue ou
l'autel, on peut les transporter ailleurs sans
scrupule. Mais il ne peut plus le dire, après
avoir déclaré que le pontife a touché le jambage de la porte.

Au reste, pourquoi parler (1) de consécration ? Pourquoi, m'écartant de ce que je
m'étois proposé, discuter le droit pontifical
et les rites religieux ? Quand j'avouerois que
tout s'est fait avec les paroles solemnelles,
et suivant les anciens rites, je me défendrois
toujours par le droit commun. Si après le
départ d'un citoyen, aux services de qui le
sénat et tous les citoyens honnêtes ont déclaré
tant de fois que Rome devoit sa conservation,
si tenant la République opprimée par le plus
affreux brigandage, avec deux consuls scélérats, vous aviez, Clodius, consacré la maison d'un homme qui n'auroit pas voulu laisser
périr, à cause de lui, la patrie qu'il avoit
sauvée ; la République une fois rétablie,
pourroit-elle souffrir une pareille consécration ?
Introduisez, pontifes, cet abus dans la juris-

_____

(1) Je voudrois avec Paul Manuce lire *loquor* et
disputo au lieu de *loquar* et *disputabo*.

prudence religieuse , il n'y aura plus de sûreté
pour nos fortunes. Quoi! si un pontife touche
la porte d'une maison , si , pour perdre des
citoyens , il emploie des paroles faites pour
honorer les Dieux , le nom sacré de religion
servira à commettre une injustice ; et si un
tribun du Peuple consacre les biens d'un citoyen avec des paroles non moins anciennes
et presque aussi solemnelles , la consécration
n'aura aucune force ! ce seroit une inconséquence. Or , du tems de nos pères , Atinius (1)
consacra les biens de Métellus , qui , pendant sa censure , l'avoit exclu du sénat (ce
Métellus étoit votre aïeul , Métellus et Servilius ; c'étoit votre bisaïeul , Scipion) ; il les
consacra ayant placé sur la tribune la cassolette de feu , et s'étant fait accompagner du
joueur de flûte. Quoi donc ! cette fureur d'un

(1) Caïus Atinius Labeo, tribun du Peuple. ——
De Métellus ; Quintus Métellus Macédonicus, bisaïeul (et non aïeul) de Quintus Métellus Népos ,
aïeul maternel de Publius Servilius Isauricus , bisaïeul
de Publius Scipio , qui fut adopté par Quintus Métellus Pius. Cette généalogie est de Paul Manuce ,
qui trouve, avec raison , que Cicéron ici a fait une
erreur de mémoire.

tribun , autorisée par quelques exemples anciens , a-t-elle nui à Metellus ce grand et
illustre personnage ? Non assurément. Nous
avons vu un tribun du Peuple agir de même
avec le censeur Lentulus. Les biens de celui-ci
sont-ils donc demeurés pour cela sous l'anathême d'une consécration ? Mais , pourquoi
parler des autres ? Vous-même , Clodius , la
tête voilée , après avoir convoqué une assemblée et placé la cassolette de feu , vous avez
consacré les biens de votre Gabinius , à qui
vous aviez abandonné tous les royaumes de
la Syrie , de l'Arabie et de la Perse. Si cette
consécration a été de nul effet , qu'a pu produire celle de mes biens ? Si elle avoit quelque vertu , pourquoi ce monstre insatiable ,
qui s'est gorgé avec vous du sang de la République , a-t-il épuisé le trésor , pour élever
jusqu'au ciel ce palais superbe dans le Tusculum ; lorsqu'il ne m'a pas été permis de jetter
au moins les yeux sur les débris de ma fortune , à moi qui avois empêché que la ville
entière ne fût qu'un monceau de débris?

Mais laissons Gabinius à votre exemple
Lucius Ninnius (1) , homme plein de fermeté

(1) Lucius Ninnius, tribun du Peuple, collègue de
Clodius. J'ai lu *Ninnius* au lieu de *Mummius*.

et d'honneur, n'a-t-il pas consacré vos biens ?
Si vous prétendez que la consécration est nulle
parce qu'elle vous regarde, vous avez donc
établi, dans votre illustre tribunat, des règles
que vous avez suivies pour la ruine des autres,
et que vous rejettez lorsqu'on les tourne contre
vous ? Si la consécration est légale, qu'y a-t-il
dans vos biens qui ne soit sous l'anathème ?
Une consécration (1) simple n'a-t-elle aucune
force ? mérite-t-elle une vénération religieuse
lorsqu'elle est accompagnée d'un temple et
d'une statue ? A quoi servoient donc la présence
de votre joueur de flûte, votre cassolette de
feu, les prières, les anciennes formules ? Vou-
liez-vous en imposer aux autres, les tromper,
abuser de la puissance des Dieux pour effrayer
les hommes ? Si votre consécration des biens

____

(1) J'ai expliqué en peu de mots, dans ma traduction
même, la différence entre la *consécration* et la *dédi-
cation*. On doit les distinguer, dit l'orateur ; mais
toutes deux ont une vertu à-peu-près égale. — *La
présence de votre joueur de flûte*. Un joueur de flûte
étoit présent dans une consécration, et on le prenoit
lui-même à témoin : voilà le sens de *ob testatio tibicinis*.
Au reste, on voit ici que Clodius s'étoit brouillé avec
Gabinius.

de Gabinius est valide, je ne parle pas de lui, votre maison, certes, avec tout ce que vous possédez, est consacrée à Cérès. Si ce n'étoit qu'un jeu de votre part, quel personnage plus infâme que vous qui avez souillé tout ce qu'il y a de plus saint dans la religion, ou par vos impostures, ou par vos adultères ? J'avoue, dit-il, que j'ai agi irrégulièrement par rapport à Gabinius ; sans doute, parce que vous voyez qu'on a tourné contre vous-même la peine par vous infligée à un autre. Mais, ô vous, modèle parfait de tous les crimes et de toutes les infamies, ce que vous avouez pour Gabinius, dont nous avons vu l'enfance déshonorée par l'impudicité, la jeunesse par les dissolutions, le reste de sa vie par l'opprobre et la misère extrême, le consulat par le plus affreux brigandage, ce que vous avouez pour Gabinius qui méritoit même l'affront dont vous aviez voulu le flétrir, vous le niez pour moi ? Ce que vous avez fait, assisté d'un jeune homme, d'un seul pontife, aura plus de force, selon vous, qu'un acte solemnel en présence de toute une assemblée ?)

Une consécration, dit-il, est quelque chose de saint et de vénérable. Ne semble-t-il pas

entendre un Numa Pompilius? Ecoutez, pontifes, et vous, Flamines (1', écoutez les leçons
de Clodius. Vous aussi, roi des sacrifices,
écoutez un homme de votre famille ; il est vrai
qu'il l'a abandonnée, mais enfin écoutez un
homme juste, livré à l'étude de toutes les cérémonies religieuses, versé dans toutes les parties du culte. N'examine-t-on pas, dans une
consécration, celui qui parle, ce qu'il dit et
comme il le dit ? Troublez-vous, Clodius,
et confondez-vous tellement ces choses, que
quiconque le voudra puisse consacrer ce qu'il
voudra et comme il le voudra? Qu'étiez-vous
pour faire une consécration? de quel droit la
faisiez-vous? quelle loi vous le permettoit ?
quel exemple vous y autorisoit? quel étoit
votre pouvoir? quand le Peuple Romain vous
avoit-il préposé pour cette fonction? Je trouve
une ancienne loi portée par un tribun (2),
laquelle défend de consacrer, sans l'ordre du

(1) Il y en avoit deux de présens, comme nous
voyons par la harangue sur les réponses des Aruspices,
Lucius Lentulus, flamine de Mars, Sextus Cæsar, flamine de Romulus. Le roi des sacrifices étoit Lucius
Claudius, parent de Clodius.

(2) Ce tribun étoit Papirius ci-après nommé.

Peuple, une maison, une terre, un autel. Papirius, auteur de cette loi, ne prévoyoit pas, ne se doutoit pas même que l'on pût jamais consacrer les domiciles ou les possessions des citoyens, sans nulle sentence de condamnation. C'étoit contre toutes les règles, personne ne l'avoit fait ; et l'on auroit craint, en le défendant, de paroître en donner l'idée plutôt qu'en détourner. Mais comme alors on consacroit, non les domiciles des particuliers, mais les édifices qui sont nommés sacrés ; comme l'on consacroit encore les terres, c'est-à-dire, comme les terres prises sur les ennemis étoient consacrées par un général, et non pas nos possessions au gré d'un tribun ; comme on érigeoit des autels, qui obtenoient un culte public, s'ils étoient consacrés dans un lieu convenable (1) : Papirius défendit de faire toutes ces consécrations sans l'ordre du Peuple. Si vous prétendez que sa loi regarde nos maisons et nos terres, je ne m'y oppose point ; mais je vous le demande, quelle loi a-t-on portée pour vous autoriser à consacrer ma maison ? dans

(1) Latin, *ipso loco*, c'est-à-dire, *loco ad religionem apto*. Des savans voudroient supprimer *ipso*.

quel tems en avez-vous reçu le pouvoir? de
quel droit avez-vous agi? Je ne parle pas maintenant de ce qui concerne la religion, mais
des biens de chacun de nous ; je ne parle pas
du droit pontifical, mais du droit commun.

La loi Papiria défend de consacrer des édifices sans l'ordre du Peuple. Je veux qu'elle
parle de nos maisons, et non des temples.
Montrez un seul mot de consécration dans
votre loi (1) même, si c'est une loi, et non
plutôt le cri de votre scélératesse et de votre
cruauté. Si alors, dans le triste naufrage de la
République, vous eussiez pu penser à tout,
ou si, dans le feu d'une sédition qui embrâsoit
la ville, votre secrétaire n'eût pas été occupé
à faire signer des actes aux exilés de Byzance
et aux ambassadeurs des rois ; s'il eût eu l'esprit libre lorsqu'il vous rédigeoit vos ordonnances monstrueuses, votre décret du moins
auroit été legal, si votre action n'étoit pas

(1) Clodius n'avoit point parlé de consécration dans
sa loi contre Cicéron ; il avoit donc consacré la
maison d'un citoyen, de son chef, sans l'ordre du
Peuple, il avoit donc agi contre la loi Papiria. ——
Votre secrétaire, Sextus Clodius, dont il est parlé
dans plusieurs endroits de ce discours,

légitime. Mais dans le même tems on faisoit des obligations pour des sommes d'argent et des traités pour les provinces ; les titres de rois étoient vendus ; on enrôloit tous les esclaves dans tous les quartiers de la ville ; on réconcilioit des ennemis (1) ; des commandemens étoient donnés à une jeunesse ignorante, du poison étoit préparé pour l'infortuné Postumus ; on tenoit des conseils pour assassiner Pompée le défenseur et le conservateur de cet empire, pour anéantir l'autorité du sénat, pour plonger les gens de bien dans un deuil éternel, pour que la République fût prise et opprimée par la trahison des consuls et par la violence d'un tribun : lorsque vous étiez occupé de toutes ces grandes opérations, est-il étonnant, sur-tout dans l'égarement et dans l'aveuglement de votre esprit, que beaucoup de choses vous aient échappé à vous et à votre Sextus ?

(1) *On réconcilioit des ennemis*, afin qu'ils se liguassent pour ma perte. — *A une jeunesse ignorante*. On ne voit pas trop de quoi Cicéron veut ici parler. Peut-être Clodius avoit-il confié le commandement d'une armée à ce même Brogitarus, auquel il avoit livré la ville de Pessinonte avec son temple.

Mais

Mais voyez, dans une affaire pareille, quelle est la force de la loi Papiria, de cette loi bien différente de la vôtre, qui ne respire que le crime et la fureur. Marcius, pendant sa censure, fit faire une statue de la Concorde, et la fit placer dans un endroit public: le censeur Cassius, ayant transporté cette statue dans la salle du sénat, consulta le collége des pontifes, pour savoir si rien n'empêchoit de dedier à la Concorde et la statue et la salle.

Comparez, je vous prie, respectables pontifes, comparez la personne avec la personne, le tems avec le tems, la chose avec la chose. Le censeur étoit un modèle de retenue et de gravité, le tribun un monstre de scélératesse et d'audace. Du tems de Cassius, tout étoit tranquille, le Peuple étoit libre, le sénat gouvernoit: de votre tems, Clodius, la liberté du Peuple Romain étoit opprimée, l'autorité du sénat anéantie. Ce que vouloit faire Cassius respiroit l'équité, la sagesse, la dignité. Un censeur, que nos ancêtres ont établi juge de l'honneur des membres du sénat, fonction que vous avez abolie (1), vouloit placer une statue

_____

(1) Clodius avoit aboli la censure : un des droits

de la Concorde dans la salle du sénat, et dédier la salle à cette déesse. L'idée de Cassius étoit aussi grande que louable. C'étoit, suivant lui, imposer la loi aux sénateurs d'opiner sans aucun esprit de dissention, que de mettre sous la sauve-garde sacrée de la Concorde le siège même et le temple du conseil public. Vous, Clodius, lorsque par le fer, par la crainte, par vos ordonnances tyranniques, par vos loix odieuses, lorsqu'avec des troupes d'hommes pervers que vous aviez à vos ordres, en nous menaçant et en nous effrayant d'une armée (1) hors de Rome, après vous être associé les consuls par un traité détestable, lors, dis-je, que vous teniez la ville opprimée et asservie ; c'est alors que vous avez placé la statue de la Liberté, plutôt pour vous jouer de nous avec impudence, que pour nous offrir un objet de religion. Cassius consacroit, dans la salle du sénat, ce qu'il pouvoit consacrer sans porter préjudice à personne : vous, Clodius, c'est sur

de cette magistrature étoit en lisant la liste des sénateurs, de passer les noms de ceux qu'elle jugeoit indignes de ce rang.

(1) De l'armée de César.

le corps, pour ainsi dire, et sur les ossemens
d'un citoyen précieux à la patrie que vous avez
placé l'image, non de la Liberté publique,
mais de la licence. Toutefois Cassius a consulté le collège des pontifes ; vous, qui avez-
vous consulte ? Si vous aviez été embarrassé sur
quelque objet, si vous aviez eu quelque expiation à faire ou quelque culte à établir dans
l'intérieur de votre maison, vous auriez, d'après
un usage ancien et général, consulté un pontife : et lorsque, par un projet aussi criminel
qu'étrange, vous établissiez un temple nouveau dans le plus beau quartier de la ville,
vous n'avez pas cru devoir consulter les prêtres
publics !

Mais si vous ne jugiez pas à propos d'employer le collège des pontifes, aucun de nos
juges, de ces hommes distingués par leur âge,
par leur rang, par l'ascendant de leurs vertus,
ne vous a-t-il paru digne d'être consulté sur
votre consécration ? Au reste, vous n'avez pas
méprisé d'aussi respectables personnages, vous
les avez redoutés. Un Servilius, un Lucullus,
dont l'autorité et les avis m'ont aidé étant
consul à tirer la République de vos mains,
à l'arracher à votre furie, eussiez-vous osé les

interroger, leur demander avec quelle formule
ou quel rite vous deviez consacrer la maison,
je dis d'abord d'un citoyen, ensuite d'un citoyen à qui le prince du sénat, à qui tous les
ordres, à qui l'Italie entière, à qui toutes les
nations, avoient rendu le témoignage qu'il
avoit sauvé Rome et l'empire? L'eussiez-vous
dit, opprobre et fléau de l'état? Venez, Lucullus, venez, Servilius; je vais consacrer la
maison de Cicéron; assistez à la cérémonie,
touchez la porte, et dictez-moi la formule.
Tout effronté, tout audacieux que vous êtes,
vous auriez baissé les yeux, vous auriez senti
les paroles mourir dans votre bouche, lorsque
ces hommes, qui seuls pourroient représenter
dignement la grandeur du Peuple Romain et
la majesté de l'empire, vous auroient intimidé
de leur ton imposant, vous auroient dit, que
tout leur défendoit d'autoriser de leur présence votre fureur, la fureur d'un pervers,
d'un parricide de la patrie. Prévoyant leur
réponse, vous avez eu recours à votre (1) parent, non par un choix de préférence, mais
au défaut de tous les autres. Je ne crois pas

(1) *A votre parent*, au frère de votre femme.

néanmoins , s'il est sorti de ces hommes (1)
qui, suivant la tradition, apprirent les règles
du culte de la bouche même d'Hercule, quand
il eut terminé ses glorieux travaux, je ne crois
pas qu'il ait été assez cruel pour insulter à l'affliction d'un citoyen courageux , pour placer
de ses propres mains une statue funéraire sur
la tête d'un homme vivant et respirant encore.
Ou il n'a rien dit, rien fait (2) absolument ; et
il a été puni de l'indiscrétion de sa mère, en
prêtant son nom à une opération odieuse,
dans laquelle il a joué un personnage muet :
ou s'il a dit et fait quelque chose , il n'a prononcé les paroles que d'une voix bégayante ,
il n'a touché la porte que d'une main trem-
blante. Assurément, il n'a rien fait suivant les
formes, rien suivant les règles , rien suivant
les usages et les rites de la religion. Il avoit vu
Muréna , son beau-père, consul désigné , venir

(1) Voyez Tite-Live , au sujet de la famille des
Pinarius et des Potitius. Le pontife employé par Clodius étoit un Pinarius.

(2) J'ai traduit comme si on lisoit , d'après la
conjecture d'un savant, *qui aut nihil dixit fecitve
omninò , poenamque hanc....*

avec les Allobroges , lorsque j'étois consul,
m'apporter les preuves du désastre qui menaçoit tout l'empire : il l'avoit entendu reconnoître que je l'avois sauvé deux fois,
d'abord (1) en particulier, ensuite avec tous
les citoyens. Ainsi , peut-on croire que ,
dans un nouveau pontife, qui , nommé tout
récemment , faisoit une première cérémonie,
prononçoit une première formule de religion,
peut-on croire que sa langue n'ait pas été en-
chaînée , son bras engourdi, son esprit glacé
par la frayeur , sur-tout lorsque d'un collège
nombreux il n'appercevoit, ni roi des sacrifices , ni flamines , ni pontifes , lorsqu'il se
voyoit contraint de partager malgré lui le forfait d'un autre, et qu'il étoit puni si cruellement
d'être allié d'un infâme ?

Mais pour revenir au droit public des consécrations, que les pontifes ont toujours con-
cilié et avec les règles du culte et avec les
ordonnances du Peuple, on lit dans les fastes
pontificaux, que le censeur Cassius consulta

(1) Lorsqu'il l'avoit défendu contre des citoyens
d'un grand poids qui l'accusoient de brigue. Nous
avons le plaidoyer de Cicéron pour Muréna.

le collège des pontifes pour consacrer une
statue de la Concorde, et que Marcus Æmilius,
souverain pontife, lui répondit au nom du
collège, qu'à moins que le Peuple Romain
ne l'en eût chargé nommément et qu'il n'agît
par son ordre, la consécration ne pouvoit être
régulière. Et lorsqu'au pié du mont Aventin (1),
la vestale Licinia, issue d'une famille illustre,
revêtue d'un sacerdoce auguste, eut sous le
consulat de Flamininus et de Métellus, consacré un autel, une chapelle et un *pulvinar*,
le préteur Julius, de l'avis du sénat, n'en fit-il
pas son rapport au collège des pontifes ? Publius Scœvola, souverain pontife, répondit au
nom du collège, que Licinia, fille de Caïus,
ayant fait cette consécration dans un endroit
public, sans une ordonnance du Peuple, on
la jugeoit nulle. Et quelle fut la sévérité du
sénat, quelle fut son exactitude, en attaquant (2) la consécration, ouvrage de la ves-

(1) Le mont Aventin, qui étoit appellé *sacrum
saxum*. —— Plus bas, *un pulvinar*. C'étoit un lit ou
coussin sur lequel, dans certains jours, on couchoit
la statue d'un Dieu ou d'une Déesse.

(2) Je voudrois avec un savant qu'au lieu de *sustu-*

tale ? vous l'allez voir par le sénatus-consulte même. Greffier , lisez le sénatus-consulte.

(*On lit le sénatus-consulte.*)

Voyez-vous , vénérables pontifes , que le préteur de la ville a été chargé de faire déclarer nulle la consécration , ouvrage de la vestale , et de faire effacer toute inscription écrite ou gravée ?

O tems ! ô mœurs ! alors les pontifes empêchèrent un censeur respectable de dédier une statue à la Concorde dans une salle auguste (1). Depuis encore , le sénat , d'après la décision des mêmes pontifes , fit supprimer un autel consacré dans un lieu révéré , et ne souffrit pas qu'il restât le moindre vestige de la consécration. Et vous , Clodius , qui êtes pour la patrie , pour la paix et pour

levit dans le texte , on lût *persecutus sit* , ou quelque autre verbe.

(1) La salle où s'assembloit le sénat, la *curia hostilia*. On appelloit en latin *templum* , tout espace dans le ciel ou sur la terre marqué et désigné par un augure. —— *Dans un lieu révéré* , au pié du mont Aventin. Je voudrois que dans le texte , on pût supprimer *eam* , et y substituer *jam*. Au lieu de *consecratam* , Paul Manuce propose *dicatam*.

le repos , un ouragan , une tempête , une boûrasque violente , ce que dans le naufrage de la République, lorsqu'elle étoit enveloppée de ténèbres , que le Peuple Romain étoit comme submergé , le sénat abattu et arraché du gouvernail, ce que vous avez renversé , ce qu'au mépris de toutes les règles de la religion , profanant le nom de la République (1) , vous avez élevé comme un monument de sa ruine , pour le déshonneur de l'ordre équestre et la douleur de tous les citoyens honnêtes sur la maison d'un citoyen tel que moi, dans une ville que j'avois sauvée par mes travaux et aux risques de mes jours , ce que vous avez gravé en effaçant le nom de Catulus, avez-vous espéré que la République le souffriroit au - delà du tems qu'elle seroit bannie avec moi et chassée des murs de Rome ?

Mais , je vous le demande , pontifes , si le

(1) Mot à mot, *ce que vous avez cependant souillé du nom de la République*, c'est-à-dire, ce que vous avez fait cependant en invoquant le nom de la République, ou plutôt en le profanant. —— *D'un citoyen tel que moi.* Latin, *civis hujusce;* Cicéron se montre lui-même.

tribun n'avoit ni le caractère pour cette consécration , ni le droit de l'exercer sur mon
domicile , est-il besoin que je prouve en troisième lieu , comme je me l'étois proposé
d'abord , qu'elle n'a pas été faite suivant
les formes usitées et avec les paroles solemnelles ? J'ai annoncé dès le commencement de
ce discours , que je ne révélerois pas les secrets
de votre science , que je ne parlerois ni des
usages saints , ni de vos rites mystérieux.
Ce que j'ai dit jusqu'à présent des loix de
la consécration , je ne l'ai pas été chercher
dans des livres inconnus , je l'ai pris au milieu
de nous , dans les actes publics des magistrats , dans les rapports faits au collège ,
dans les sénatus-consultes , dans nos loix.
Il est d'autres objets moins répandus , dont
la connoissance vous appartient à vous seuls ,
sans doute ce qu'on doit , suivant les règles ,
prononcer, prescrire , toucher, tenir. Quand
il seroit constant que tout s'est fait d'après
la doctrine de Coruncanius (1) , qui passe pour
avoir été le plus habile des pontifes ; quand

_____

(1) Coruncanius , le premier pontife , suivant Tite-
Live , qui fut pris parmi le Peuple.

même Horatius Pulvillus qui , malgré la jalousie de tous ceux qui vouloient l'arrêter
par de faux scrupules , persista toujours et
consacra le Capitole avec une fermeté admirable , quand même il auroit présidé à une
telle consécration , la religion cependant ne
pourroit autoriser un crime : bien loin qu'on
doive avoir égard à ce qu'a fait , dit-on ,
un jeune homme ignorant , un nouveau pontife , gagné par les prières de sa sœur , forcé
par les menaces de sa mère , qui opéroit
malgré lui , sans règle , sans collègues , sans
livres , sans autorité , sans ministre (1) , furtivement , avec un esprit troublé et d'une voix
bégayante : ajoutez sur-tout que cet ennemi
impur et sacrilège de tout objet religieux ,
qui , au mépris de toutes les loix , s'étoit
souvent montré femme au milieu des hommes
et homme au milieu des femmes ; ajoutez ,
dis-je , que Clodius agissoit à la hâte et avec
tant de précipitation , que ni ses idées , ni
sa voix , ni sa langue n'avoient rien d'assuré.
  On vous rapporta alors , vénérables pon-

_____

(1) Latin , *sine fictore*. On appelloit *fictores*, certains ministres des pontifes.

tifes, et depuis, tout le monde publioit,
comment Clodius, avec des formules étrangères, sous de funestes auspices, se reprenant
quelquefois lui-même, hésitant, tremblant,
bégayant, a tout fait et tout dit autrement
qu'il n'est marqué dans vos livres. Et l'on ne
doit nullement être surpris qu'après de pareils
attentats et de tels actes de fureur, l'audace
même n'ait pu étouffer la crainte. Eh ! s'il n'y
a jamais eu de brigand si cruel et si féroce,
qui ayant dépouillé les temples, et qui ensuite tourmenté par des songes, ou par quelque
remords, consacrant un autel sur un rivage
désert, ne frémît et ne tremblât, forcé d'ap-
paiser par ses prières la divinité offensée par
ses crimes ; quels étoient, croyez-vous, l'égarement et le trouble de ce brigand de tous les
temples, de toutes les maisons et de la ville
entière, lorsque, par un forfait nouveau, il
consacroit un seul autel pour l'expiation de
tant d'impiétés ? Oui, quoique les excès de
son pouvoir énorme lui eussent enflé le cœur,
quoiqu'il fût armé d'une incroyable audace,
il devoit nécessairement se troubler dans la
cérémonie et faire bien des fautes, sur-tout
ayant pour pontife et pour maître un homme

qui se voyoit obligé d'instruire avant que
d'avoir appris lui-même. Sans doute, on n'offense pas impunément les Dieux immortels et
une aussi auguste République. Les Dieux, en
voyant le gardien et le défenseur de leurs
temples indignement chassé, ne vouloient
point passer de leurs temples dans sa maison ;
et voilà pourquoi ils remplissoient de craintes
et de terreurs l'esprit de ce forcené. Quant à
la République, quoique chassée avec moi,
elle venoit se présenter aux yeux de son destructeur, et dès-lors redemandoit son retour
et le mien aux emportemens de sa rage bru-
tale. Est-il donc étonnant que Clodius, troublé
par la crainte, agité par la fureur, aveuglé
par le crime, n'ait pu, ni observer les rites
établis, ni prononcer un seul mot des formules
ordinaires ?

Ainsi, pontifes, oubliez nos discussions
subtiles pour ne plus vous occuper que de la
République entière que vous avez soutenue
auparavant avec plusieurs grands-hommes,
et dont aujourd'hui vous portez seuls tout le
fardeau. L'autorité perpétuelle du sénat en
corps que vous-mêmes avez toujours si puissamment appuyée dans ma cause, les mou-

vemens de toute l'Italie si glorieux pour moi ,
le concours des villes municipales , le Champ-
de-Mars , la voix unanime de toutes les centuries dont vous avez été les présidens et les
chefs (1) , toutes les compagnies , tous les
ordres , tous ceux qui sont hommes de bien ou
qui pourront le devenir ; tous croient (2) que
vous êtes en ce jour les interprètes de leurs
sentimens pour ma gloire , que vous en
êtes les dépositaires et même les arbitres.
Enfin les Dieux immortels eux-mêmes , protecteurs de cette ville et de cet empire , me
semblent n'avoir remis entre les mains et à la
décision de leurs prêtres le principal avantage de mon retour et de la joie qu'il a causée ,
que pour montrer à tous les Peuples et aux
siècles futurs , que c'est par un effet de leur

(1) Je crois que *praestantissimi* est ici pour l'adverbe *praestantissimè*. —— Un peu plus bas , *le
Champ-de-Mars*. Le rappel de Cicéron avoit été décidé
en dernier ressort dans une assemblée par centuries,
dans une assemblée tenue au Champ-de-Mars, ainsi
que celles qui se tenoient pour l'élection des grands
magistrats.

(2) Je voudrois avec un savant lire *arbitrantur*
au lieu d'*arbitrabuntur*.

protection que j'ai été rendu à la République.
Oui, pontifes, oui, mon véritable retour,
c'est mon (1) rétablissement dans ma maison,
au sein de mes foyers, de mes autels, de
mes Dieux pénates : et si Clodius, d'un bras
coupable, a renversé les demeures de ces
Dieux ; si, sous les ordres des consuls, ainsi
que dans une ville prise, il a cru devoir
détruire ma maison seule, comme celle du
plus zélé défenseur de Rome ; ces Dieux pénates, du moins, ces Dieux de mes pères,
seront rappellés par vous avec moi dans mon
ancien domicile.

C'est donc toi que j'implore, Dieu du Capitole, puissant Jupiter, dont la bienfaisance
et la puissance t'ont fait donner par le Peuple
Romain les noms de très-bon et de très-grand ;
et toi, Junon, reine du ciel ; et toi, protectrice
de cette ville, Minerve (2), qui m'as toujours
secondé dans mes projets, qui as assisté à

(1) J'ai traduit comme s'il n'y avoit pas de *haec.*

(2) Cicéron avoit dans la chapelle de sa maison,
une statue de Minerve pour laquelle il avoit une vénération particulière : lorsqu'il fut obligé de sortir de
Rome, il la déposa dans le Capitole auprès de la
statue de Jupiter.

tous mes travaux ; et vous qui principalement m'avez redemandé , m'avez rappellé , vous dont je réclame les demeures dans cette cause , Dieux pénates de ma famille ; et vous , pénates de la patrie (1) , Dieux tutélaires de cette ville et de cette République , s'il est vrai que j'ai repoussé de vos temples et de vos autels des feux destructeurs , des flammes sacrilèges ; et toi , adorable Vesta , dont j'ai dérobé les chastes prêtresses à la fureur , aux emportemens et à la perversité des hommes ; toi , dont j'ai empêché que le feu éternel ne s'éteignît dans le sang des citoyens , ou ne fût confondu dans l'embrâsement de la ville entière ; je vous adresse à tous mes prières et mes vœux. Que si d'abord (2) , a la veille

(1) *Dieux pénates de ma famille ; et vous, pénates de la patrie....* J'ai séparé et distingué ce que réunit et confond l'orateur , entraîné , sans doute , et comme troublé par la véhémence d'une prière affectueuse.

(2) L'*ut* du latin n'a point de suite ; et Cicéron , après *sustinerem* , semble l'avoir oublié pour prendre un autre tour de phrase , *hæc ego devotionem.... putabo.* Attribuons cette confusion et cette irrégularité à la même cause dont nous venons de parler tout-à-l'heure. ⎯ *D'abord ,* dans le tems de la

de

de la destruction totale de la République,
je me suis exposé pour votre culte et pour
vos temples aux armes et à la violence des
citoyens pervers ; si une seconde fois, lorsqu'on cherchoit, en me persécutant, à enve-
lopper tous les gens de bien dans une même
ruine, je vous ai attestés, je me suis recommandé à vous , moi et les miens , je me suis
mis tout entier sous votre protection puissante,
à condition que , si dans ce tems et auparavant durant mon consulat, au préjudice de
mes propres intérêts , des avantages et des
récompenses auxquels je pouvois prétendre,
j'avois consacré mes soins , mes réflexions et
toutes mes veilles au salut de mes compatriotes, je pusse alors jouir bientôt avec eux
d'une patrie qui me seroit rendue ; et que si
au contraire mes démarches n'avoient été à
la République d'aucune utilité , séparé des
miens , je soutinsse le poids d'une affliction (1) éternelle..... Je ne me croirai affranchi

conjuration de Catilina. *Une seconde fois,* lorsqu'il
fut banni de Rome par la violence.

(1) J'ai conservé dans ma phrase la même irrégularité que dans celle de Cicéron, et au lieu de la

de l'imprécation lancée par moi contre moi-même , je ne croirai l'anathême levé , que quand je me verrai absolument rétabli dans ma demeure. Car, jusqu'à présent , pontifes, je suis privé non-seulement de ma maison sur laquelle vous avez à prononcer , mais de toute la ville où je parois avoir été rappellé , puisque les quartiers de Rome les plus fréquentés et les plus vastes ont pour aspect ce monument , ou plutôt cette plaie faite à la patrie.

Persuadés vous-mêmes que je dois éviter, que je dois fuir cette vue plus que la mort , ne privez pas , je vous en conjure , celui dont vous avez cru que le rappel rétabliroit la République , ne le privez pas des distinctions de son rang, et même d'une grande partie de la ville. Ce n'est pas la dévastation de mes biens , le renversement de ma maison , le ravage de mes terres , ce n'est pas le butin

finir, j'ai dit comme lui : *je ne croirai affranchi de l'imprécation lancée* ..... Latin, *convictam esse et commissam* , c'est-à-dire , *ad exitum perductam , exitu ipso comprobatam :* expressions propres aux actes de dévouement ou d'imprécation, par lesquels on se mettoit absolument sous la main puissante des Dieux immortels.

sement par vos avis et par vos décrets, daignez encore aujourd'hui, d'après le vœu du sénat, daignez me replacer de vos propres mains dans mon ancienne demeure. ▭

Fin du tome septième.

TABLE

Du septième volume.

DISCOURS *pour L. Flaccus.*   Page 1

— *pour P. C. Sylla.*   107

Discours de Cicéron aux Romains, après son retour.   194

— *devant le sénat, sur le même sujet.*   223

— *pour sa maison, devant les pontifes.*   267

1964

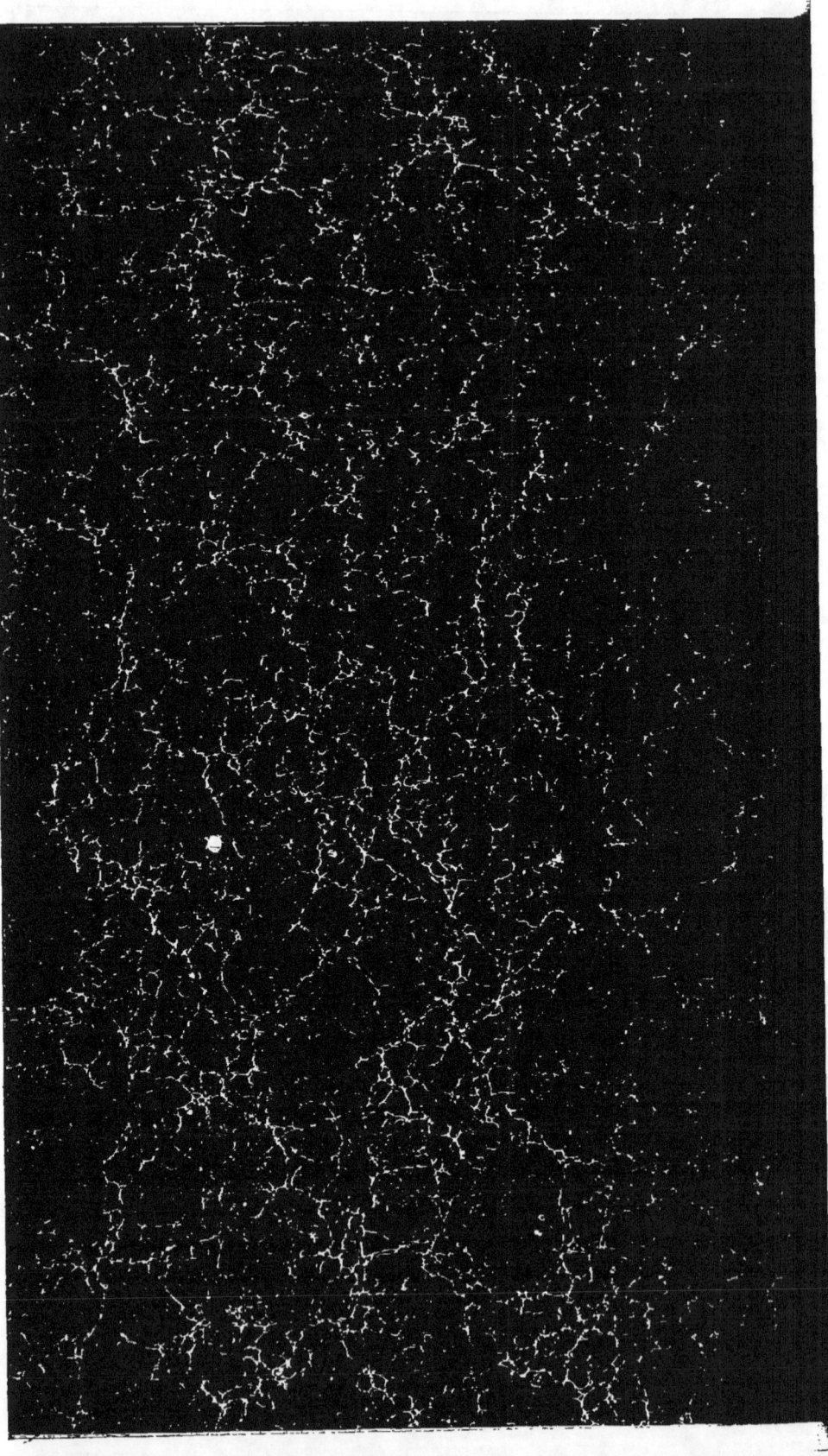

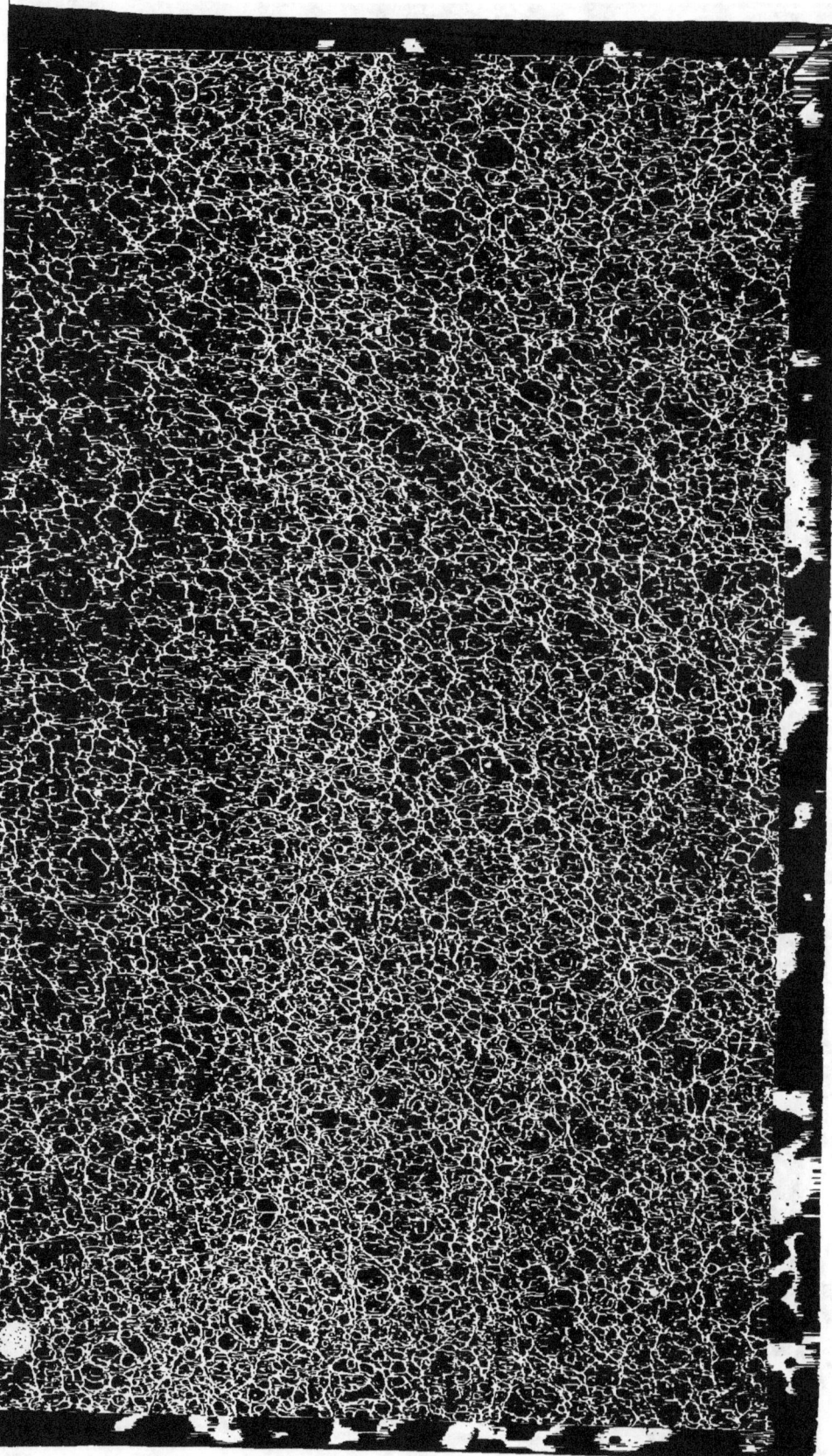

BIBLIOTHEQUE NATIONALE DE FRANCE

3 7531 03971794 8